职场深处

左雯姬 著

北京燕山出版社

图书在版编目（CIP）数据

职场深处／左雯姬著． —北京：北京燕山出版社，2018.5
ISBN 978－7－5402－4974－8

Ⅰ．①职… Ⅱ．①左… Ⅲ．①长篇小说—中国—当代
Ⅳ．①I247.5

中国版本图书馆 CIP 数据核字（2018）第 050442 号

职场深处
ZHI CHANG SHEN CHU

作　　者：	左雯姬
责任编辑：	王月佳　王　然
责任校对：	岳　欣
封面设计：	仙　境
社　　址：	北京市丰台区东铁营苇子坑路 138 号嘉城商务中心 c 座
网　　址：	http://www.bjyspress.com/
微　　博：	http://e.weibo.com/u/2526206071
电　　话：	010－65240430
传　　真：	010－63587071
印　　刷：	北京兰星球彩色印刷有限公司
开　　本：	710×1000　1/16
字　　数：	200 千字
印　　张：	16
版　　次：	2018 年 5 月第 1 版
印　　次：	2018 年 5 月第 1 次
定　　价：	38.00 元
出版发行：	北京燕山出版社

版权所有　盗版必究

目录

杀进中产　　　　　　001

首席技术官　　　　　　057

谋事女人　　　　　　119

羊图腾　　　　　　185

杀进中产

序

最近,刘威明的脑袋里使劲磨着一把软刀子。

龙祥软件股份有限公司销售部总经理刘威明,和他的助理阿呆,去看一栋待售的中式庭院。那房子所在的社区,三面环高尔夫球场,绿苗如碧。高尔夫球场又分别是十八洞和十六洞的,一眼望去,视野开阔,心旷神怡。社区内清一色全都是别墅,造型各异的独户小楼,散落在树木摇曳、花草浓郁的大小山坡上;有长河与回廊环绕,小桥与流水相映。刘威明所看的这栋中式庭院,前后还有两个大院子,院墙高筑,比西式别墅私密性明显要好得多。前院有车位,后院是花园,可以放烧烤炉,搭遮阳棚,弄葡萄架。三层楼外带地下室,还有电梯,这对于刘威明老父亲不便利的腿脚可是行了大方便。看着看着,阿呆兴奋了,刘威明也激动了。

刘威明买房确实迫在眉睫,他从公司圈定的江北片区调到方州,还一直租住在一套小户型的公寓里。一晃一年过去了,房子还续不续租?租金一交至少又是半年的,房租不便宜呀!既然定下在方州长期打拼，租房哪有买房合算。

自从刘威明调方州，远在江北的老父、老母，大病没有小病不断。刘威明是独生子，没有兄弟姐妹照顾年近七旬的老父母，每每在方州接到老父、老母的电话，听到他们苍老喑哑的声音，刘威明忧从心中来，一定要尽早把他们接到方州来。父母来方州，当然是住自己买的房子踏实。

刘威明还不能买一般的公寓套间。他刘威明是谁呀，销售部总经理，属下四五十号人可全都盯着他呢。他可曾不只一次地对属下说过，努力干吧，我的今天就是你们的明天。因此刘威明绝不能在买房这件事上让自己掉价。他买房是私事，又不是私事，是关乎销售部整体士气的大事。刘威明就是整个销售部的榜样，他的谱儿摆得越大，对下属的鼓动性也就越大。

中式庭院参观完毕，售楼先生请刘威明、阿呆喝茶，坐定。售楼先生拿出一个计算器，嘴里报出每平方米单价，又报出庭院建筑总面积。左手拿计算器，右手按键。随之，他报出了庭院总价位。售楼先生瞧了一眼刘威明，刘威明表情木然。售楼先生又说，如果是一次性付款，可以优惠百分之一；如果是银行按揭，首付百分之三十。售楼先生还说了，物业管理费一年是多少多少钱。

刘威明听完，说："好了，情况了解了，阿呆，咱们走吧。"

阿呆说："刘总，要不要预定下来，免得被别人买走。"

刘威明说："不急不急。"随后，刘威明拉着阿呆就走。心想，这个死阿呆，以为我是亿万富翁呢，真是不买房不知自家穷呀！

其实，既然来看房子，刘威明对方州高昂的房价原本有些思想准备，即使是购买别墅，以自己的经济实力，应该问题不大。但当他听完售楼先生的报价，只是碍于阿呆在场，他才强忍着没吓出声儿来。刘威明原本打算买别墅，要首付百分之五十的，这样，每月支付银行按揭就可以轻松许多。没想到以他刘威明近十年的高工资、高奖金，全部积蓄却还远远不能支付房价的一半。

刘威明这时才觉得，他有着无以名状的委屈。

他刘威明是哈工大的硕士研究生，毕业后在一家国有大企业干了两年。二十六岁时遇到了现在的老板，就义无反顾地跟老板干了，一干就是十年，道路绝非平坦。从江北老家，闯到方州，从一个只有三四个人的小作坊，干到三四千人的大公司。刘威明一直在江北片区当总经理，自己带着一支销售队伍，很多事情可以全由自己做主，"天高皇帝远"嘛，刘威明干得不错，还挺惬意。他可不在乎到总部来谋个高管位子坐坐。刘威明以前所在的片区虽不是订单份额最多的，却无疑是最重要的。订单份额的多寡，还与当地的经济密切相关，而几次关乎全公司命运转折的大单却都是刘威明拿的。换句话说，如果没有刘威明，公司哪能有今天。但刘威明没有想到，如今公司资产已累积有几十个亿了，老板俨然成了中国民营企业家，尤其是IT业的一大成功人士，而老板却还在给他们"画饼"，美好愿景说了一箩筐，却很少兑现。不是吗？现在刘威明就连想在方州买一栋满意点儿的房子，还捉襟见肘。作为国内IT业界，数得着的大型民营企业元老级人物，这等处境，实在说不过去。

刘威明三十六岁了，应该说，这个年纪对于一个男人的一生，应当做个小结了，那就是这个男人的身份、地位、金钱和女人，按老话笼统说来，就是"成家立业"。刘威明至今还没结婚。地位嘛，只是公司的中层管理人员，工资还不错，可是每月消费水平的提高总比他的收入增长还要快一些。到年终，靠工资根本剩不了几个钱，只好把希望放在每年的签单提成上。

刘威明所在的龙祥软件股份有限公司，是一家应用软件开发企业。它的核心业务是开发移动通信行业的业务支撑系统软件，也就是说，它是做行业专用软件的。这两年，由于通信业的迅猛发展，公司的盈利水平创下历史新高。但老板要走多元化经营的道路，便把公司业务支撑系统软件这条产品线所挣到的钱，大部分用来投入其他新型产业去了。"铺面儿"开得太大，资金就难以周转，目前银行又收紧企业贷款，尤其是对民营企业，更使公司状况雪上加霜。本来公司最为赢利的两年，可以让刘威明他们获得前所未有的收益，却反而成为收入最少的两年。不仅下面的员工怨声载道，就连刘威明这样的管理人员也心怀不满。如今的年度销售任务又加重了不少，要想稍有建树地度过这一年，还真是感到如履薄冰，如临深渊呢。

前几年，公司将总部移到了方州，却一直没有招刘威明入方州任职。现如今，刘威明刚到方州，老板就下令叫他一定得拿下方州"第一大单"。刘威明本就是拿公司"第一单"的人，可如今整整一年了，虽小单不断，大单却没拿下一个。老板不断施压，他也就如坐针毡，工作变得前所未有的被动了。

1

坐车回来的路上，阿呆一直关节痛，刘威明便叫他坐在后排座上，自己来坐副驾驶的位置。阿呆仍兴致盎然地谈买房的事，他还提起了自己想要的那套房。

不久前，阿呆领着刘威明去了四环边上的一处连体别墅区。社区的边缘有两排板楼，全是大户型公寓，阿呆想要的就是这个。他已经在处女朋友了，女朋友是方州人，准岳父母非得要个有房有车的女婿。也难怪，家中就这么一个宝贝女儿，凭什么就要嫁给一个江北人呢。本可以嫁老外呀，本可以嫁老板呀……你阿呆在方州上下不靠，有房有车还差不多。所以阿呆买房也是燃眉之急，却也同样因为钱的问题，只好暂时搁置。

阿呆的话语勉强挤进了刘威明正被思虑灌满的脑子，但随着车子快速行驶，刘威明想通了，一定要买下这栋别墅，钱的事，求人不如求己。古人说得好，"临渊羡鱼不如退而结网"嘛。眼下，不就有一个能赚下一大笔的机遇吗？这机会就是——华厦共友集团方州分公司，已经预算了一个高达三亿金额的工程项目。

三个亿，纯利润可达小一个亿吧！如果拿下这一单，按照公司提成规定，销售部就可以拿到几百万。这样，部下两年来未得年终奖的积怨就有了安抚，自己的房子也有了着落，对老板更有了交代。不管怎样，拿下这一单，可要跟老板好好说说，再也不能把咱们拼命得来的辛苦钱拿去搞什么鬼投资了，弟兄们现在可正是嗷嗷待哺呢。这一单，如久旱甘霖，且非没影儿的事。

以往在华厦共友已签过不少的项目了，但这笔单太大，才显得有些扑朔迷离。

华厦共友是全国数一数二的大型国有企业。华厦共友集团方州分公司，一直是刘威明到方州以来手中最大的客户。刘威明被调到方州之前，就通过华厦共友集团江北分公司的领导，认识了现任方州分公司的副总赵君亭。赵君亭在方州分公司是重量级的人物，凡大型工程项目招标，总不会把他落下，并且总在招标过程中起着至关重要的作用。

这次也绝不可能没有他的参与，除了方州分公司的一把手黄俊生之外，恐怕他仍然是领头人之一。为了从赵君亭口中得到这次项目更加确切的具体信息，比如，项目的决策链是怎样的，项目可能的投标方有谁，刘威明曾亲自打探过多次，却遇到了出乎意料的麻烦。最近跟赵君亭的几次接触，赵君亭每每都顾左右而言他。他们二人以前也合作过不止一次了，而且双方应该都还算满意。刘威明思前想后，总也想不出有什么理由，会使赵君亭这一回明显表现出不合作的态度来。

终于，他想到了王艺，也许王艺能帮他了解他所不能了解到的情况。王艺不是销售部的人，而在公司行业解决方案部，专门负责在恰当的时机，由销售人员引荐，给客户做公司解决方案介绍的，人们往往把他们叫作"售前"，因为项目一旦签单，该项目就基本与他们没什么关系了。他们比销售人员要懂技术，比技术人员更懂客户业务，又不如技术人员那么精专。他们没有技术人员那样的高傲资本，又无须像销售人员那样，在市场的激流险滩中摔打。在公司的业务体系中，他们总是显得不那么抢眼，有功劳的时候，人们往往想不起他们；有事的时候，他们往往不会被落下。王艺有在美国留学及贝尔实验室总部工作的经历，是公司老板亲自从美国引进的人才，算骨干员工，因此常与刘威明这样总经理级别的人配合工作。

王艺跟刘威明的感情，早在大半年前就有了跨越式进展。谁都怕office（办公室）恋，因此，他们在公司，都将这份感情隐藏得很深，外人根本不知道。王艺算是公司里的一枝花，公司内部就有不少年青小伙儿伺机"近水楼台先得月"，王艺却显得十分高傲，根本不予理会。王艺免不了要与客户打交道，常常得到客户的好感，客户反请她吃饭的，也有不少。而其中一位显赫的追慕者，就是赵君亭。

2

黄昏，夕阳灿烂，餐厅的落地大窗扑腾着跳跃的光影。王艺与赵君亭正闻香、食香、饮香，在香气弥漫惹人心醉的氛围里悠然相对。餐厅里一个不显眼的小角落，刘威明的一双眼睛，正疲惫地挣扎在紧张的思想防线上。

是他安排了这一切，他让王艺约会赵君亭，在他早已安排的地点，吃着他事先点好的菜谱。一切开支都需精打细算，钱要用在刀刃上。何况，只有刘威明最清楚赵君亭的口味。刘威明坐在这里，无须回头，前方不远的右角处，一根大柱子的中间，镶嵌着一面镜子，镜子将景致映照得清晰明朗：木制雕花栏杆把餐厅分成两个区域，两个区域的餐桌，摆放得错落有致；栏杆间绕着仿生花草，在花丛的另一边，王艺和赵君亭正碰杯欢饮。

王艺道是无情却有情地说："赵总真是给面子，过几天就是你的生日，本来是轮不上我请赵总的。来，先让我敬你一杯！"

赵君亭抿嘴一笑，谨慎小心地与王艺碰杯，两人的目光也随之碰在一起。赵君亭见王艺第一眼时，便觉得她很惹眼。四十三岁的赵君亭绝非愣头小子，没见过世面，也不是那种眼瞅着自己的极品年龄正疾速消逝，就抓急着想上的主儿。实际上，他早已习惯了众多美女相随，她们的目光，也都会向他顶礼膜拜，而他却可以对此无动于衷。

赵君亭是个少年得志的人，从读书到步入社会，都一帆风顺。在大学就担任了校团支部书记，进入单位，仕途更是平步青云。他三十几岁就是华厦共友江北分公司的一把手了。他曾升调总部，不久后，便又到方州分公司任副总一职，在此位置上一待就是好几年，他在官场拾级而上的步子就停下了。其实，在这种肥得流油的单位，能长期处在如此重要的职位上，本身就是不易的。赵君亭正因为少年得了志，难免就有些轻狂。不过，他的轻狂藏得还算深，他只在两样事情上十分苛求：一是交朋友，二是交女人。他已经算是成功人士了，成功男人要找情人，当然要找优秀的。王艺虽算不上名流，她的学历优于她的事业成就，她的相貌优于她的社会地位，她的年纪优于她的薪水收入。但是，首先她是个漂亮女人，女人的自身条件还是被看作首位的。

此时，赵君亭的手机响了，进来一条短信。他点开收件箱，看到了刘威明发来的一条荤段子。他开怀笑起来，王艺警惕地瞅了赵君亭一眼。

"你们公司的刘威明还真有趣呢。"赵君亭边笑，边暗暗瞅了王艺一眼。他装得不在意，心里却嘀咕，他不解为什么偏偏在这个时候，刘威明会给他发这样一条短信，他有何用意吗？这条短信有什么弦外之音？看来，这小子真的着急了，想抓住他的什么把柄，好让他受制于刘威明？那么，这条荤段子跟王艺有联系吗？此时，他不正是和王艺吃饭嘛，难道这小子知道？赵君亭一直就有感觉，在王艺和刘威明之间，有一股子拧在一起又琢磨不定的气息。

"嘿嘿，这刘威明在你们公司混得不错吧！怎么副总裁的位子还没让他坐呀？不是去年就放出风来，说……"

"这种事我怎么知道，我只是个普通员工，领导们的事，可不是我该知道的呀。"王艺沉默一阵，摇晃着杯中的酒，又说，"嗨，赵总，这个时候干吗要提别人呢。"赵君亭本来还想提一桩公事的，见王艺如此，也就不便说了。于是，俩人又开始碰杯，扯些漫无边际的闲话。

王艺认为她首先要做的，是利用一切机会，让赵君亭更全面地了解自己，更欣赏自己。自她从美国回国后，就有失衡的感觉，已经二十八岁的她，远没有达到自己的理想愿景。她的求学时间过长，即使研究生毕业后，在美国贝尔实验室总部工作期间，她始终也是公司里最普通的技术人员，并没有真正步入社会。她的交际圈子实际很小，交际的层次也不够高。在美国漂泊了几年，不过是公司最低层的人。每次公司裁员，总担心自己被列入"黑名单"。回国后，心中又有"下嫁"的不甘，却仍无法扭转在国外的那种命运。王艺没有主流上层的关系，也仍然不被主流上层认可，不能成为上层社会叱咤风云的人物。王艺回国后的这一年间，悟出了一个道理，她需要上层关系，这比什么都重要。赵君亭是她接触的所有客户中，层次最高的一位，是她攀登上流社会，走向一条康庄大道最牢靠的牵引线。于是，她要耍耍女人手腕，获取赵君亭那颗不易被征服的心。

王艺边暗送秋波，边内心盘算。她也知道华厦共友将要进行的项目招标，是一笔绝佳的财富，对每个人都具有强烈的诱惑力。当刘威明找她谈话时，她才感到自己在公司里从未有过的价值，她认为这完全是因为赵君亭对她怀有好感的缘故。刘威明特意把她叫到他的办公室里，开始只是向王艺透露一丝信息，但聪慧的王艺已超前想到他后面要说的话。于是，随后的摊牌就变得顺理成章，谈话进程出乎意料的快。也许只有在这种私密性的办公氛围里，才好说出那样的话吧，以至于他们连"报价"都提前了。

王艺首先提出的条件，是要调进销售部。因为她所在的行业解决方案部没有签单提成，只有进入销售部，才能真正与提成挂钩，才能让她理所当然地直接参与到这次项目中去，并能获得最大利益。而在提成分配中，她毫不含糊，要拿员工中的最大头。刘威明开始有些犹豫，但很快还是答应了。这也许就是王艺的厉害之处，她感到自己终于直起了腰板儿，头一回"当家做主人"了。这样绝好的机会，她怎么能不抓住呢。只是心急吃不上热豆腐，而且，凭着她的这些有利条件，她还有更长远的打算呢。计划在她的脑海里慢慢生成，便要步步为营，坚定地走向她的终极目标。

3

月色迷离，酒酣耳热，王艺与赵君亭依依惜别，赵君亭的车消失在灯火阑珊处。王艺一眼就看到一部黑色的帕萨特2.6，尽管它藏在深处，无声无息如同禅定，她还是认出来了。车门悄然打开，走下一个穿西装的身影，背光，面目全是黑的。王艺不显惊讶，只盯着那人。果然是刘威明，刘威明用低沉的口吻说："我等你半天了。"

"噢？"王艺只笑笑，说。

刘威明走近她，说："赵君亭还是那样滑头？"

"这是他的一贯风格。"王艺淡然地说。

"他还是什么也没有透露？"

"今天是私人约会。"王艺冷眼瞅着刘威明，说，"私人约会，怎么好谈公司的事？"

"可是，你是拿了公司的钱在请他，你就一点也不谈谈那事？"刘威明有些恼火了。

王艺很清楚，刘威明这是心里急的，她并不退让，说："你每次请客吃饭，也是回回有收获？你想钓大鱼，就得耐着点儿性子。"

王艺只管往前走，忽然想到了什么，停住脚步，对刘威明说："真的，以往赵君亭总是配合得很好，他总会事先透露一些内容。可是这次，他太反常了。这次的项目有史以来是最大的，按道理，谁能沉得住气？偏偏到这个时候了，他还一直守口如瓶，你想知道原因吗？"

"当然。"刘威明说。

王艺感受到刘威明逼人的目光，其中夹杂着鄙夷的神情，让她很不舒服。但她还是说："只有两种可能：对我们最不利的，就是华厦共友的一把手——黄总，他的心里已经有了候选公司，却不是咱们。我们的竞争对手，比我们下手快。人最怕'认真'二字，一旦黄总认真起来，赵君亭就必然要与黄总发生正面冲突。你说，他敢吗？还有一种可能，就是赵君亭想待价而沽，他想要个好价钱，就故意不那么急于透信儿。"

"你分析得还挺对路嘛。"刘威明揶揄地说。王艺的心里不禁骂了句土包子。在她看来，此时的刘威明显得很无知。可刘威明的心里是咋想的呢？他想要王艺做的，只是转述赵君亭在这一晚上讲出的所有的话，而不是王艺自己做出的推论。他早有推论了。现在他急需的是蛛丝马迹，是王艺能够猎取到的所有信息。他只需要王艺做一个传话筒或是窃听器的角色就够了。刘威明忽然觉得，让王艺来完成这样的任务，合适吗？这位海归派，可实在是太自命不凡了。

刘威明走进王艺的单身公寓，便打电话给阿呆，叫阿呆不必等他了，明天他直接去公司上班。

王艺便笑道："你们俩可真逗，上级和下级同住一套公寓，还打这样的电话，如果是老外，肯定以为你俩是同性恋。"

阿呆是最早跟着刘威明干的，他干得一直不错。可是刘威明对他有点愧疚，因为对他的承诺，总在兑现时大打折扣。

只听王艺冷冷哼了一声，说："他一个专科毕业生，每个月能拿上万元的薪水，已经够不错了。"

这便是王艺的毛病，总以为学历能证明工作能力。其实，在刘威明眼里，王艺的工作能力远不及阿呆。阿呆目前仍是刘威明的助理，因为俩人都是单身，刘威明便叫阿呆跟他同住。阿呆不仅在工作上是他的得力干将，在生活上，又充当了私人秘书的角色——端茶倒水，接送干洗衣服，料理一日三餐；甚至每次出门，为他挑选领带、刷亮皮鞋、披上外套这等细枝末节的小事，也都是由阿呆来做的。他们不仅仅是工作上的"战友"，更比别人多了许多兄弟般的亲情。这些，刘威明不想跟王艺多说。

刘威明跟阿呆通上电话，阿呆便问："王艺在你跟前吗？"

此时，王艺已进浴室，打开花洒洗澡了。刘威明说："不在，问她干吗？"

阿呆在电话里匆促地说："刘总，我现在还在公司里，我发现了一个重要情报，跟王艺有关。"

"那你快说呀！"刘威明边说边走出王艺的卧室，坐在客厅的沙发上。

阿呆说："刘总，我在公司信息技术部，今天下午不是咱们公司的局域网出了毛病吗？我刚想到有些资料明天就要用，还得上网查查，索性今晚就陪着他们这帮小哥们儿了。他们在检查公司邮件管理系统的时候，我留了个心眼，看了看这两天王艺的信箱里都有些什么内容。结果，我一眼就看到赵君亭今天发给王艺的一封信。"

"你长话短说。"刘威明对阿呆说。

"是一份凌飞公司内部的《跟踪项目一览表》。"阿呆说,"表中清楚地写下了华厦共友的这个项目,并且在表中'成功概率'一栏上,标出了百分之百。"

这太奇怪了,刘威明不久前才刚刚得知华厦共友的这个大项目,凌飞就已对项目中标稳操胜券了?凌飞是最近与龙祥形成全面竞争的公司,但怎么说也还只是一家刚刚起步的公司。凌飞有海外投资背景,公司高管层人员也都曾在海外留学,并大都有就职于国际大公司的经历,这些方面无疑要比龙祥这一类纯粹中国土生土长卷起袖子打江山的"土包子"公司,多镀了好几层金。可是龙祥在这一行业已干了多年,多少有些地位,怎么可能把这家"嫩娃娃"公司放在心上呢?也许这种公司还存在"水土不服"的问题呢,自己就死掉了。可是今年最大的一笔单子,竟然由凌飞抢先觅得,而且已占据了有利地位,这不禁叫刘威明脑门渗汗!

赵亭君到底出的是什么招?刘威明暗想着,便又问阿呆:"王艺看过了吗?"

邮件倒是被点击过的。阿呆不能明确王艺看过,因为这天公司的网络出了毛病。有可能王艺刚点开邮件,邮件服务器就断连了,她便看不成了;也可能由于网络出了问题,是信息技术部那帮小哥们儿统一下载了公司的所有邮件。

刘威明挂断阿呆的电话,心思时不时从王艺身上飘离开来。一晚上,王艺对凌飞只字未提。刘威明就在想,凌飞怎么可以在成功概率上填写百分之百呢?他们搞定了华厦共友的哪位大人物呢?他们的这份表格怎么会到赵君亭手里呢？赵君亭为什么又把这份表格给了王艺？一个劲儿地傻想，没有结论，面对刚刚沐浴后的王艺，刘威明的心里又升腾起一股温柔的情愫。面前这个如此娇美的女人，直到今晚，她还是属于他刘威明的。

几天后，王艺对凌飞的那份"跟踪项目一览表"仍守口如瓶，大大出乎刘威明的意料。于是，刘威明对王艺起了戒心，心弦也绷得更紧了。他是到了该铆足劲儿出击的时候了。

4

刘威明约赵君亭见面，俩人在温泉池中泡着。刘威明斜眼瞟了一下赵君亭，只见他微闭双眼，倒是有模有样，享受着泡温泉的快意。刘威明微微一笑，正要开口，赵君亭却先说话了："这地方挺不错，生意一定很旺吧，怎么到这时候，还不见有其他人来？你小子不是又包场了吧？我不是说过，不必那么破费嘛。"

"赵总，您还跟我客气，您可不是一般人，怎么能叫一帮不相干的人打扰您的休息。您可是我们的衣食父母呀，我可是一刻都不敢掉以轻心哟！"

"你看你，又给我戴高帽子，我可受不起哟！"

刘威明心想，老狐狸，耍滑头不至于耍个没完没了吧。嘴里却说："您呀，您就安心享受这种待遇吧！"赵君亭一笑，并不再言语。刘威明继续感慨，说，"赵总，我们从认识到现在，时间不长不短也有三年了，您还不了解我？以往我们合作都很愉快，我可真是把您当亲哥哥待呀。小弟只要能帮得上忙的，您尽管开口。我这辈子最敬重的就是您这样的人，人品、才学，都值得我学两辈子了。"

"哈哈，小刘，你可别尽满嘴抹蜜，把我捧上天呀！……我呢，也是很欣赏你这位老弟呀！年轻有为，IT业的精英，我佩服呀！"

刘威明心想，按理说，这个时候他应该要透点风声了呀，可是他七弯八拐的，到底什么时候他才肯痛快一点呢？刘威明只得仍装作乐呵呵的样子，说："赵总，您在笑话我呢。没听说嘛，IT业的人哪，上班比鸡还早，干活比驴还累，吃得比猪还差，下班比'小姐'还晚，挣得比民工还少，死起来比得了禽流感还快，看着比谁都好。"

赵君亭边笑边挥手，说："小刘呀，你就别在我面前叫苦了，谁苦谁甜，谁还不知道呀！"

刘威明不想再延宕下去了，灵机一动，要给赵君亭再上份"荤菜"。于是，凑到赵君亭跟前低声说："赵总，这里的妞不错，都是从'天上人间'跳槽过来的。您知道，那里的小姐可是一等一的，不但模样儿靠谱，而且高学历高素质，最适合您这样高品位的人了，怎么样，咱们来个鸳鸯戏水？"

"别别，"赵君亭连忙摇头说："不必，我没这兴趣，泡泡澡就行了，我还想游会儿泳，最近我的蝶泳有长进，想不想见识见识？"

"想，当然想啦，我得好好向您学习学习。"刘威明说。

"我知道，你的自由泳不错，咱们一块儿切磋切磋。"

刘威明只好又跟着赵君亭到泳池里扑腾，他揣摩赵君亭压根儿就不愿跟他谈项目的事儿。刘威明好不容易精心安排的"一脚球"，赵君亭不接。刘威明开始觉得，跟赵君亭打交道很累，尽管以前也有过这样的感觉，但以往是，一旦俩人把条件谈妥，赵君亭就是刘威明手中一颗最得力的棋子，能发挥出不错的效力。当年，老板都曾想巴结赵君亭，没成功。赵君亭这个人不是随便能与人交心的，即使刘威明也就是与赵君亭稍靠近了一些，也就是靠近了些而已。刘威明清楚赵君亭眼光高，从根儿上是瞧不上自己的。之所以这位赵总跟他还能说上几句话，只是由于刘威明对于各种球类比较擅长，滑雪、游泳更是他的强项。体育健将般的优美身姿，一下子能吸引人的目光，这才令风流公子式的人物赵君亭对刘威明产生了某种钦羡之情，才愿接受他的邀请，跟他来往。刘威明并没有真正进入赵君亭的"死党"小圈圈，那么这回温泉泡澡，还真就只能泡了汤了。

　　阿呆受刘威明的指令，夜以继日地监视赵君亭的行踪，这天终于获得了一条重要消息。凌飞的老总请黄俊生和赵君亭在林苑高尔夫球场玩了整整两天。这两天让刘威明感到格外漫长，心中火烧火燎的。一方面，他叫阿呆无论如何要打探出一些可靠的消息；另一方面，他不得不考虑跟老板商量，请出黄俊生说话。总不能吊死在一棵树上吧。本来知道赵君亭与黄俊生素有芥蒂，可是如今不是他刘威明不义，而是赵君亭先不仁，那就怪不得他要改弦易辙了。

　　刘威明正准备找老板商量，却被老板先叫了去。老板不知道从哪儿得知刘威明现在正跟踪的这个大项目，却还没在公司立项。本来，刘威明想等时机成熟后再立项，这样较为保险。只是出于这么点私心，却被老板从别处得知了消息，味道就全然变了。刘威明很快感到自己的处境不妙，这不是一般的问题，而是忠诚度的问题。

老板用人，不光要看能力高低，更要看此人对他是否忠心耿耿。从这件事中，老板说不定会怀疑刘威明的忠心呢。本来以刘威明在公司的资历与能力，早可以担当总裁之职了，可是老板就是让他十年不变，一直不提拔他。除了他的个人魅力和自身素质让老板有点妒忌之外，更重要的就是怀疑他的忠诚。本来刘威明自下海以来，就一直跟着老板干，应该说，十年时间不短，刘威明自认为对老板忠心不二。可是老板总在屁大点的细节上犯嘀咕，使得刘威明总感到左右不是人。他知道，这一次，只有将事情和盘托出，才能得到老板的信任和支持。

老板清楚这项目的价值，在方州能拿到这样的项目，将奠定龙祥在国内行业中的头把交椅地位，成为行业中真正的霸主。于是他决定亲自出马，倾全力要把黄俊生搞定。

龙祥的老板设下了三回宴请，刘威明做后勤。

第一回宴请，摆出了明星阵容，叫刘威明开了眼。老板得知黄俊生最喜欢的国内某位影视表演艺术家，与黄俊生还同龄。这位艺术家到场后，其风采如同在剧中一样，熠熠生辉。几位女明星靓丽清纯点缀其中，还有一位不轻易出现在公众面前，却被公认为实力派的女歌手也来到席间，叫众人惊喜万分……这些人都被老板请来捧场，与黄俊生觥筹交错。从来都只是在屏幕上见到的人，现在一下子齐刷刷地"亲密接触"了一回。黄俊生等人着实吃得尽兴，笑得开心。

在这种轻松的氛围中，老板顺便提到了黄俊生的儿子。最近黄公子回国了，他很想拿美国绿卡，却一直没能如愿。因为远远超出了签证时间，现在又回国了，要想重回美国都很困难了。为此，黄公子终日郁郁寡欢，在家里生闷气，惹得家人，包括黄俊生都不得安生了。老板对黄俊生说："我倒与美国一些名流有些交情，这点小事，还是可以帮得上忙的。"

"不用劳烦了，不好意思呀！"黄俊生忙摆手摇头说。

"这有什么？小意思嘛。"老板还不甘心，黄俊生却撇下此话题再也不谈了。

根据黄总那瞬间的不快，刘威明揣度出在这种氛围下，忌讳谈黄总的私人问题。黄总这样的人，见到自己喜欢的明星，总想摆出自己那副国有大企业老总的谱儿来，让别人也同样敬重他，怎么可以暴露出他在某方面的无奈呢？于是，刘威明推定，此招不会见成效。

于是，老板马上开始了第二回宴请。这回请来了黄俊生的上级。高官一坐，黄俊生不敢怠慢。可是黄俊生心里来气：我这把年纪，已不求升官，这个位置很适合我，少拿上头来压我，我并非见了上司就要给他们拍屁股的。我的江山是我自己打的，我的乘凉树是我自己栽的，犯不着你借钟馗打鬼。高官的话语也圆通地做了某种暗示，黄俊生表面点头一笑，心里却拧着不买账，叫你徒叹奈何。

老板还沉浸在高官为之助阵的幻境中，刘威明却叫阿呆不分昼夜地盯紧凌飞的老总，要去探听黄俊生与凌飞是否仍保持联系。阿呆不敢怠慢，伺机寻找一切可趁之机。这天午夜时分，凌飞老总在一家高级饭店的休闲区闲坐，这是绝好机会。阿呆叫人故意将一整扎啤酒，假装不小心泼在他身上，并一叠声道歉，用纸巾擦拭他的衣服，趁机把凌飞老总的手机从他的口袋里偷出来。阿呆拿到偷来的手机，赶忙发出一条短信给黄俊生：事情如何？很快有了回复：一切都在正常进行中。阿呆又叫偷手机的人将手机马上放回到凌飞老总的西装口袋里，神不知鬼不觉。本来刘威明早有所料，但得到确认后，还是很失望。老板这一招，又以失败告终。

第三回宴请，黄俊生根本就不想去了，但还是碍着面子来应付了一回。这回出现了美国上流社会某大家族的成员，高鼻子深眼窝，他用美式英语慢吞吞地说，黄俊生也还是听不明白。老板亲自做翻译，虽然老板的美式口语有些走样，可是听力不差，翻译日常口语不在话下。老板与老外的亲热劲儿进一步证实，要让黄公子拿到他日思夜想的绿卡，简直是小菜一碟。然而，黄俊生后来的表现却越来越显示出他是在应付了。他似乎一点也不在乎与这位美国上流社会的人物交往，充其量也就是再亲身体验了一回龙祥老板的公关能力罢了。如果是一般人，恐怕早上套了。可是他黄俊生不是省油的灯，不是唯小利是图的小人。其实，当他看清了这位老板的真正能量后，反而倒瞧不起他了。一个"公关先生"，能做好产品吗？铺开大网的蜘蛛，能成为高飞的雄鹰吗？能像他时常挂在嘴边说的那样，他的公司将会是中国民营企业的希望，能走向世界，成为国际化的大公司吗？他有公关的能力，就必定有严格履行合同，提高产品质量的能力吗？黄俊生从这位老板身上看不到深谋远虑，只看到蝇营狗苟；看不到雄才大略，只看到小人势利。黄俊生太知道这样一个道理了：私利的获取必得以公事的完美为前提，有了这份担心，便没什么可商量了。

老板出马，一而再，再而三的失败，让刘威明更加震惊于凌飞的能力。这个黄俊生看上凌飞的到底是什么？黄俊生搞不定，赵君亭又身影模糊，这笔三亿资金投入的工程项目，仿佛是海市蜃楼，刘威明只能是水中捞月吗？

5

月儿栽西，夜幕下一片烛光摇曳，带河有舟行水上，两岸的小酒吧，人声鼎沸。多数人都坐在屋外，四人、两人的大桌、小桌都已坐满了人。其中有俩人儿正相对而坐，不说话，只听到互碰啤酒瓶的声音。

"他还好吧！"

"谁？"

"刘威明呀。"

王艺瞅着赵君亭，半天没说话。后来她才问："为什么总在我面前提他？"

"这次的酒水就不用那小子掏钱了，我来买单。"赵君亭说。

正是这天上午，黄俊生把赵君亭叫进他的办公室，催促赵君亭赶紧确定招标评审委员会的名单，开始拟定招标书，并确定发标日期。黄俊生可谓来势强劲，步步紧逼，让赵君亭感到很有压力。黄俊生的话语间，影影绰绰显出对赵君亭的不满甚至责备，认为他在有意拖延，办事不得力。赵君亭强压着一肚子火，没说几句话。此时，他可就气不打一处来了。

王艺赶紧回答赵亭君:"刘威明根本不知道我们这次的约会,这次完全是我个人来约你的。"

赵君亭哼了一声,说:"想替他说话吗?你知道我最瞧不起哪种人?朝秦暮楚脚踏两只船的人,急功近利慌不择路的人,他刘威明占全了。本来我还觉得,这小子虽说不上有大才干,但还机灵;虽说不上有大出息,但还会干点事儿。可是,他怎么做的?他对我两面三刀……"

"这话严重了吧!"

"他明明知道我跟黄俊生的关系,本来我还有心帮他,可这回不行了,真的不行,我宁愿跟别人合作。"

"还有别人?"王艺不免吃惊地问。

"你以为呢?"

"那你与刘威明有什么不同?不也是朝秦暮楚?"

"是他先不仁义……"赵君亭说,"你的这个男朋友,看来是要功亏一篑了。"

"他不是我男朋友。"王艺突然意识到,原来龙祥老板三请黄俊生惹恼了赵君亭。王艺不禁笑出声来,又说,"只有老板才能请动黄总,刘威明不过是作陪而已,你怎么怪得了他?"

"这难道不是刘威明的主意?"赵君亭咄咄逼人地问。

"也许不是,也许是。"王艺饮了一口酒,又说,"那你为什么又总让人捉摸不定呢?还不许别人有别的想法?"

赵君亭一愣,恍然大悟,也大笑起来,说:"也是,也是。"

赵君亭凑到王艺面前,轻声问:"说真的,你觉得我怎么样?"

"不错呀！我很崇敬您！"王艺说。

"那刘威明呢?"

王艺沉默了。

"说实话吧，"赵君亭说，"你心里还是有他的，对吧！"

"干吗要那么说?"王艺有些反感。

"你现在不是还在帮他说话吗?"

王艺两只手转动着酒瓶，目光却瞥向一边，看着夜色里黑压压的人影簇动。慢慢，她叹出一口气，说："你到底怎么想的？其实，我只是觉得跟刘威明合作，对你也有好处。我们公司绝对不会亏待你，这你是知道的。我们一向合作得很好，这一回你为什么非要拧着呢?"

"合作的不是'我们'，是我和刘威明，好像与你无关。"

"怎么与我无关？也许你还不知道，我刚被调入销售部。你们这个项目在我们公司刚刚立项，这是我以销售人员身份参与的第一笔单子。"

"哈，是嘛。"赵君亭着实惊叹了，说，"你倒挺会把握时机呀！销售员签单，捞的油水最多，按公司提成，你会拿多少？是刘威明跟你串通好了吧。"

"确切地说，是我主动申请去的。"

赵君亭说："不错，到底是出国留洋的，脑子就是好使，会把握时机。那……你想撇开刘威明吗?"

"撇开刘威明?"王艺有意反问道。到这时候了，赵君亭还对刘威明耿耿于怀。王艺觉得赵君亭是在说醉话。

"我可以帮你。"

"这不可能,"王艺极为斩钉截铁地说,"这笔单子从一开始他就参与了,他在公司的地位不是一朝一夕建立起来的,要想撇开他,以我的实力简直是鸡蛋碰石头,即使借助你这个外力,也无济于事。"

"你何以变得这么有自知之明了?撇开他确实存在困难,可是恐怕你主观上也不愿意吧!"

"赵总,我确实是想回国有所作为,刘威明曾经帮过我,我不能见利忘义,我不愿跟人结怨。"

赵君亭听王艺这么一说,便不好再说什么,喝完瓶中残留下的酒,才说:"我们该走了。"

"现在太晚了,公寓大门恐怕已经锁上了,电梯也关了。"王艺又换作了轻柔的口气说。

"总有办法解决的。"赵君亭说。这回轮到他语气坚定而冷淡了。

"我没带大门钥匙卡呢。"王艺进一步说。

"我送你回家,看看情况再说。"

俩人对视良久,王艺不明白,赵君亭为什么会这样。她已经示意得很明显了,为什么他还是推拒?她脑海闪电般搜索着:赵君亭对她已不感兴趣了?她的某种表现不合他心意了?他参透了什么?领悟了什么?他在拒绝她,为什么?恍惚中,她找寻不到答案。赵君亭已经起身,看来,他并不是做做样子、摆摆姿态的,他心意已决,要送她回家。王艺只好迎着晚风,带着怅然的微笑漫步在河岸,与赵君亭走向停车的地方。

王艺很快落在赵君亭身后，她看着他的背影，脑海里闪烁着赵君亭的种种神情。这个男人与刘威明不一样，与她一贯在心中定格的乏味政府官员形象也不一样。王艺感到他的情感是真诚的，不是情欲至上。刘威明则表现出猛烈的情欲和太过明显的势利。只是因为刘威明是在王艺回国后，第一个在平常的工作中，在平淡的生活里帮助过她，也打动过她心扉的人。她和刘威明经营出来的丝丝暖意，还留有余温。赵君亭似乎并不太在乎名利的追逐，而刘威明为了利益，却不惜将她推入赵君亭的怀抱。王艺觉得刘威明无耻之尤，这种看法，从此再也挥之不去了。

6

刘威明拖着沉甸甸的脚步，强睁着困倦的双眼，在阿呆的搀扶下坐进车里。阿呆递给他一杯浓茶，他摇摇头，有气无力地对司机说："跟上前面那辆车，注意保持距离。"

前面正是赵君亭的车，车飞速行驶在东二环上。出二环路，穿过层层叠叠耸入云霄闪着寒光的一幢幢高楼，直入花园式公寓社区。王艺与赵君亭一起走到公寓大门前，大门只是虚掩着，没锁。他们走到电梯口，电梯还开着。无声无息的西门子电梯平稳地载着他们俩，赵君亭深情地将王艺拥入怀中，在她的前额上轻轻吻了一下。

赵君亭将王艺送到她的家门口，便要告辞，王艺拉住他说："进来坐坐吧！"

"不了，你也累了，好好休息吧！"

"我不累。"王艺靠着门边，含情脉脉地说。

赵君亭注视着王艺，过了一会儿，才说："算了，你醉了。"

"我清醒着呢。"

一片沉寂。终于，赵君亭像是挣脱了某种魔咒似的，说："你还是还是好好休息吧，我不打扰了。"赵君亭毅然转身就走，当他不禁又回过头来时，看见王艺仍站在那儿，泪花不知何时正在她的眼角闪烁。赵君亭叹了口气，说，"我想让你明白，我对你是真心的……"王艺迅速关上门，留下一片空寂。

7

赵君亭打电话约刘威明见面时，刘威明由于前一晚上喝酒过了头，脑袋还昏昏沉沉的，太阳穴不时的疼痛。赵君亭的约见让刘威明喜出望外。刘威明认为，老板三请黄俊生这一招起到了意想不到的效果，刺痛了赵君亭的某根神经，让他开始主动起来，使局面有了转机。道理很简单，这个项目如果完全由他黄俊生说了算，那不就没他赵君亭什么事了！

刘威明忙叫阿呆去预定包间，自己则去老板那儿汇报情况。他闻到阿呆身上一股膏药味，便问怎么回事。阿呆说他全身痛，就贴了几块狗皮膏药。刘威明鼻子都气歪了，赶紧叫他把所有膏药都撕掉，洗个澡，喷上古龙香水。绝不能再放过机会了，一定要立马将赵君亭拿下，那就不能让他有任何感到不舒适的地方。

刘威明与老板商量，到底要给赵君亭多少好处。如此一大笔开销，如何定夺？既能让老板可以承受，又能让赵君亭满意。刘威明忙了整整一天，连口水都来不及喝，到下午出门时，他感到虚脱。阿呆连忙塞给他一瓶水、一盒饼干，他就对付着吃下，虚汗才止住。

阿呆屏退侍候包间的小姐，只有赵君亭、刘威明和阿呆三人。阿呆在一旁倒酒陪侍。刘威明没有多余的动作，只把一份聘用书放在赵君亭面前，开门见山地说："这是我们公司聘请您夫人为客座教授的聘用书。年薪三十万，所得税由公司缴纳，每周末到公司给员工上一次课即可。"

赵君亭一笑，抽出一支烟来，阿呆忙为他点上。赵君亭半天才开口说："谢谢你了，小刘。"

"不用谢，""刘威明说，"这是您夫人的能耐，我们企业的员工需要提高政治素质。"

不错，赵君亭的老婆是一个普通高校教政治课的副教授，说是聘用他老婆来企业讲课，不过是找机会塞钱。行道里都懂，这样可以走明账，走正规渠道，合法生财，不怕审查。

刘威明又说："听说您的亲侄女大学毕业了，怎么样？到我们公司来吧，我们做人才引进高薪聘请，车补、房补就有几十万，一年还能挣个二三十万没问题。"

在公司里，一般能得到车补、房补的人员只有两类：一类是高级技术人员，一类是中层以上的管理人员。这是公司为了留住人才而采取的一种措施，一个刚毕业的大学生是根本不可能得到这么优厚的待遇的，这明摆着又是给赵君亭提成的另一种方式而已。

赵君亭点点头，刘威明确实想得很细。赵君亭的哥哥已经去世了，嫂子的工资收入微薄，他们的独生女还在上大学，一家子的大部分开销都由赵君亭负担。这样一来，顺带又解决了他的一大后顾之忧。

赵君亭说："我让王艺把一份表格交给你，你看到了吗？"

"什么表格？"

"凌飞公司的《跟踪项目一览表》呀。"

刘威明沉默片刻，说："看到了。"

"是王艺给你看的？"赵君亭提高了点儿声调问。

刘威明不知赵君亭的用意，只得模棱两可地"啊"了一下。

赵君亭透出一丝冷冷的神色，眯起眼来看着刘威明，心中萌生出淡淡的醋意。左看右看，这小子不过是"近水楼台先得月"罢了。其实，赵君亭故意让王艺将这份表格转交给刘威明，就是要向王艺示意，她所喜欢的这个男人，赵君亭可不以为然。作为情敌，赵君亭是不会放过任何机会来打击刘威明的，也不会在王艺面前将刘威明的劣势漏掉一丁点儿。可是王艺不想称赵君亭的心愿。这不只是她对刘威明还心存那么点情意，更重要的，是不想在关键时刻让刘威明看了那份表格后彻底失望，从而消极懈怠，失去最后打拼的决心。她的利益与刘威明是捆绑在一起的，所以才不向刘威明透露这份表格。

刘威明心头有疑虑，便问："您是怎么搞到那份表格的？"

"本来这份表是凌飞用优盘拷贝后，交到黄俊生手中的。你知道黄俊生这个人不太会摆弄电脑，总是叫他的秘书帮他弄。他的秘书跟我的关系不错，是他把这份东西又拷贝了一份给我的。可见，凌飞与黄俊生的关系可不一般呀。"

这还用说。刘威明心里开始盘算，作为销售人员，他很清楚凌飞是什么样的想法。他们想通过这样一份公司内部的任务表来向黄俊生表明，他们必得这份工程项目合同的决心。他们如果得不到这份合同，就完不成年终任务，甚至有可能出现公司亏损。那么，这样一份表格摆在黄俊生的前面，是要博得他的同情，更是出于对利益共同体的威胁。于是刘威明又问："黄总与凌飞到底是什么关系？"

"老总的关系网都是深不可测的，没法了解到呀。"赵君亭说。

刘威明把精气神儿全贯注到赵君亭脸上，却无法判定他到底是在卖关子，还是真的不知情。他收回了眼神，自忖道，至少有一点可以肯定了，这个黄总是怎么也不可能成为自己人了。于是他睁圆双眼，与赵君亭碰一大杯，咕噜咕噜喝到杯底，大有"兄弟我全靠你了，生死都由你决定"的豪情。

赵君亭说："老弟，听说王艺进你们部门了？"

刘威明感到有点突兀，但还是说："刚刚调过来的，赵总的消息好灵通呀！"

赵君亭说："王艺是个人才，我很欣赏她，这样的人才你们怎么能埋没呀。你看，能不能把她提升为副总经理呀！我看她一定会成为你的左膀右臂的。"

刘威明一听，心一惊，说："这事我还做不了主，得老板同意……"

"这有什么，只要你提名，你们老板自然会同意的。"赵君亭显然是对这件事毫不含糊了，当着刘威明的面，就给龙祥的老板打电话，老板满口答应了。

刘威明觉得自己像个傀儡，又觉得赵君亭夺走了他的王艺，是这样有手腕又这样毫不留情！难道王艺不是他刘威明为了金钱拱手相送的吗？可真到了这时节，刘威明还是有一种被强势所欺凌的感觉。欺凌就欺凌吧！

刘威明一回到住处，便叫阿呆拿几瓶啤酒一起喝。阿呆愣在那儿，说："刘总，别喝了吧，时间不早了……"

"我有话要跟你说，"刘威明坐在沙发上，看着阿呆，说，"现在趁着还有机会喝，就尽兴喝吧，等忙起来，恐怕什么也顾不上了。"

阿呆只好从冰箱里拿出啤酒，先给刘威明斟满，再给自己满上，抽出一把椅子坐在刘威明的对面。

阿呆见刘威明掏出一支烟，便忙为他点上，只听刘威明说："阿呆，这回我真的觉得很抱歉。"

"嗯？"阿呆迷惑不解地看着刘威明。

"本来我都想好了，今年年终我要力举你当副总经理的。你要是当了副总经理，至少有几万的车补，还有十几万的房补，钱不算太多，也还能买辆稍好点的车。只要这次拿下单子，你的提成也不会少，咱们能同时搬进新房。"

阿呆这才明白过来，一笑道："刘总，我可从没埋怨过你，你怎么安排怎么好，我听你的。"

"你放心，不管王艺升到什么位置上，我都会论功行赏，你的功劳我都记在心上，咱们部门算奖金，王艺要靠边站。"刘威明这回说的是真心话，虽然也曾这样答应过王艺，那只是个幌子。每个人的收入，在公司内部从不公开，谁多谁少，只有上边的头儿和财务知道，而这两方面的人往往绝对严守秘密。

"刘总，我不会有什么想法的，我知道，您跟王艺……"阿呆憨憨地笑而不言了。

刘威明盯着阿呆好一阵子，喝了口酒。原来阿呆早知道他跟王艺的那层关系了，他还能怎么说？但他还是说了："阿呆，你跟我这么多年了……"

"我是您一手培养的，我知道好歹……"刘威明示意阿呆不要打岔，向他摆摆手。

"阿呆，你跟我的时间算是最长的。在我手下干的人，有的已经跟我平级了，有的还超过了我，当上了副总裁。我一直想提你，可是，怎么说呢，你一直是我的得力助手，我总需要这样一个人呀，所以迟迟不想放你，让你这些年跟我受苦了。"

"刘总，您对我是没得说的，我知道我的能耐，我只是个做事的人，根本没想当什么官。我只想拿了今年的年终奖，能好好去澳大利亚玩玩。"

"澳大利亚？噢，你常提起，前两年就想去来着。"

"我一直都想去。"刘威明不禁一笑，只听阿呆继续说，"我从来没有出国玩过，就想出国一趟，见见世面。"

刘威明这才点点头，说："是呀，到外面看看，是很好。"

"你和王艺到底……"阿呆问。

刘威明抬头看着他，想了想，并没有正面回答阿呆的问题，而是问："你觉得我怎么样？"

"嗯？"

"作为男人，你说，我怎么样？"

"男人？那只有王艺才知道呀。"阿呆咯咯笑起来，只见刘威明一脸严肃，便只好收敛了些。

"你这人呀，名字可真没起错，就是呆头呆脑的。我说的是，我算是个成功的人吗？"

"那还用说，刘总，您要不成功，谁还成功呀。"

"去去，少在我面前拍马屁。你说我跟赵君亭比，怎么样？"

"他怎么能跟您比，一个国有企业的副总，就只知道往上爬，爬到位子上就能坐享其成。哪像您，可是赤手空拳打江山的人，功夫了得……"

阿呆说得没错。他阿呆每个月要交纳的个人所得税，就已经三千了，而刘威明要交近六千元的个人所得税，还不包括他们每年的年终奖的所得税，一年下来，交给国家的是多少钱？靠他们所交的钱，能养活多少下岗职工？能养活多少公务员？赵君亭这样的人，不就是依靠国家的垄断资源，依托国家的海量投资，赚取国民口袋里的钱。这也罢了，他们还有的是闲情逸致谈情说爱，包二奶，更有甚者还横刀夺爱。刘威明这等人仅仅只想把日子过得如意些，所付出的努力有多大，做出的牺牲有多大！

刘威明曾经跟阿呆讨论过他们的处境，其实他们是不能用白领、金领或是灰领来肤浅概括的。在国外，都说中产阶层是国家的顶梁柱，中产阶层在国家中的地位举足轻重。他们在公司有较高的职位，有较稳定和较高的收入，生活殷实，在社会上得到尊重。他们是纳税人。一个国家的强盛往往看中产阶层的人数是否在上升。刘威明离中产近在咫尺,他也有心把阿呆一起带进去。所以刘威明原本就明白,跟赵君亭比什么比,又何必再问阿呆呢。

"阿呆,你知道成功男人要找什么样的女人吗?"刘威明转话题了。

"知道,成功男人不选对的,只选成功的。"

刘威明上下打量了阿呆一番,笑道:"你他妈从哪儿听来的,说得还这么利索。成功男人就是爱找累受,成功女人是省油的灯嘛?"

"世人都知道。您想,成功人找成功人,才显出成功人的价值嘛!没看见明星都不找一般人,而不一般的人不是找明星就是找同样不一般的人嘛。"

刘威明冷冷一笑,认为有点道理,便继续问:"那你觉得王艺是成功女人吗?"

阿呆摇摇头。

"那你觉得她优秀吗?"

阿呆点点头。

俩人对坐沉思,各自喝着酒。

"刘总,你跟王艺到底怎么了?有问题吗?"

刘威明又点上一支烟,说:"我跟王艺没怎么,所以也就没有问题。"好一阵子,刘威明又补充说,"不知怎的,最近有种找不着北的感觉。这次的项目,要是真拿下了,就我个人而言,还真不知道是得到的多还是失去的多!"

阿呆恍然大悟,说:"刘总,您是不是……噢,当然,有钱了还怕找不着女人？别看女人这玩意儿，包装五花八门，配置都一样，还根本不用考虑扩容、升级这样的麻烦问题。"

"升级版的女人是有的，但前提条件是系统硬件先要升级。"

"系统硬件？"

"就是能控制女人的男人。"刘威明说。

8

这几天，赵君亭的工作效率有了提高。赵君亭来到黄总办公室，手里拿着一份评标委员会的名单，毕恭毕敬地递给黄总。

黄俊生仔细审视一番，是啊，他不能掉以轻心。他很明白，赵君亭网罗人心，善于拉帮结派。如果这些委员会的名单中大部分是赵君亭的亲信，或是他亲信的亲信，那即使黄俊生身居正职，也只是光杆司令，起不了决定作用。他黄俊生需要自己的人在评委会里。赵君亭一向工作谨慎，是绝不可能胆大妄为，公然将自己的人马全部收揽其中。他会掺杂几个中间派，也会把黄总的人选几个。但是，关键在比例上。

赵君亭的亲信绝不能超过三分之一，这是原则，是黄俊生此番审核名单给自己下的一道密令。

黄俊生开始指指点点一些名字："这个郭明，好像还不够资格吧！"

郭明是刘威明向赵君亭提起的，也不知是什么时候，郭明和刘威明成了死党，这是赵君亭自己悟到的，便使得赵君亭不得不力争郭明进入评委组。于是，他说："郭明已经做过三次中型项目的评委了，如果没有他，技术上的权威只有一个，就是技术部负责人老谭。还是不要把这么重的担子由老谭一个人来扛为好，他的压力够大了，身体又一直不好。"

"那好吧。那么这个小严呢？平时也没觉得怎么样嘛，他的表述能力好像也有点问题。"黄俊生说。

"其实，他是个挺有能力的人……那您看谁合适？"赵君亭让一步说。

"选小赵吧，赵凯。"

赵君亭心里冷笑，这个黄老头子倒不含糊，点明就是要他的马屁精当评委。好吧，暂时让你一马，这个无能小辈，我有法子收拾他。

"这个王田煜是什么人呀？"黄俊生又问。

"我们最近引进的人才，是个美国博士后。"

"噢，对了，我怎么把他忘了，这人倒是很能侃，不知道实干怎么样。他来公司不久，了解咱们的情况吗？不要形而上哟。"

赵君亭心里窝火，这不是找茬儿嘛，此人不用，你用何人，难道凡是我提的，你都要质疑一番？赵君亭心里虽窝着火，表面却心平气和地说："此人在回国前就与我们公司有联系了，是我一直跟他接洽的。"

其实，王田煜最初是刘威明介绍给赵君亭认识的。通过接触，赵君亭确实觉得他是个人才，于是才决定重用他。

赵君亭继续说，"他是我们将来要重用的人才，现在正是我们试试他的时候,这么大的项目应该让他参与进来,发挥他的能量。"

"好吧!"黄俊生只得妥协。其他还有几位是根本无法否掉的,而这几位又跟赵君亭关系甚好,其中一位还是赵君亭一手提拔的。不过,黄俊生算来算去,赵君亭的人,总数也未超过三分之一。沉吟良久,黄俊生终于点头,同意这份名单了。

赵君亭走出黄俊生的办公室,心里直冷笑。除了黄俊生所知道的赵君亭的亲信外,其实中间派里也有好几个暗地里跟他关系不错的。一般人对一把手都有权威畏惧感,平时,对一把手唯唯诺诺,其实心里指不定怎么瞧不上眼呢,而一把手却对此一无所知。赵君亭就很明白,他是干具体事的,跟属下常有思想交流。他比黄俊生更懂这批人的心思,因此,还有部分人表面像是跟定黄俊生的,到了关键时刻,临时变卦也未可知。当然喽,反之,也有可能。

赵君亭所圈定的名单,多数人与刘威明很熟,有几个与刘威明的助手阿呆还是死铁。当赵君亭感到事情正在顺利进行时,他的心情却总感有些失落。他不明白,自己的亲信为什么会跟刘威明这样的人走得这么近。也许跟他一样有利益牵扯吧。他明显感到,自己似乎又一次受制于他刘威明了。

赵君亭精明干练,本也是商场里的一把好手。可是,似乎是命运的安排,他明明是在施恩于刘威明,却仿佛又在受刘威明的摆布。他很清楚一点,吃别人的嘴软,拿人家的手短。他跟刘威明的交往不是一天两天了,所以他很烦,却又无可奈何。他不是不想摆脱刘威明,只是,他要找一个有利可图又不会败露的合作者,也不是那么容易的事。你总不能只看在钱的份儿上,就把项目随随便便交给某家公司去做吧！求他的人都排成了长队，可他只选择了刘威明这家公司，不因为别的，只因为这家公司做项目，从来没出过大的纰漏。说到底，龙祥在业界十几年，实力也确实不容置疑。他能把项目交给一个愣头青公司吗？他敢把项目交给一个皮包公司吗？他当然不敢，他要力求稳妥。于是，他的选择性就不多了。就这么几家公司，挑来挑去还是龙祥于公于私都最为妥当。想到这儿，他不免又叹了口气。是呀，他的无奈是不能随心所欲地去选择一个合作伙伴，更可悲的是，他捞了不少的钱还不能随心所欲地花。他如果太露了，纪委会盯上，这样，即使你在工作上硕果累累，也会查你没商量。所以，他根本无法明正言顺地享受哪怕只是"中产"的生活，刘威明这小子却可以……他打住了这种思路，又叹了口气。就此为止吧！

没过多久，华厦共友方州分公司开始向业内各公司发招标书了。

9

投标的前几天，凡参加投标的公司，大都已经进驻设有华厦共友方州分公司投标会场的度假村——九龙山庄，刘威明也同样领着他的部下一干人等进入九龙山庄。他们走进预定好的小会议室，谁也不出声，连走路都蹑手蹑脚。

阿呆从包里拿出探测器，在各个墙角划落了一遍又一遍，王艺和其他人也来帮着。个儿高的，就拿探测器踩着高凳，在天花板上来回检查，王艺则趴在地上，检查工作台底下。刘威明则与另外两人，把电话机、电视机、台式电脑、投影机、打印机之类，凡宾馆配置的电器，一律拆开来检查。他们一丝不苟，大气都不敢喘一下。一切检查完毕，并没有发现一个监视器或窃听器之类的东西，大家互相看了看，都点点头。既然没有问题，大伙儿便松了口气。

正当大家要拿出各自的笔记本电脑时，刘威明突然使了个严厉的神色，示意大家别出声。他拿过阿呆的探测器，走到大门边，搬来一把椅子踩上去。他把探测器高高举起，只见探测器闪起了红光。原来，大门上面的墙体是夹层的，有人在里面安装了一个灵敏度极高的窃听器。大家都傻了，呆呆地看着刘威明。刘威明一笑，拿出一个足够大的磁铁石，吸附在墙上。大家会意地一笑。可以想象，窃听器的安装者也许正乐滋滋想听点什么，却不料，差点把自己的耳朵给毁了。刘威明大声对大家说，这就叫魔高一尺，道高一丈。

这时，大家就如开闸泻洪似的，有说有笑，笔记本电脑放在桌上时，也故意弄出声响，好不快活。

"好了，大家先别激动。"刘威明又说话了。

大家恢复了平静，听刘威明的指令："大家都有三部手机，一部是私人手机，请大家配合，一律把这类手机关掉，直到咱们投标结束。如果还没有跟自己家人交代清楚的，现在赶紧通知家人，这几天不许再与家人、朋友打私人电话，我要是发现了，就按老规矩的三倍来罚款，因为是非常时期，便要有非常之举，望大家配合。有举报的，也按老规矩的三倍来奖赏。我希望这样的奖罚，在咱们队伍中不要出现。这是我们今年最重要的投标，大家一定要全力以赴。另外，大家还有一部公司内部手机和一部外联手机。公司内部手机是专接公司领导和同事的手机,这部手机,大家要慎用,现在一般只准接我们这组人的电话。而外联手机,请大家一律设置为振动,这样,不会影响其他人的工作。好了,有情况,大家要随时向我报告,我也会随时找你们,你们要时刻待命,以最饱满的精神,把这一仗打好。"

"YES,SIR。"大家笑着,异口同声地回答。

"阿呆跟我走,其他人抓紧完成自己手头的工作。"刘威明说完,刚迈出小会议室,就听见自己的手机响了一声。他忙打开手机,对方已将电话挂断。刘威明一看手机显示,是赵君亭打来的,于是忙打过去,可赵君亭的手机就已关机了。这让刘威明愣了一下,然后紧接着又拨了几次,对方确已关机。刘威明不禁暗暗骂了声他妈的。

阿呆在一旁莫名其妙,用询问的目光看着刘威明。刘威明没有理睬他,径自走他的路。刘威明的心里已有了数,他明白,在他们进驻九龙山庄的同一天,华厦共友方州分公司的所有评委,包括赵君亭在内,也都进驻了九龙山庄。为了在投标的过程中不使投标公司通过华厦共友公司的内线,获悉任何有关标底的情报,所有评委被暂时隔离,封闭起来,直到评标结束。

正如刘威明所料,赵君亭此时与同事们都待在九龙山庄的一栋靠山望水的别墅里。这栋别墅比较隐蔽,他们一来到这里,就进行了一次电子搜身,不许带任何与外界联络的通信设备。以往这种场合还可以带手机,只规定将手机关掉就行,可是这回,黄俊生突然下令要暂时收缴各位的手机。

赵君亭不满地说:"这几天,我总不能不跟自己的家人通个气吧!

我的老母亲正好这几天要从老家来看我，我总得跟她说几句话吧！"

黄俊生的秘书这回倒煞有介事地说："真不好意思，各位，黄总说了，大家的手机一定要上交，不管你们有几部手机，都要统统上交，一旦查出有人还藏有手机，就必须退出评委会。如果家里实在有急事，也没有关系，请大家打这个电话，这是山庄的专线电话。"

赵君亭无奈地笑了笑，心想，专线电话肯定已被黄俊生时刻监听。这个黄俊生够狠，事先都不跟他通个气儿。他情急之下，就只好给刘威明一个提示，让他心理有所准备。

各路人马汇聚山庄，气氛就在无声中渐渐紧张起来。这次参与投标的公司共有五家，除了龙祥和凌飞以外，还有三家，分别是：北太、华美、永生。这三家也不可小视。北太曾一直是龙祥十分有力的竞争对手，产品与服务的水平十分接近。华美最能放水，总是出最低价，让许多竞争对手大跌眼镜。永生的总部虽然刚进入方州，但早就在当地名声显赫，对方州也是来势凶猛，已被龙祥视为最强劲的对手之一。这三家都是全国通信行业里最为活跃的公司，他们都久经沙场，做过不少项目。倒是凌飞，才是真正的新手。要不是刘威明早探听到可靠消息，准会以为它只是陪标的主儿。

所有投标公司的人员仍在赶制投标书，各自房门紧闭。站在九龙山庄的花园里，只要仰头看看这几栋小楼，好几扇窗户都整夜灯火通明。

刘威明与阿呆整天在山庄转悠，寻找机会，伺机弄出点情况。对方几家公司同样有人露面，刘威明见几个人面熟，他们分别是北太、华美和永生的销售部总经理。他们打了几回照面，却都不吱声。

其实，他们应该也认出了刘威明。他们都在互相防范，同时，又企望从对方那儿获取些什么。他们各自使着劲，伺机在对方最薄弱的环节上下手。几天下来，他们熬红了眼睛。有的在静静等待中细细观察，在夜以继日的察言观色中紧张的推测；有的在嗅到对方一丝一毫的变动时，首先在自己内部掀起轩然大波，在标书上紧急改变策略。由于在投标前的最后时刻，都害怕闯入一匹黑马，所以对九龙山庄进进出出的每一个人都要死死盯住，以防意外发生。

刘威明扭头看着阿呆，只见阿呆的额头上沁出一层细密的汗珠。现在的天气还没怎么热，何况室内有空调，凉爽无比。于是刘威明问："你怎么啦？"

"上次体检说我有关节炎，这几天更疼了。"阿呆说。

刘威明打量着他，看着他苍白的脸色，说："前几天不是叫你去复查了吗？"

"关节炎还有什么好复查的，这病除不了根。"

"也许你得休息一下了，太累了吧！"刘威明说。

"没事，刘总，我能坚持住。"

刘威明还是不放心，却只说："不管这项目拿不拿得下，等干完这件事了，我就准你的假，去一趟澳大利亚吧！这些年，你一次假也没休过。"

"刘总，您不是也一样嘛，您总说要事业为先，咱们在创业嘛。"

"你出发前好好看看关于澳大利亚的介绍吧，总说澳大利亚是你的梦想国度，可你了解它啥呀！说不定你一去就后悔死了。"

"这不跟梦中情人一样嘛，正因为不了解，才是梦……"

10

不久，刘威明和阿呆打听到一个令人欢欣鼓舞的消息。他们发现凌飞的人至今还没有到达山庄。又通过在凌飞的一条内线，他们更加确定了这个消息：凌飞的投标人打算在投标当天才来山庄。刘威明马上派阿呆同另一个下属去打探凌飞投标人的住处。发现他们就待在中谷村一家寓所里，始终没有出来。凌飞也许是为了投标方案严加保密，才决定干脆在投标的最后时刻出现吧。刘威明心里一阵冷笑，叫阿呆和另外几个人立即行动。

华厦共友在九龙山庄举行招标会的那个早晨，方州与往常一样，四环路上车流如梭。大家都在赶时间，难免有人要强行加塞儿，难免有人心气儿不顺而导致突发事件。每个出门的人，刚从温柔梦乡里走出来，还没有多大的心理承受力，就得面对乱窜的车流及复杂多变的路况。人们紧绷着心弦，却没有一副清醒的头脑。于是，都市里像大线圈儿似的几个大环路上，顺着各自的轨迹狂奔的车流，就保不准在某一点上发生致命的拥堵。果然，上午九时，在天通林往小芋山的路段中，发生了一起交通事故。其实事故很小，就是两辆小车剐蹭了一下，两位车主争吵不休，而交警却迟迟赶不来。

刘威明与阿呆通话："好样的，再坚持一下，我跟交警方面已打好招呼了，你们一定要尽量再拖延一下时间，十二点一过，万事大吉。"

按照华厦共友规定的投标时间，是在中午十二点整结束。投标时间一过，就不能再接收标书了。否则，视为违规，标书无效。

这场事故害苦了不少人，一大段马路受堵，车速缓慢行驶。面对长长的车流，阿呆所缠住的那辆车里的人，急得抓耳挠腮，直跺脚。

时钟即将敲响十二点，刘威明正等着墙上的那口大钟惊雷般的响声。然而这一刻，他却傻了，不知从哪儿冒出了凌飞的人，拿出了投标书，在十二点差五分时，准确无误地交到了华厦共友招标人的手中。

刘威明希望立即了解情况。阿呆的手机响了半天，却没人接。刘威明气急败坏，直扯着自己的领带。手机总算接通了，但回话的不是阿呆，而是跟着阿呆的另一个下属："阿呆刚晕倒了，现在还在堵车，车子连就近的医院也没法去，现在就我一人，我该怎么办呀，刘总？"

刘威明彻底僵住了。

11

阿呆住进医院，处在昏迷中。刘威明直愣愣地坐在阿呆身边，只有床边的吊瓶一点一滴地输液。这时，王艺走了进来，看了看阿呆，对刘威明说："事情清楚了，阿呆一直盯的那辆车是北太的，他们已做了凌飞的陪标。这几天，虽有凌飞的人在北太的中谷村驻地出入，只是来协助制定投标书方案的。真正凌飞的人早就进驻在九龙山庄紧邻的一家酒店。而我们在九龙山庄一直盯着的北太，却只是凌飞设下的一个幌子,他们什么也没干,专陪我们玩来着。难怪北太这次显得疲沓消极,原来从头到尾就没打算中这个标。"

所谓陪标,其实就是一家明知自己不可能中标的公司,与有希望中标的公司联盟,为确保合作公司获得成功,或得到更高的标底价位,而进行配合投标。这是公司既有竞争又有合作的表现,这回我当你的陪标,下回也许就由你来当我的陪标,互为利用。

"现在我们该怎么办?"王艺问。

刘威明这才将视线从阿呆身上移开,对王艺说:"有什么怎么办?只能在评审会上再见高低了。"刘威明叹了口气,给阿呆掖了掖被子,又说,"以往都是阿呆配合我,现在,我想让你来。"

俩人沉默良久,刘威明的心却静不下来,说:"你走吧,明天就是评审会了,你今天得好好休息。"

"那你呢?"

"不用管我,管好你自己就行了。"刘威明说。

"女人的韧性和耐力可比男人强。"王艺不服气,仍站在那儿。

刘威明火了,说:"你以为你是谁?一个女人能有多大能耐?关键时刻能靠得住?能不掉链子?"

"你觉得以你现在这种状态,能有几成把握拿下这个项目?"王艺挑衅地说。

刘威明彻底愤怒了,吼道:"王艺,我能让你做我的助手,就够看得起你了。依我看,你连做阿呆助手的资格都没有。你这种人就是个花架子,中看不中用。"

"你说什么?你的意思是说,我是靠脸蛋混饭吃的吗?"王艺也震怒了。

"这可是你说的，哼，女人的模样有时也能成点小事，但终究成不了大事，没准儿毁了你自己。"

王艺没有想到刘威明这么贬损她，尚存于心中的一丝柔情，到此已荡然无存。她心里只有怨恨，便甩出一句："你这土包子。"随后，她扬长而去。

王艺的内心翻江倒海，她感到自己遭受到了莫大的屈辱。她太自作多情了，没想到刘威明对她竟是如此评价。她本来是瞧不上刘威明的，她也本来是瞧不上赵君亭的。再将时光回到从前，她本是瞧不起所有国人的，这才决意出国呀。可是，她回来了，学成归国，在国外工作过，生活过，却反倒被国人瞧不上眼了。她不明白，在这群愚蠢的家伙面前，什么才叫能力。她的学位，她的知识，她的见识，在他们眼里全是泡沫，臭狗屎。他们到底要什么？要她消磨掉成就伟业的傲气，搁置高瞻远瞩的气度，泯灭见过世面的眼光……为了在这样的群体中求生存得发展，她究竟该怎么做才对？

王艺流下泪来。她渐渐平息了胸中的怒火，又沉思良久。突然，她悟到，其实她什么都不是，她王艺只是成了刘威明与凌飞第一回合较量失败的出气筒。

12

第二天一大早，王艺就敲开了刘威明的房间，就见刘威明已经稳稳坐在沙发圈椅上，抽着烟。整个房间都弥漫着烟雾，空气仿佛凝结成一团惰性气体。王艺明白，刘威明肯定一夜未合眼。王艺默默打开窗户，还为刘威明沏上杯咖啡。刘威明疲惫地看了几眼王艺，没出声。

在刘威明的正前方，有一块白板，上面用油笔写着几个人的名字：郭明、老谭、王田煜等。

刘威明视郭明为他的敢死之士，业务精通，是公司的"老人"，敢于直言，有些霸气。老谭是高参，沉稳、深虑。王田煜虽为新人，但学识渊博，巧舌如簧，完全可以敲边鼓，提供相关佐证。

刘威明叫王艺打开电脑，王艺打字的速度非常快，完事之后，还要将内容和刘威明核对一遍，接着以最快的速度，将刘威明的指令以短信方式，随时发送到赵君亭的备用手机上。

刘威明看了看时间，正好，赵君亭的备用手机打过来了。刘威明将自己的手机接通，塞上耳机。这部手机将一直开着，相当于窃听器了。

华厦共友标书评审会议在九龙山庄的会议大厅里，在规定的时间召开了。黄俊生坐首席，赵君亭坐在他的旁边，其他人早已沿着椭圆形的桌子，间距紧松不一地坐下。所谓圆桌会议，却无一人敢坐在黄俊生的正对面，于是成为两条放射性抛物线，两条抛物线的交汇点是黄俊生。黄俊生有视野上的纵深感，心却是悬着的。

首先他沉默了一会儿，调整眼睛视觉上的稍稍不适。他想，他要一开始就震慑住每一个人，最要紧的是他身边的赵君亭。基调得由他来定，这很重要。于是，他不紧不慢先掏出一包烟放在桌上，抽出一支点上，<u>丝丝缕缕</u>的青烟很快便扶摇直上了。

赵君亭虽眯起眼来，凌厉的目光还是不容置疑地透射到一些人身上。在开会前夜，赵君亭就先跟刘威明暗地里有了商定。谁打前锋，谁备突围，谁打后援，谁从中斡旋，谁先发制人，谁跟紧对方的谁。赵君亭一言一行，一个嘴角朝上还是朝下，就能牵动他们思绪的指针，调拨他们情绪的走势，拿捏他们官场的前程，锤定他们生活的质量。

黄俊生又啜饮了一口茶，才开始发言。在他干瘦的皮囊里，发出嘣儿脆的嗓音。无疑，黄俊生发言的前一大段，都是官话套话，但这些官话套话从黄俊生嘴里说出来，真是一字一句，如吐纳百川；一招一式，如乾坤拿定；一叹一息，如海浪千回。说者有意，听者亦要留心。黄俊生的语调高低掌控人心的起伏，语速的急缓调动思绪的节奏。在他语速快时，人们多听少想，在他语速慢时，反而思绪会加剧。

真真切切似高瞻远瞩，扬扬洒洒表心志高远。一个深谋远虑的领导人，一个赤子报国的长者形象，就这么技巧高超地浮出了水面。公司是国家的，国家自然是神圣的，三个亿资金投入的项目，各位评委担负的责任可想而知。请你们投上神圣的一票。

黄俊生又啜饮了一口茶，说道："这个项目只有实施好了，达到了项目的目标，才不辜负国家的期望。请大家关注我们的评定原则，把握评定的各项要素。这次招标有五家公司投标，其中一家的标书由于超过投标时间而被淘汰。到目前为止，完全公开、公正、合法，希望在这次评审会议上，能取得更加圆满的成果。在这次评审会开始之前，跟大家再说一说我们的评定原则。首先，希望大家抛开私情,不要总先考虑以前的老合作伙伴。"说到这儿,黄俊生有意无意地瞟了一眼赵君亭,是威慑还是商榷?赵君亭当然不好马上做出判定,但他知道,这句话是冲他来的。此前龙祥与华厦共友合作最多,这谁不知道。

黄俊生继续发言:"我们一定要锁定大公司,注重产品质量。大公司嘛,实力还是强些嘛!"这似乎有回旋余地,龙祥是国内数得上的大公司,但是后来的话,大凡有点心计的人都能听得出,每句话都针对龙祥而来,黄俊生若明若暗地把龙祥贬得一无是处,并搜集了以往华厦共友技术部门对龙祥的许多抱怨之词,大有将龙祥先打入冷宫而后快的味道。

这下,想为龙祥说话的人,心都悬吊起来,一个个大气不敢喘,似乎一旦开口为龙祥说话,无疑就是华厦共友的"贰臣逆子"。黄俊生又将话峰一转,津津乐道于"国际化"。国内所有的企业,不管是何实力,是何级别,都想实施"国际化"战略。国家也要扶持具有"国际化"潜质的公司,虽然他们还只是襁褓中的婴儿,可他们具备成长为巨人的基因。相反有些公司,虽在我们的哺育下,长成为青少年,却越来越显示出先天的体弱多病,给他再多的食物和营养,也将无济于事,不可能成长为"国际化"大企业。

黄总的弦外音在哪儿?人们的思绪指针在搜索,在罗列,在排除,最后锁定。只有它,只有这家公司是符合黄总"国际化"原则的,那就是凌飞。而龙祥则是黄总首先要摒除的。人们拨开云雾见晴天,太阳又圆又大又红,但赵君亭不理会这个"太阳"。

赵君亭的发言在黄总之后,他完全针对黄总的发言,进行反驳:

"为什么就不应该先考虑一下我们的老合作伙伴？难道就是因长期合作而必然存在的各种各样的人情世故吗？我们多年磨合而成的现如今的工作方式，就毫无用处吗？密切的协调和配合，就无关紧要吗？软件开发，尤其是应用软件开发，最重要的就是需要我们和客户反复的沟通，其中差强人意之处在所难免。我们的确跟某家公司的关系渊源已久，大家是知道的，它与我们集团各分公司的合作也是很多的。这一年来，我们也有不少小项目给他们做，成绩还是有目共睹的嘛！人家可是无条件在为我们服务呀，为达到咱们的要求在无怨无悔地拼命努力呀。这次这么大的项目，若交给一个从未合作过的公司来做，不是冒险是什么？"

赵君亭继续铿锵有力地说："国外的产品是好用，可往往不能满足我们的使用需求啊，可价格还贵得离谱。国家也不想再失去一直处在IT产业链末端上的市场。我们有扶持民族企业的责任，多年来，我们也一直都响应这种国家政策，朝这方面努力着。难道现在我们就要改弦更张，听任国外的产品充斥国内市场？这是国家的宗旨吗？是上头的意思吗？我们如何领会和施实上边的决策呢？在投标的公司中，多为我们的民族企业，可见我们的初衷嘛。可是有一家企业，我暂不否认它的实力，它的产品是否真的强过其他公司。首先，它有外资背景，如果将项目给了它，这就意味着我们本想通过大项目，锻造中国民族品牌的美好愿望，从这开始就没有落到实处。难道我们办事还要掺杂水分？还要应付上头？口口声声说要对得起人民，对得起国家，背地里却来这么一下？另外，他们的管理全盘西化，是否能与我们的技术部门合作得好，也是个疑问。此公司是刚刚成立的一家新公司,还没有接过任何大项目,实力从何说起?信誉从何说起?虚头巴脑的头衔,我看不重要,什么海归派,那不是在中国这块土地上逞强的理由……"

大家见赵君亭的话比黄俊生还强硬,知道这次的正面冲突已在所难免,每个人的思绪都紧绷到了极限。接下来是技术部负责人老谭发言,阐明技术含量及技术合作的有关问题。他虽与赵君亭一向交好,却也不敢当面冒犯黄俊生。在开会之前,赵君亭曾一再叮嘱他,这次势必破釜沉舟。以他的实力,担当先锋,黄俊生奈何不了他。可他真上了阵,说话忽左忽右,肉得很,尽管赵君亭向他瞪了好几眼,也无济于事。

技术部的骨干郭明,是直捅黄俊生心窝子的一把匕首。可是,赵君亭没有立即用上他,而是先让计划部和采购部的负责人发言,前来周旋一番。黄俊生的亲信不甘示弱,以马屁精赵凯为首的几个人开始实施合围。赵君亭的手下按照事先的部署,该包抄便抱抄,该冲杀便冲杀,该迂回便迂回……双方阵营你来我往,杀气腾腾。中间派也被硬拉出来说几句话,做几回把式,两方阵营都不甘心让中间派平心静气,隔岸观火。两条放射性的抛物线上,有阴阳怪气的,有气宇轩昂的,有平静如水的,有烈火迸发的……黄俊生一时光火起来,正要发作,他自己的备用手机竟然忘了设置成静音,竟不合适宜地响起来了,会场骤然安静。

黄俊生不好意思地拿出手机一看,是儿子给他发来的一条短信。短信上说:"老爸,我已拿到美国绿卡,明天就走,今晚回家吃饭。"

黄俊生纳闷,猛然想起前不久龙祥老板请客,在宴席间说的话,感觉不对劲。于是，宣布会议临时休会。

黄俊生离开座位，独自回到他自己的房间，给儿子打电话进一步询问，到底怎么回事。原来，这位黄公子早已与刘威明认识，刘威明帮他拿到了绿卡，并叫他此时此刻将此事告诉他父亲。黄俊生一时气急败坏，破口大骂自己的儿子是孬种。

黄俊生回到会场，看了赵君亭一眼，仅仅几秒钟，传达了所有信息。赵君亭明白，单单这一招是不能完全制伏黄老头子的。黄俊生也许认为，这不过是小恩小惠，你们可以先实施后报告，我便可以来个死不买账。此非我意，讨我儿子欢心，与我不相干。

虽说只是一缕轻风过，表面不留痕，不把此事当事，但也还是个事。事既存在，便会使人的行动稍微迟缓。形势正处在分秒必争的紧迫当口，黄俊生的些许迟滞，便陷入了被动。黄俊生的初衷眼看要"黄"。

黄俊生决定再次休会，示意赵君亭跟他一起离开会场。赵君亭走进黄俊生的房间，知道黄俊生要向他摊牌了。

"你为了那家公司，这样做值吗？"黄俊生用挑衅的口吻问。

赵君亭很明白他的意思，言下之意无非是，龙祥给你多少好处，你竟然明着跟我唱反调。于是他也反问一句："那么，您为了那家公司，又值吗？"

俩人的目光坚硬地碰撞在一起，谁也没有躲开。这时，黄俊生的房间电话响起。是华厦共友总部纪委打来的，叫他明天到纪委去一趟，要向他了解一些情况。黄俊生不解，忙问："到底要向我了解什么情况？"对方只说让他明天去了再说，现在一时半会儿说不清楚，说完电话便挂了。

黄俊生回头注视着赵君亭，赵君亭面无表情，没有给他带来任何可以加以分析的信息。难道又是赵君亭的预谋？难道又是龙祥搞的鬼？不早不晚偏在这个时候来这么一手……纪委要找我谈话，谈什么话？是五年前的事？还是三年前的事？这两年没什么大事，可是小事难免有点儿，查起来就麻烦了。常在河边走，哪能不湿鞋。自认为还算清廉，可是当官的现如今哪个不怕查？查起来就说不清了……

休会的时间已经很长了，当黄总再次回到会场，神情有些颓唐。他言语少了，还时不时走神。会议的风向有了很大的转变，赵君亭这一方，以绝对强势将黄总这一方全线压垮。黄总这边的人将目光齐刷刷地盯着黄总，可是，黄总还在那愣着呢。

在规定的时间内，宣布了中标公司，龙祥以绝对优势中标。

黄俊生去纪委并没有被问到任何实质性的问题。黄俊生这才明白，原来是龙祥无所不用其极，连纪委的人他都敢用来当枪使。黄俊生只有无奈。毕竟儿子的绿卡的确是龙祥办的，儿子又已然去了美国，事已至此，也不便再向龙祥发难了。

13

龙祥中标当天，刘威明急匆匆赶回住所。他取出搁在家中已久的正宗法国香槟，踌躇满志，开车直奔医院，看望阿呆。一路上刘威明有些飘飘然。这时，手机上收到了王艺发来的一条短信："阿呆确诊为骨癌，来日无多……"

刘威明来到病房门口,停住了脚步。

过了好一会儿,他才把手中的大酒瓶子掂了掂,下了很大的决心,迈开步伐走进病房。投标成功的大喜与阿呆因骨癌将不久于人世的大悲,两种情绪在刘威明心里没法调节。阿呆已醒过来,正无力地仰躺在雪白的病床上。他的脸色与床,及病房的四壁颜色无异。

刘威明举起酒瓶,含泪说道:"我们中标了,阿呆,我们终于杀进'中产'了……"

阿呆默默地微笑一下,支起一只胳膊,想坐起来。可是这种努力没有成功,刘威明想帮他,却不知如何帮,只愣在那儿,站着,看着,惶恐着。刘威明不顾医院的禁烟规定,掏出一支烟点上,塞进阿呆嘴里,然后,也给自己点上一支。

"阿呆,"刘威明说,"今天是值得庆贺的日子,想想,我们都拿了一个三亿的项目呢。我跟财务部又核算了一次,超出了我俩上回预算的结果,公司会有一个多亿的净利润。你不用担心提成的事儿,就准备买你相中的那套西洋公寓吧,车子也至少要奥迪A4……"

"刘总,我还是想要带桑拿房和两个厨房的大户型套房。"

刘威明一笑,说:"也行。以后,以后我们可不只拿三个亿的项目,还会有四个亿、五个亿、十个亿的项目等着我们去拿呢。"

阿呆说:"但是刘总,您不是说过嘛,我们是中产阶层,豪华不实用的东西不属于咱。我在家里有个桑拿房干什么用?一个中式厨房就够了,干吗还要多一个西式厨房?咱们拼命干起事儿来,一年能有几天是在家待着的,有工夫蒸桑拿吗?又能在家里吃几回饭呢?那些不都成了摆设嘛。我先前也只是瞎想想,那种大款豪奢的生活也就一想而过罢了。"

刘威明不禁想起自己曾对阿呆的承诺：到方州创业，住好房，开好车，过上受人尊敬而惬意的"中产"生活。这一切，眼看着都将变为现实，而阿呆……

"刘总，我病好了，还跟着您干，只要是跟您干，我就、就比什么都爽……"阿呆说。

刘威明与阿呆彼此注视着，他们从未如此对视过。只在这一刻，刘威明感到彼此间从未有过的真情和温暖；同时，又感到从未有过的悲怆和孤独——他忽然想哭，想大声地哭……

于是，猛转身背对阿呆，仰起头将法国香槟使劲摇晃——一声巨响，振荡着病房的四壁。香槟泡沫喷射开来，在病房里像雪花一样纷纷扬扬。这些"雪花"又飘落到刘威明的脸上，与喷涌而出的泪水融为一体……

"赢啦，我们赢啦，刘总！"阿呆突然支撑起身，在病床上挥舞双拳高喊道，目光显得深远，也显得空洞，他说，"今年只想有个完整的假期，带女友去趟澳大利亚……"

刘威明再也无法控制自己，跑出了病房……

尾　声

年底，王艺拿到了她的所有提成，还有老板亲自批给她的车补十万元。然而，她却离开了龙祥，进入华厦共友方州分公司计划部，谋得了一个不错的职位。

她正稳步朝着她想要的生活进发，那是令她朝思暮想的"中产"生活。赵君亭是她强大的靠山，与赵君亭交往过密了一段日子后，为避嫌，俩人又开始若即若离。

王艺在国内的见识越来越多了，与赵君亭同等"重量级"的人物，甚至更高层的人物，她都已接触了不少。她在那样的圈子里，越来越游刃有余了。

终于有一天，刘威明主动约王艺吃饭。他们面对面，俩人的笑里透着冷，交谈中隔着一层膜。他们不想承认此时的相处已如同嚼蜡，却又无法掩饰。他们俩也许永远不再有以前的激情，也许永远不再有过去的冲动。他们就像两颗有着自己轨道的星星，既不会迷失方向，也不会互相碰撞了。他们各奔东西，可望而不可即。他们心里都明白，私人约会只有这最后一次了，下次就该谈谈俩人都关心的"公事"了。

刘威明终于如愿以偿，不但买下了他久以向往的中式庭院，把父母接过来一起住，老板还拨专款为他的住宅装修得气派非凡，并给他换了一部最新款宝马745。

两年后，刘威明开车回了一趟老家。

此时正值清明时节，扫墓的人很多。从方州到江北，一路上都没有"清明时节雨纷纷，路上行人欲断魂"的景象，倒是万里无云，艳阳高照，叫人们的情感似乎也无处寄托。

刘威明买下一大束鲜花，捧在胸前，寻找阿呆的墓碑。陡然，他停住了脚步，只觉得胸口一阵阵抽动，每吸入一口气都如刀戳进他的心肺。刘威明一只手捂住胸口，腰渐渐弯下来。他抬头急切地张望着,在耀眼的阳光下,墓地延伸到不能目及之处。他的眼前仿佛笼上了一层白雾,雾色越来越浓重;碑林摇晃着,模糊起来。刘威明在擦额上细密的汗珠时,想到,真得要找个时间去医院检查一下了,这种突发性的胸口疼痛已经不是一次两次了。

首席技术官

序

前些日子，龙祥软件股份有限公司的高管层出了件有趣的事。按现在的流行语，都叫什么"门"。那事后来被传为"娇妻门"。其"门"内的主人公是龙祥的首席技术官崔志翔和他的未婚妻吕红霞。

提到吕红霞，那可是个大美人儿。吕红霞的肤色白里透红，洋溢着无限的青春活力。她身材匀称、圆润，凹凸有致。模样儿有江南女子的清秀，又有北方妞儿的大气。在她身上，将中国的温婉典雅与西方的浪漫奔放完美结合。她着一身职业套装，却丝毫遮掩不住迷人的性感，让她兼有职业女性的干练与性感女神的诱惑。与她擦身而过的男人，都会情不自禁地朝她回两次头。第一次回头是在乍看一眼那惊艳之貌恍若做梦时，赶紧确认一下，自己是否真遇上了一个难得一见的美女；接着第二次回头，是在第一次回头而不能尽兴时，再次追溯的一望，是对她那样的美的回味，是忍不住、情不自禁的"再回首"。这么个大美人儿二十四五岁，方州本地姑娘，从英国商学院获学士学位没几年，就俨然成了职业经理人。她目前的职位，是龙祥国际市场拓展部的总经理。

"娇妻门"的起因是崔志翔和吕红霞这对准新人，成双成对去大马士革出差。吕红霞在言语中冲撞并得罪了龙祥当地的销售经理。

这位大马士革的销售经理，打国际长途给龙祥董事长，说："老板，您知道嘛，那个姓吕的当着外人的面，当着我们客户的面跟我吵呀！她说我办事效率低，那是她能下的结论吗？老板呀，他们说我事小，诋毁公司名誉事大！老崔不但不制止她这种行为，还默许了呢。"

董事长心头之火一下子就被点着了。小吕不懂事，难道你崔志翔也不明事理了？没等崔志翔一行回国，董事长就在公司的大会、小会上，多次严肃地重申了他的一贯观点："损害公司形象？公司还养着你呢，你给公司脸上抹黑，不就等于在你爹妈脸上抹黑吗？损害公司形象，其实也损害了他自己的形象。我平生最恨这类人，吃着肉，骂着娘，尤其还是公司的高级干部！到了一定的位置，就开始飘飘然，不知道自己姓什么了。没有龙祥这个平台，你算老几呀？你要是不说自己是龙祥人，谁把你当棵葱？"

原本是吕红霞惹的祸，最终矛头却很自然地指向了崔志翔。有人开始琢磨了，董事长曾经执意提拔崔志翔为龙祥的CTO（首席技术官），如今是否有些后悔了？

崔志翔曾经在高管会议上发表的豪言壮语，至今还余音绕梁。

"我们不要漫无边际地设想未来，要把思路钉在当前，钉在实打实的事情上……做好你的本分，做好你能做的，收获你可以得到的……我们要奋斗,以身作则,我们本来就落后了,还不奋起直追!"

崔志翔是这么说的,更是这么做的。他正是靠着无比勤奋和相当务实的工作作风,得到了董事长的首肯。董事长有句口头禅:"我可以容忍你们所犯的任何错误,但唯一不能容忍的是你们工作不努力。我相信天道酬勤!"

可是现在,崔志翔那番合人心意的言语与行为,怎么像渐渐凉却的咖啡,不再那么香了?

1

国内最大的通信业霸主华厦共友集团向它的供应商们发函,即将召开一次有关 WF 产品的选型研讨会,实际上就是产品入围评审会。研讨会上,各家参评公司要上台演讲,由专家评委当场打分,入围者便有资格与华厦共友签订项目合同。

华厦共友抛出的项目是十分诱人的,WF 产品处于华厦共友所有应用软件系统价值链的高端,利润丰厚。可以预计,这套系统一旦正式签约,即使像龙祥这样拥有两千多名员工的 IT 大公司,也将至少可以保证三五年的持续创利而高枕无忧。

然而,龙祥的首席技术官崔志翔却获得了一份内幕消息,网泰公司率先研发出了 WF 产品,并已经在华厦共友的平台上进行产品测试了。看来,华厦共友在准备公开招标的同时,私下却物色好了公司,而且偏偏是网泰。

这个情报是绝对可靠的。

华厦共友集团总部大楼十层往东,有一间大机房,那里早已是龙祥技术人员的工作区域了。他们为华厦共友做系统维护,已经有好多年了。

这些身为龙祥的员工,大部分时间却是在这里上班的。他们非常喜欢这里,以在这里工作而感到无比骄傲和自豪。这里位处著名的商业街,紧挨着世界五百强公司林立的CBD。无论你是什么样的人,但凡身处这样豪华的办公楼,都会立刻沾染上某种洋味儿和富贵气,举手投足间不觉挥洒出一些气度不凡来。然而近年,龙祥在华厦共友的工作区,变得有些拥挤了。一家新崛起的同行,网泰,也进驻到这间大机房,与龙祥的技术员共享这里的办公间。他们之间只有一排电脑桌作为分界线。

两家公司的技术人员同时工作,一起加班,时间一长,就甚至像好哥们儿似的,一起去大楼餐厅吃午饭。有时,他们还会为对方互买早餐;下班后,又一同出去下馆子、喝酒、玩桌游。大家同为技术员,聊来聊去的话题总也绕不开自己的专业。而大家技术相近,彼此的技术机密实则就成了公开的秘密。他们相互之间遇到难题了,也不忌讳向对方请教。比如这样的情况,就常常发生:一个技术员叫对方公司的人过来,说:"哥们儿,有空帮个忙呗,帮我看看这个,我怎么就是出不来结果呀?"对方满口应下,坐到邀请人的电脑前,就直接操纵起电脑键盘来。这时候,那个邀请对方的技术员又说:"哥们儿,我上个厕所去,等会儿回来。"于是,十分钟、二十分钟后他才回来。这么长的时候,足够让对方拷贝整台电脑了。

不过,拷贝对方的技术机密,套取对方内部技术信息的事情,是绝不可能发生的。因为一则这违反了国家知识产权法，必会追究法律责任。二则作为一名普通员工，利用对方的技术机密为自己的公司服务，也没有任何利益。这种傻事，不会有人干。

然而，崔志翔利用了下属员工的这种单纯无防备，套取了他们的口风，知道了网泰在 WF 产品研发上早已领先龙祥的事实。

崔志翔与网泰的 CTO 肖文强可是相当熟的老熟人了。多年前，崔志翔和肖文强是校友，读博士学位时又在同一位导师门下。他们只先后一年拿到博士学位。导师曾对肖文强的评价很高：扎实的学术功底，广泛的学识爱好，强大的融会贯通能力，极赋创造力。崔、肖二人又同时在导师的带领下来到龙祥，同时被委以重任，成为产品线总经理。可是到了龙祥，他们就有了分水岭，各自走上了不同的道路。

那年，肖文强经历了职场上的一次"滑铁卢"。他所研发的产品被另一家公司抢占了市场先机，先与华厦共友签订了合同。肖文强的这条产品线，在市场上的前景顿时一片昏暗。

其实，经后来业界评定，论架构设计和产品质量，肖文强研发的产品都要强于那家抢先与华厦共友签单的公司。而且按理说，产品没有及时与客户签单，是营销的责任。可是，那个时候谈责任已经没有意义了。龙祥董事长觉得这条产品线已经失去了存在的价值，便决定撤掉，这也就意味着连同撤掉了这条产品线负责人肖文强。肖文强无奈地离开了龙祥。

崔志翔却平步青云，从单一产品线走到了跨产品线的管理层，成为首席技术官的助理，最终成为一名响当当的首席技术官。

肖文强离开龙祥后，被网泰录用。这家名不见经传的小公司，十分器重肖文强，由他全权负责公司的产品研发。肖文强在龙祥所做的产品，经网泰的销售团队重新包装，卖给了华厦共友的竞争对手。尽管在实力上，华厦共友的竞争对手与华厦共友相比是小巫见大巫，但网泰一路奋进，很快就得到了业界的关注。

由于肖文强的加入，网泰的竞争实力倍增。他研发的产品在网泰优秀的市场人员全力打造下，无往而不胜，演绎了一场又一场"市场+技术"的完美组合。不久，网泰融资上市，实力直逼从前瞧都不愿瞧他们一眼的龙祥。

网泰是一家充满活力的公司。它钻研产品，重视技术，越来越受到华厦共友的青睐，网泰也有了把龙祥取而代之的"狼子野心"。

怎能让肖文强在这个时候抢占先机呢？崔志翔认为，自己必须在 WF 产品选型研讨会上，对网泰进行一次强大攻势的反击，可他崔志翔还没有反击的资本呢。

2

这天刚一上班，龙祥人力资源总监就接到崔志翔的电话。崔总一开口就责问道："你把两个进方州户口的指标直接给了 WF 产品研发经理柳芸，有这回事吗？"

人力资源总监怯怯地回答："啊，这个，好像是有这么件事。"

"为什么没先通过我？你们凭什么不经我签字，就直接把指标给了柳芸？"

"这个嘛，您当时还在中东吧。"人力资源总监一身汗都下来了，觉得自己人微言轻，就连那"大马士革"好像也是个炸点，不敢提及。大马士革仿佛成了"娇妻门"的代号，那可是崔总的软肋。

"我不在公司，就可以不经我签字了，公司有这方面的规定吗？"崔总不依不饶，人力资源总监已经被问得哑口无言了。崔总却还要痛打落水狗，撂下一句，"你这种不合适的工作行为，我可要提到总裁办公会上去了。"

人力资源总监似痛苦的呻吟："哎呀……"就被崔总啪的一下挂断了电话。人力资源总监的喉咙里还满是辩词，却像是被一道铡刀突然斩断了。

紧接着，崔志翔在他的独立办公间里，开始痛斥立在他面前大气不敢喘的WF产品研发经理柳芸。崔志翔目光凶煞，摆开骂架，吼道："你竟敢自作主张？事先为什么不跟我打招呼？为什么？现在想起来要我签字了？你都决定好了，那不就行啦？还要我签字干吗？不签。"

公司每年都会有为大学毕业生解决进方州户口的指标。今年的名额公司还没有用完，柳芸就为他的研发组成员向人力资源部申请了两个，人力资源部很快就批了下来。柳芸太熟悉崔总的脾气了，只要是关系到员工切身利益的事，他都必须插一手。崔总如此大包大揽，就把中层干部的权力架空了。普通员工们个个眼里没有他们的顶头上司，只有崔总。汇报工作，汇报思想，全都去找崔总，这算怎么回事嘛！柳芸只是想为自己争取那么一点民心而已，尤其是在这种"备战"的关键时刻。可是，崔总永远不能理解柳芸这样的中层干部的苦心。

"我觉得这是小事……"柳芸轻声细语,却是软里带着韧性,很执拗。崔志翔怒不可遏地说:"小事?这是小事吗?你知道什么是大事,什么是小事?你懂吗?……就这样吧!"崔志翔不愿再理会,下了逐客令。崔志翔认为,作为一名首席技术官最重要的工作就是控制局面,控制局面最重要的就是控制人,控制人最重要的就是控制人的利益,凡是与利益有关的事就是大事,何况户口这等关乎命运的事情,那怎么可能是小事呢?

柳芸一笑,那样子像是被门挤了,笑得惨兮兮的。他慌忙说:"崔总,您说得太对了,我实在没想到,这的确是件大事。您说,我该怎么办呢?"

看来,柳芸真是慌了神,他最后这句话,又犯了崔总的大忌。崔总哪能轻易暴露自己的想法呢?他一向只会让对方表白心机和做法的。

崔志翔有套著名的"崔氏三部曲":"怎么啦?""你说怎么办?""就这样吧!"这是崔总与人谈话时常常启动的一套基本程序,尤其是与下属交谈。这样很节省时间,又很有成效。

怎么啦?——崔氏第一招,探寻事情的真相。他不喜欢别人在回答这个问题的时候,过多阐述自己的观点,因为这样很容易让他感觉这个人在掩盖着什么,崔志翔便会对这个人打上一个大大的问号。

你说怎么办?——崔氏第二招,不仅仅是要了解对方的能力,能否创造性地解决目前存在的问题,更是要了解对方的态度。崔志翔所认为的态度有两层含意：一层是能否积极面对，承担责任；另外一层是能否接受崔志翔的领导和控制。

就这样吧！——是崔志翔的结束语，是他套路中的第三招，也是绝招。对方的回答不管是不是令他满意，他认为是不是正确的，他都不会正面表明自己的态度。因为，现在认定是正确的事，还是有错误的可能性，当然，现在认定是错误的事，也有正确的可能性。崔志翔要让自己完全躲在安全地带，始终让自己处在进可攻退可守的地位。

然而此时，慌了神的柳芸竟问起崔总的意见，这让崔志翔梗着脖子，扯着嗓子，撒开了吼："我怎么知道该怎么办？你问我怎么办？"

要不是柳芸是个"老江湖"，哪经得住崔志翔这一吼！恨不能把一头狮子吓死。

柳云终于幡然醒悟，崔总最关注员工的切身利益，对此他是绝不能不清不楚，一本糊涂账，更不能让他无法把控。柳云拍了下大腿，忙说："您看哪位更需要方州户口的？您来提名决定！我事先答应好的那两名员工，我去做工作，让他们再等等。"

果然，这才让崔志翔的内心稍稍平静了些。

目前正是非常时期，WF产品的研发工作很不顺利，与网泰交锋的大战却迫在眉睫，崔志翔感到了巨大的压力。柳芸作为他的老下属，到现在还不懂他的做事风格，真是岂有此理。可也正是柳芸冒失地犯了这么"大"的错，才给了崔志翔一个绝佳控制他的机会。

崔志翔愤愤拿过柳芸手中的文件，快速地签了字，又顺手把文件扔给他。崔志翔再次强调了一句："下不为例！"

"是。"柳芸连连点头哈腰，感觉要轻松多了，甚至有些喜悦。

"你们 WF 产品的资料准备得怎么样了？"崔志翔貌似漫不经心的一问，却潜伏着深意。

柳芸这下又为难起来，说："人家网泰是三年前就开始研发 WF 产品了，而我们只有三个月的时间。我们的研发队伍人数也不够，能力也不强。我们还要完成那么多眼下实实在在的工程项目，那些项目要是有问题，我也不能不管，验收回款您看得那么紧……我们可是连个喘息的时间都没有呀！"

崔志翔打断了柳芸的诉苦，说："你跟我说这些有用吗？难道这些我还不清楚？"

崔志翔当然要看中工程验收回款事宜，因为这是董事长最看中的。在龙祥，董事长就是公司大老板，是掌握龙祥各高管人员职场命门的主宰者。董事长对龙祥的领导干部开口闭口就说："你别跟我扯，你就说你能给公司挣多少钱吧。"董事长关心的一切，理所应当也是崔志翔所关心的。

崔志翔深知员工最大的利益就来自工程回款后，由公司分配给研发团队的奖金。这些奖金，便是崔志翔左右属下员工的强大力量。

崔志翔终于忍不住，提醒柳芸说："你得想办法，要创造性地解决问题才行。"

柳芸偷眼瞅了瞅崔总，用心想了又想，斟酌再三，才说出一句："是的，我正在办。"

柳芸将这句话说出口时，就好像并不是从自己嘴里说出来似的。

"迫在眉睫，只能出此下策了。"崔志翔叹道，看柳芸的目光像一道寒光。

柳芸明白崔总那心照不宣的命令。崔总曾利用身处华厦共友的龙祥技术员，获取了网泰研发WF产品的进度。现在，该轮到柳芸来办具体事了。尽管柳芸有一千个一万个不愿意，但他在这种情境下，也不得不向崔总许诺。要知道自己刚犯下错误，得罪了老上司，作为老上司的崔总可没把你怎么样吧，还成全了你。接下来关于WF产品的事，就看你的了。

其实，崔总要柳芸做的事情没有丝毫的难度，只须柳芸下决心而已。这反而让柳芸芒刺在背，比刚才被崔总痛骂还要难受。事情是那么容易，反倒叫柳芸不能找出一个借口不去做。可是做那种事又是有可能出大问题、冒大风险的，柳芸始终没有说出一句表态的话。崔志翔看出了柳芸的心思，便拍拍柳芸的肩膀，语重心长地说："放心吧，只要过了这一关，我们争取到了时间，就会加班加点地把他们的东西全部改掉。"

柳芸这才心领神会，吃了颗定心丸。崔志翔就这样恰如其分地、自然而然地控制了柳芸的心智，也让他拥有了反击网泰的资本。这时，有几位产品线总经理和产品经理走了进来。崔志翔起身说："开个紧急会议，去会议室！"

这个时候，令人惊心动魄的一幕猝不及防地发生了。

在崔总办公室的那层楼里，最顶端的一间办公室，传来一男一女激烈的争吵声。人们一听就听出来了，男的是管公司内部审计的负责人，而女的正是崔总的未婚妻，国际市场拓展部总经理吕红霞。

人们从他们的争吵中，渐渐知道了事情的原委。吕红霞有一张报销发票被查出来是假发票，这位管公司内部审计的负责人把她叫来核实情况，对她进行了一番质询。这位负责人是刑警出身，说话很冲。吕红霞哪受得了被当作重案嫌疑犯那样受审？她立即光火起来，跟那人争吵得相当厉害。

闹的动静实在吓人，整层楼的员工都从本部门怯怯地循声望去。吕红霞终敌不过刑警出身的审计领导。他那种语言暴力非常人所能承受。吕红霞出了办公室，就连跑带哭的，竟然没有看见正领着下属愣在走廊上的崔志翔，而直奔她的顶头上司，主管市场的副总裁郭达海的办公室去了。

大家的目光就像磁铁吸着一样，看着郭总忙拉着吕红霞进了屋。有人甚至还看到郭总拍了拍吕红霞的小肩膀……没过多久，郭总办公室的门关上了，门外的人们都相视一笑。

崔志翔一脸铁青，一言不发地径直走向会场。

3

在华厦共友的会议室，崔志翔打眼便见几家参选公司的人员已落座。崔志翔是个不修边幅的人，平时很少西装革履。现在穿着的这一身就好像不是他自己的，总觉着哪儿哪儿都别扭。

一位美女主持在与主席台上的几位国内、外评审专家耳语。不久后，华厦共友的业务总负责人走入会场。美女主持忙引领他上主席台就座，请他发言。研讨会正式开始了。

大家先把准备好的资料纷纷交给主持人,再由主持人按发言的次序交给评委,评委当场打分。很多公司料定自己没戏,他们前来应战只是抱着学习、取经的目的而来,所以他们即使已经发完言了,也并不急于离场。坐在台下的参选公司,是可以向台上的发言人随时提问的,如果能为难一下竞争对手,都会不遗余力。

台上发言人的侃侃而谈,经常被在座的评委和竞争对手打断。冒出各式各样的问题,有些显然是故意刁难。如此不留情面地一齐"狂轰乱炸",往往弄得台上的发言人应接不暇。这正是在考验他们的反应能力和平时的准备程度。当然,十分刁难的问题都可以用外交辞令绕过去的,那便不成之为问题了。能提出具体实际问题的人,也需要对产品技术有较深度的掌握。在一问一答之间,实际上都在考验着双方实力。

龙祥上台讲演的排序安排在最佳位置,正是在网泰的前面。虽然这是件小事,但成功往往在于细节。崔志翔的小算盘,就是要先声夺人,给网泰来个措手不及。

崔志翔已经看见肖文强了,肖总作为网泰的首席技术官,将亲自上台发言。崔志翔这次却只是前来坐镇的,龙祥的发言人是WF产品研发经理柳芸。崔志翔的目光冷冷地向肖文强抛过去,肖文强竟自作多情地冲他一笑。

柳芸上台发言,还没怎么进行陈述,首席评委、一位美国专家就直截了当地发问:"方案中有道命令行,'if nwtwd = y'是什么意思?"

柳芸有点意外,这个人怎么问这么具体的细节问题呢,他迟疑了一下，只能现编一套说词了："啊，这道命令行与其他命令行加在一起，就是一个结构单元，这个结构单元是信息流的转化，以防止在其他系统采集相关接口时……"

"你错了，这道命令行是我写的，我来告诉你是什么意思吧！"肖文强突然从座位上站起来，大声说道，"其实这是一句汉语拼音的缩写组合，它的意思就是，你们（n）为什么（w）偷（t）我们的（w）东西（d），合起来就是'nwtwd'。"

话音一落，台下一片哗然。大家睁大眼睛，仔细看那道命令行，还真像那么回事。大家再看柳芸傻呆呆的样子，台下有人窃笑起来。柳芸彻底慌了神，像根木棍杵着。评委们也感到很诧异，但都不说什么。最后，首席评委没好气地说："你的发言可以结束了。"

柳芸难堪地走下台，好半天还面红耳热，心率不齐的。龙祥不可逆转地滑向了失败，柳芸像彻底被压垮了，瘫坐在椅子上。肖文强上台发言，柳芸一句也没听进去。柳芸同样没有察觉到，崔志翔已经悄悄溜走了。

柳芸其实是该窃喜的。这件事幸亏是被人发现得早，龙祥不可能从柳芸偷来的方案中获利，也就不可能遭遇到网泰的法律起诉了。比起惹官司来，丢面子算得了什么？

崔志翔驾驶着他的奥迪A8，已融入车流中。他双手把着方向盘，手指肚子在真皮方向盘上摩擦着。他的心在滴血，一点点接近麻木、麻木……他还能看到一丝希望，还不至于窒息而死。虽然此刻他的心沉入谷底，却还能看到飞升释然的那一刻。不会太久的，不会就这么窝囊完蛋的。可是，他能肯定这不是一种濒临完蛋时的幻觉吗？

崔志翔唯其如此，只能这么想：这是涅槃的过程。崔志翔着眼于事物的发展趋势，必先抖掉全身的尘土，甩开所有的包袱，解开束缚自己的镣铐，才能全身心地投入到解救自己，保住首席技术官这个重要职位的战斗中去。

崔志翔很明白，现在有个人，一直在干扰他，使他的阵脚全乱了。这个人就是吕红霞。崔志翔的危机来临了，他即将甩开膀子加入到未来的一场激烈斗争中去。在崔志翔眼里，爱情只能是锦上添花，只能是歌舞升平的温柔之乡。爱情影响战局、影响斗志、影响判断等有关胜利所需的一切因素，爱情是附着在胜利之神身上的毒瘤。崔志翔要尽快清除这个毒瘤。

依据原计划，天色近昏暗时，崔志翔把车开到澳尔基饭店的停车场。他握着手机跟他的私人助理说："我到了。"

崔志翔看到自己拿手机的那只手，在发抖。

崔志翔的私人助理跟踪吕红霞整整一天了。助理一见崔总，就说："吕红霞跟郭达海进了电梯后，我就不知道他们去哪儿了。"

崔志翔去问服务台，服务生回答干脆，说："对不起，我没有权利回答你的问题。"

崔志翔又在酒店的西餐厅、中餐厅、日韩料理店、茶餐厅、酒吧、咖啡厅找了个遍，还是不见那对狗男女的踪影。只剩下夜总会没去了，人家要他们凭票入场。尽管崔志翔在夜总会门口跟保安磨叽了半天，说只是找个人，如果不放心，可以让保安带着进去。可是，人家根本不理会。

崔志翔因为 WF 产品选型研讨会，中午就忙得没好好吃饭，现在快到半夜了，他饿得头昏眼花，直冒虚汗。助理忙扶着他，踉踉跄跄回到车里。助理跑到附近的快餐店去买吃的，崔志翔一边抹着额头上一层冰凉的汗，一边在心里骂着这对狗男女。他打吕红霞的手机，手机关机。打她家里的电话，也没人接。打他们新房的电话，同样没人接。崔志翔把手机甩到了车后座上。

助理回来了，给崔志翔带来一大袋西式快餐。助理建议："他们总会出来的，咱们把车开到那边，在那儿等着，他们一出宾馆大门便能看得更清楚。"崔志翔只管大嚼着汉堡，吸着冰可乐，对助理的话不置可否。

崔志翔的手机响了，助理从后座上找到崔总的手机，说："是柳芸的，接吗？"崔志翔把手机拿过来，按了通话键。

"崔总，"柳芸在电话里说，"不好意思呀，这么晚给您打电话。"

崔志翔语气生硬地问："怎么啦？"

对方停顿了一下，估计还在斟酌。柳芸的声音很轻，很谨慎，说："啊，还真有一件事情想向您汇报一下！"

"怎么啦？"崔志翔嘴里还嚼着汉堡，说得含糊，却已经有点不耐烦了。

"前天，郭总找了我们研发的十来个人吃饭。郭总不是要组建产品预研部嘛，他问那些人是否愿意跟他干……"柳芸的话语戛然而止，似乎在等崔志翔的反应。

崔志翔也不说话，气氛很沉闷。崔志翔看柳芸一直没再吭声，才说:"噢,是嘛,你怎么才告诉我?"

"我也是刚知道的。"听得出来,柳芸不敢多说一句话。

"是你看见的,还是别人告诉你的?"崔志翔问。

"当然是别人告诉的,要是我看见了,不就早告诉您啦!"柳芸回答得很机灵。

"当中有谁?郭达海请了哪些人?"崔志翔进一步问。

"这个嘛,我也不是太清楚,嗯,这些人……"柳芸含糊起来。

"就这样吧!"崔志翔把电话挂了。

助理坐在崔志翔身边,又问:"崔总,咱们该怎么办?"

崔志翔狠狠地咬着自己的嘴唇,死死盯着车窗外的夜色。就在这一刻,助理竟看到崔总脸上掠过一丝笑意,极其灿烂,就像夜空爆出来的小火花。

世事如棋局,棋局的美妙之门在向崔志翔徐徐打开。他发现自己其实是处在棋局的优势地位的。崔志翔已经看到郭达海的不仁不义,下属对自己的背叛,这些似乎都是对他不利的局面,实则会成为他的利器装备。

崔志翔视与网泰的斗争是外部战争,而与龙祥上下人员之间的关系处理为内部战争。崔志翔认为,外部战争可以失败,但内部战争绝不能失败。原因其实很简单,他崔志翔每月的工资数额,首席技术官的职位都不是外部人所能给予的。当然啰,外部战争失败有可能动摇自己在内部的地位,但那不是一种必然。但内部阵营里的董事长、总裁、郭达海,还有他所管辖的那帮属下,他们的一个心思、一句话、一个小动作就能直接使他崔志翔的职场风云变幻。所以，内部战争终究是他职场命运的核心和关键。内部战争很快就要打响了。

那一晚，崔志翔始终也没有看见吕红霞。

4

第二天上午，立即召开了总裁办公会议。

龙祥上市公司现任总裁是刘威明，他刚完成快速的"三连跳"，从独立事业部总经理到营销副总裁到总裁，总共不到一年半的时间。然而，刘威明又是老板（董事长）亲自带出来的，是龙祥才几个人的队伍时就加盟了，如今还陪着老板的那少之又少的几位中的成员，他是其中最年轻的一位，也是后来者居上的一位。在公司元老中，刘威明是最后一个从片区调到方州总部，但到了总部又是以最短的时间，坐上了公司执行层的头把交椅。

崔志翔准时到了。大家看他脸色灰暗，胡子拉碴，年纪还不到四十，头发就已花白，双眼深陷，布满血丝。好像前一夜，他到哪儿去流浪了。

正如崔志翔所料想的那样，会议一开始，总裁刘威明就质问他："WF产品选型研讨会上的失败到底是什么原因？"营销负责人肖娜，这名"女将"的火气更大，气愤不已，火上浇油地说："客户都说咱们的CTO是个包工头，只会成天带着一帮民工四处打工；要么呢，就像消防员，哪里出事了，就去哪里救火。我们有些人，并不以为耻反以为荣，以为这就是敬业。我们需要的是技术，不是杂役。

我们的核心竞争力到底在哪儿？因为研发人员的无能，使我们的工作陷入到了前所未有的被动。"

崔志翔一直沉默地听着这些人的谴责，暂不发作。他清楚这些人，以他们的实力是不可能对他动真格的。这些人不过是依傍着总裁，借机泄愤而已。崔志翔在这个时候，也得做出点忍让的姿态，WF产品选型失利，毕竟是个难以遮掩的过失。

轮到崔志翔发言的时候，他只是淡淡地说："我也不想这么做，毕竟是我在业界丢脸了。你们知道，我有多难过？我这张老脸为了公司就这么豁出去了，不要了。我真没办法呀！"

崔志翔沉吟一阵，心想，我的第一招是"忍"，可接下来便要"转"了。果然，崔志翔仰起坚毅的面孔，说："大家凭良心想想看吧，咱们在WF产品上的前期投入到底有多少？说我是包工头也好，消防员也罢，我不打算推卸责任。可是，研发是需要时间的。如果我有三头六臂，可以由我一个人来完成，那么，我也会拼其全力的。可是，这毕竟不是我一个人就能干成的事呀！各地方的工程项目都把技术人员给分散了，工程上还老出问题，我必须出马才能解决。否则，工程无法关闭，拿不到回款，大家的年终奖就会成问题。"

最后一句很有威力，顿时压住了在座各位高管们的闲言碎语。工程回款如同上方宝剑，谁要提出异议，谁就是反对董事长呢。

崔志翔扫视大家，这帮高管个个面露难色，有人咬牙，有人皱眉，看来，他们被憋住了。崔志翔看到了成效，开始下一轮攻势——"防"，主防总裁刘威明。压制住刘威明向他发威，单凭工程回款还不够。崔志翔便接着说："我们还要建设好产品规划部和产品组件部,这两个部门是我们研发打翻身仗的关键,我也不敢马虎呀!我们现在摊了一张大饼,而我们要把它摊匀、摊好,是需要一个过程的,是需要时间的……"

崔志翔像是不经意地给刘威明提了个醒儿。刘威明为了提升华厦共友对龙祥的满意度,他把这一年的工作重心都放在了研发上。其中最大的突破就是建立产品规划部和产品组件部。这两个部门有了作为,就能让龙祥取得质的飞跃,能让龙祥长出"大脑"来,具有规划能力和产品创新能力。这两个部门是刘威明的心肝宝贝,生怕它们出一点点差错。而到目前为止,刘威明对崔志翔在这两个部门所做的工作还是十分满意的。如果刘威明使一时之气,对崔志翔一顿批评责罚处分,那两个刘威明心爱的部门,又会受到怎样的影响?

这是一种软威胁,看不出有多少强硬,实际上已经起了很好的作用。崔志翔看到总裁的身子往椅背上靠,一只手摸着自己的下巴,作沉思状。崔志翔感觉自己稳操胜券了,总裁刘威明欲向他扑过来的"刀"被迫放下了。

会议进行到了后半段,大家对崔志翔的声讨渐渐平息。崔志翔逮住大家态度缓和的时机,发起了"攻"势。他说:"我认为这段时期,郭总的一些事情做得欠妥当了!研发目前情况多艰难呀,他却在我们队伍中到处挖人,这不是使我们的工作难上加难嘛!"

大家一听,没回过神来,目光迷茫地瞅着崔志翔,心想,这是个什么打法?

大家还来不及深思,只听崔志翔继续说:"大家都知道,郭总那边开的工资比我这边要高，现实压力比我们小，人嘛，都喜欢图个新鲜，自然哗啦啦地都想往郭总那边跑呀！搞得我手下的员工都不安心本职工作了。我可不能赞同老郭的这种做法呀！"

郭达海当场没有回嘴，总裁扭头看了看郭总。崔志翔却睨视着，眼里闪着凶光。于是，刘威明微笑着打了个圆场，叫郭总以后注意一下做事的方式方法。

在公司高管中最大的两派无疑是以董事长为首的老板派和以刘威明为首的总裁派，而郭达海属于"独立"派，自成一统。他一直是职场上的"宠儿"，公司里几乎无人敢说他的不是。尤其现在，公司董事长和总裁刘威明都很赏识他。

崔志翔呢，现在是个犯了大错的人，他不夹着尾巴做人，还对公司如此器重的人物反咬一口，这使大家倒吸了一口凉气。有些人对崔总油然升起了敬畏，而另一些人，则开始看清这位首席技术官强悍的一面！郭达海的自卫能力一向也是十分强硬的，可这回，他在崔志翔面前迟缓了一步，就被崔总当头一棒。他竟也认栽了。

崔志翔在本以声讨、指责、批判他为主题的总裁办公会议上，施展了他的系列招术——"忍""转""防""攻"，可谓步步为营，反败为胜，扭转了乾坤。然而，崔志翔"以攻为守"的脚步并未就此停下。

总裁办公会议一结束，崔志翔就马不停蹄地召开了研发体系的骨干员工大会。他在会上做足了敲山震虎的气势，说："你们当中某些人，最近的工作做法实在太令人失望，有些人做得甚至太出格了。你们想去公司别的部门没有问题，但一定要跟我先沟通，一定要及时向我汇报情况。你们为什么都爱自作主张？不明白这样做是会付出代价的吗？你们想到后果了吗？今晚十二点以前，我会一直待在办公室恭候大家。就这样吧！"

会后，员工们在私底下讨论了半天，才琢磨出崔总的真正意图来。原来，崔总是要前几天被郭总宴请的那十几名研发人员尽快"投案自首"，请求他的宽大处理。

于是，有人去"自首"了。回来后，大家关切地问："怎么样呀？"

那人回答说："也没批评我，看来没事啦！"

大家还不放心，仍问道："崔总到底怎么说的？"

"崔总一直沉默不语，听我说完后，他才说了句：'就这样吧！'"

一名老员工叹道："这下完啰！"

其他人不解，问："怎么完啦？"

老员工说："他越是不发脾气，不骂人，就越是证明他已经下定决心，做好决定了。"

大家问："什么决定？"

"他这要放我们去郭总那儿呀。唉，去年的年终奖还有大部分压着没发呢，今年又过了大半年了。咱们这时候走，又是这种情况走的，那今年和去年两年的年终奖就全泡汤了！"

这下，大家都掂量起自己将要面临的经济损失，心情随着那些数字的大小，被拖入到不同程度的深渊。大家一片鸦雀无声。职场就是利益角逐的战场，亦如崔总圣明，看清了职场人士都是经济动物的真相。

老员工说完就往外走,大家追问:"干吗去啊?"

老员工回头说:"事已至此,我也得赶快坦白去呀!"

大家不解地问:"你自己刚才不是说坦白也没好果子吃,你干吗还去呢?"

"不去,就更没好果子吃了。郭总那里去不成,这儿也待不下去啰。"

大家醍醐灌顶,十来个人赶紧跟着老员工一起走。

大家走到崔总办公室门口,只听崔志翔在里边正冲着人力资源部查考勤的人员嚷嚷:"你们什么事也不干,就会瞎折腾,还干扰我们的工作,以后不许你到我这来了。查什么考勤,查什么加班。你快走吧,今天算是对你客气的,以后我就没这份耐心了……"

"加班"是崔志翔的铁律,以他为首的研发团队更是以此为生存之本。以"加班"闻名全公司的崔总,自然是有底气大骂考勤人员的无知的。崔总连别的部门的人都敢骂,那些攥在他手心里的人,就不得不好好想想他们自己的命运了!崔总痛恨他的属下员工做事不老练,不得体,不应该。尽管他万分生气却尚存理智,知道自己生气是不能直接撒在他们身上的。不过是吃了郭总一顿饭,郭总请客,谁会自找麻烦不给他面子呀?这些技术员实在是没多大错,崔总是抬不到桌面儿上来骂他们的。于是,崔总就借考勤人员当出气筒。这番骂含沙射影,看似是在骂考勤人员,实则是一并将门外那些技术员也骂了。

人力资源部的小姑娘冲出了崔总的办公室,眼睛还红红的,可怜兮兮地含着泪水。外边这群男同胞全傻愣着，一句话也不敢说。这时又听到崔总在里边喊："你们堵在门口干什么？还有闲工夫立桩子呀？"

大家恍然明白，此时员工的汇报对崔总是无所谓了，重要的是，他们全被崔总无条件地控制住了。

5

以前，崔志翔很能掌控董事长的脾气，可是自大马士革的"娇妻门"之后，董事长对他的态度就一直是微妙莫辨的。崔志翔一如继往、坚定不移地采用老套路——加班，为的是再次试探这招对董事长是否还灵验。

崔志翔动员研发体系的所有人员无偿加班，研发团队一场轰轰烈烈的"加班运动"如火如荼地开展起来。这些天，崔总更是几乎不离公司半步。董事长平日的习惯是，中午起床，而晚上是他交际最繁忙的时候，总要约好几拨的贵宾，还经常把这些贵客带到龙祥大厦来参观。但凡有人加班，董事长几乎都能看到。可是这些天的深夜，崔志翔并没有见到董事长的身影。不过，董事长也没有发出进一步责难崔志翔的信号。

现在，这位强硬无比的崔总正蜷缩在一条长沙发上，盖着一床颜色发暗的薄被子。他听到敲门声，知道是秘书上班了。他让她稍等。

女秘书一进崔总的办公室，一股浊气扑鼻，熏得她两眼难睁。

趁老总去洗手间洗漱，秘书赶忙把窗户打开，与一名清洁工协同"作战"，以最快的速度，把崔总的办公室收拾干净。

办公室的四周是白晃晃的墙，没有挂任何装饰。室内有一张黑色大板台和与之相配套的大、小文件柜，还有一套黑皮沙发和黑木小茶几。黑白对比强烈，让人感觉冷清异常。室内几乎看不到一件私人物品，无从了解这位首席技术官的个人爱好、情趣，哪怕是一点点个性。

房间里一片凌乱，堆积着办公文件夹，公司订购的技术专业杂志、书籍，还有纸团，吃剩下的外卖。秘书指点着保洁员打扫卫生，只是把垃圾处理掉，将桌面空白处的浮土擦干净。打扫完之后，依然还是凌乱，"乱七八糟"成为这里永恒的主题。而这个主题不能有丝毫变动，一旦移动了某件东西，崔总会立刻知道，那保洁员和秘书就要倒霉了。只有崔志翔能从这杂乱之中找到他所有需要的重要信息，就连文件摆放的角度和方式他都心中有数，一旦发现被人挪动，他就会暴跳如雷。

秘书最后关上窗户，在空调的扇片上喷了喷空气清洁剂。崔志翔回到办公室，一屁股坐到办公桌前。他不由自主地摸着自己的下巴，手指尖在脸上摸索起来。他的手指甲乐此不疲地掀起脸上的死皮，从脸颊往上摸索到额头，停顿一会儿，又滑向太阳穴。手指尖在其途中，遇到每一个油脂粒儿都绝不放过。他要将它掐住，捏起来，直至将它从毛孔里挤出来才罢休。然后，手指继续摸索。这时，他的目光散淡，由于指尖上用力，他抿着的嘴巴有时会咬起来，或把牙关咬紧。他对此总是怀着深深的眷恋，如果没人打搅，他可以一直这么干下去。

秘书端上一杯花茶,还有早点。

崔志翔皱起眉头说:"老三样。"

秘书心想,那你也没事先告诉我要换呀?但秘书只说:"您想吃什么我再去买?"

崔志翔摇摇头,说:"算啦!"

崔志翔突然问秘书:"怎么样啊?"

秘书知道,崔总是要她汇报工作了。工作时间,崔总办公室门前总是车水马龙,人头攒动。小到技术员,大到产品线总经理都有可能要找他。崔志翔很享受这种人人都来找他的热闹景象,就连他的秘书也为此得意。因为有太多的人要见崔总,那种盛况先得由秘书在前调配才行。预约、排号,见不到崔总,那得先讨好他的秘书。要想了解崔总的所有动态及情绪,诸如此类的重要信息,那更得讨好他的秘书。

崔总的秘书,同样练就得气度不凡。她声音甜润,干脆地回答:"数据库开发部的总工……"

这时,吕红霞闯进崔志翔的办公室,冲他怒吼道:"涮人也不带你这样儿的。"

就在昨晚,吕红霞的大学同学聚会,崔志翔还满口答应,能跟她一起去的。可是,临了他却不见踪影,连电话也联系不上。这让吕红霞觉得,她在同学面前丢尽了面子。

吕红霞绝对不能接受那种男人,一旦把女人搞到手就觉得这女人不值钱了。追求你的时候把你当个宝,追到手了就把你当根草。

如果吕红霞发现自己的未来老公也不幸落入这种俗流,她当然要大呼上当,被男人忽悠了。虽然她现在是在为一件极小的事争吵,太小题大做,而实际上她是为自己预感到的不幸命运发出绝望的悲鸣。难道自己以后的漫漫人生路,就如一只孤独的金丝雀,被婚姻的牢笼永远围困住?看看老崔这人,还没结婚就露出原形了。他是成天成天不回家,成天成天见不着面,成天成天联系不上,这哪还像是要步入婚姻殿堂的甜蜜一对呀?

崔志翔心里也冒火,我他妈一直在容忍你,就你这副德行,我伺候不来你这小娘儿们了。我早想跟你告吹,一来我贱,总也下不了决心;二来找不着一个合适的借口。现在是你找上门来了,不错呀,天赐良机!

于是,崔志翔对吕红霞埋怨了一番,说:"我是你的免费跟班呢,不是叫我陪你逛街帮你提东西,就是陪你去什么三姑六姨家。现在还要我去见你那些少不更事的同学……我陪你能赚着钱吗?我去见你那些亲戚朋友,他们能给我发奖金吗?还有你自己干了什么猫狗事儿,你心里还委屈?"

吕红霞自然不服气,与崔志翔争辩。

崔志翔狂怒地质问:"你说怎么办?"

崔志翔将手中的杯子一摔,制造的"音响效果"不错。吕红霞一愣,目光渐渐凶煞起来。他崔志翔怎么能这样?

崔志翔胸中一团团火苗,蹿得高高的,感觉肝肠都被灼伤了,疼痛得要命。你吕红霞还牛什么呀,到处风流的破烂货。现在,你给我滚出去。

崔志翔没把这话说出口，不是说不出口，而是那团火舔到了嗓子眼儿，又干又疼。吕红霞也已经甩门而去了。半天，崔志翔才哼出一句："什么东西。"随着崔志翔这一声"什么东西"，他预感到自己和吕红霞的关系算是彻底完了。他又失去了一支"锦上之花"，在他感到失落的同时，也感到了一丝安慰。至此，他在这场持久的内部战争中，基本稳定了局势，只有董事长，他还没有足够的把握来摆平。刘威明、郭达海，还有属下一帮人，基本上都在他的控制之中。不过，崔志翔也告诫自己，千万不能掉以轻心，内部战争离全面胜利还早着呢。

秘书默默打扫完地上的碎瓷杯子，又为崔志翔倒了一杯新茶。看崔总已经平静下来，才将一份文件递到崔总面前。

华厦共友的产品选型研讨会刚刚落下帷幕，又要召开战略合作伙伴的入选大会了。华厦共友真是"亡我之心不死"呀！崔志翔这么想着。

上次的产品选型研讨会，是要让龙祥在新产品上淘汰出局；而这次战略合作伙伴入选大会，分明是要让龙祥在过去的老产品市场上全面缩水。

多年以来，龙祥一直把持着华厦共友的许多项目。两家的关系，也算是由来已久了。而现在，华厦共友恐怕是要给龙祥找个强有力的竞争对手了。对龙祥而言，他们正端着的铁饭碗开始剧烈颤抖起来。对崔志翔而言，又是一场外部战争吹起了号角。他寻思着，我该从哪儿入手呢？

6

这天晚上九点半，崔志翔才见到郭达海。没错，是崔志翔主动约请郭总的。在崔志翔看来，世上没有永远的朋友和敌人，只有永远的利益。为了利益可以和任何人结成同盟。所以，他在处理人际关系方面，总是反应迅速，游刃有余。

在郭达海来之前，崔志翔一直坐在餐厅包间里干等着。郭达海一来，就说："我已经吃过了。"崔志翔只好给自己点了份商务套餐，为郭达海点了一壶茶。郭达海却说："不喝茶，晚上睡不着。"

"喝红茶没关系，来英式红茶吧，加鲜奶的，安神。"服务员只顾一味推荐地说。

"好吧！"郭达海答应了。

服务员走后，崔志翔趁这个空当，看了郭达海一眼，这一眼很是仔细。

他发现郭达海的脸色不好，眼角抹上了一层微妙的犹疑和不快，额上的纹路也似乎由于下方五官的某些凝重的牵扯而深了许多。包间里一时沉寂令人感觉尴尬。其实，这也颇叫崔志翔为难，他总是习惯别人先开口的。

崔志翔的心中还在反刍般不断斟酌着他酝酿已久的话。

崔志翔太了解郭达海了。郭达海是前任首席技术官，是崔志翔的老上级，他们打交道的时间可不短了。郭达海也明白，他的事瞒不过崔志翔，他这个人在崔志翔眼里简直就是个"玻璃人"。所以，他伪装是没用的。只是，郭达海一时弄不清楚，崔志翔叫他在公司以外的地方见面，是什么用意。

崔志翔这时冷不丁儿地说了句："我已经跟吕红霞分手了。"

郭达海一愣，万没料到崔志翔竟还有开门见山的作风，他来不及细想，忙应对说："小崔呀，我看你可能有些误会呀！吕红霞的工作能力嘛，我还是很肯定的。她是个才貌双全的女孩子，做事风格爽利，为人又活泼开朗……"

"我跟她分手，并不是为这个。"

"那是为什么？"郭达海问，却没有得到崔志翔的及时回应。郭达海有种被带进沟里的感觉。

"我们——是性格不合。"崔志翔淡淡地说。崔志翔能让这种事忽略过去，可算是给郭总极大面子了，郭总感到心亏得慌，真是欠崔志翔的了。郭达海不知不觉就中了崔志翔的计，崔志翔明白，要想叫别人帮自己，就得先让别人欠自己。不过，单凭吕红霞的事，也许还不够分量。

于是，崔志翔把话锋一转，提起一件事。他问："不知道你们的XZ产品开发得怎么样啦？"

这样猝不及防的发问，正好戳到了郭达海的痛处，郭达海的眼神都不对了，立即露出锋芒，像受了惊而调动了全力防备之心。

郭达海还是龙祥的首席技术官的时候，就很欣赏肖文强，可惜肖文强被董事长撤掉了。肖文强到了网泰，郭达海跟肖文强依然有来往。网泰上市后，肖文强因感激郭达海对他的帮助，给了郭达海一些网泰的干股。在网泰发展壮大时期，郭达海又自掏腰包买了网泰不少股份。郭达海跟网泰的关系，可以说是公开的秘密。

随着网泰的迅速崛起，没想到网泰的业务也开始跟龙祥有了竞争，并且竞争的势头越来越激烈，最终到了现在这种水火不容的地步，郭达海变成了竞争对手的股东就显得很不合适宜了。龙祥董事长对郭达海算是够大度的，目前为止还没有跟郭达海算账。但在网泰，郭达海就已经受排挤了。

郭达海觉得自己在龙祥的处境也不是永远安全的。于是他想把网泰和龙祥撮合在一起，共同开发 XZ 产品。产品的研发主要靠网泰的人，龙祥拥有的是品牌效应和市场优势。于是，这两个竞争对手首次联手，共创盈利的辉煌，这是多么好的事情呀！郭达海在龙祥董事长面前已夸下了海口。可是，合作的事情却搁浅了，网泰方面不合作，连研发人员都撤出了。现在叫郭达海骑虎难下，叫他这张老脸都快气得变了形。

这次巨大的变动是刚刚发生的，难道崔志翔就已经察觉出来了？郭达海的脑子在暗地里迅速运转着，回想着，这小子又抓到了自己什么把柄了？

郭达海知道，崔志翔是个极可怕的人，他有个让别人无法忍受的爱好，就是"串门儿"。

崔志翔是个老爱去别人办公室勘查勘查的人，这些人大都是他的同级和他上下关联比较紧密的人。无论这些人在董事长面前是正当红的，还是已失势的；也不管与他的关系是亲近的，还是疏远的，崔志翔都要去看看。这并非一般意义上的闲逛和无聊，这就是崔总日常工作的一部分，绝不可缺。

他到任何一个老总的独立办公室去，比这里的主人都要放松、自在、潇洒。倒是被他拜访的人紧张兮兮，内心尴尬、难受，又好着面子不宜表露。当然，也绝非全是因为面子的问题，崔总是个权重之人，又是出了名的爱掌控他人的人，所以无人不忙着起身让坐，恨不能请他来查看，生怕自己犹豫一下，就会引起崔总的怀疑，或是猜疑。

他总是四下看看，无声无息地坐到别人的电脑前，扫一眼电脑桌面。他还大大方方地翻看着办公桌上的文件，看似不经心地问这问那，问得直叫人汗毛立起……

郭达海回想着：这小子昨天又到了我的办公室，当时我正好去上厕所了，我的秘书是不可能拦住他的。当我回到办公室的时候，他正在点鼠标，看我的电脑。他肯定看到了什么，要不，为什么会直指 XZ 产品的开发呢？

郭达海正在胡思乱想着，不料崔志翔一笑，说："我这里也有一支队伍在研发此类产品，负责人是我的一个师弟，总共三十多人，进展很快。我这位师弟向我承诺，两个月后就可以进行产品测试了。"

"噢！"郭达海有气无力地答应着，眼皮耷拉了下来，看着餐桌。

崔志翔一直紧盯着郭达海的脸，说起话来却是又轻又慢的。崔总说："唉，其实呢，咱们是自家人嘛！干吗自己人跟自己人过不去呢？我们内部之间还搞什么竞争呀？这不是内耗吗？"

郭达海听到这儿，又抬起眼瞅着崔志翔，那模样让崔志翔暗笑不已。崔志翔内心十分享受，表面上却做出一脸诚恳，还有些愤愤不平的样子。崔志翔又说:"我有个决定,不知道你意下如何。我想呀,把我这支研发队伍全给你,让他们去你那儿干……啊,当然啦,嗨,我这也许是自作多情了!你有网泰那么好的技术队伍,不会看上我们的。我嘛,也就是这么一想,咱们是一家人,资源应该共享,你有用得着咱弟兄的,只管开口!"

郭达海听到这里,再也沉不住气了,连连点头,激动得一拍桌子,说:"哎呀,要是这样就太好啦!"郭达海感到自己的目光里都充满了摇尾乞怜的意味,这让他呛出一股子酸楚味儿来。

别看郭达海表面风光无限,其背后却有着他不能言说的悲哀。想当年,龙祥的研发队伍有一大半是郭达海带出来的。郭达海担任首席技术官时,研发的不少技术骨干和管理人员无不唯他马首视瞻。如今人走茶凉,这些人表面上对郭总还客客气气,最多都是说些阿谀奉承的话,却一点实际用处都没有了。郭达海很清楚,这些人已经被崔志翔控制得死死的,谁也不敢自作主张,不经他的同意是绝不敢做任何"小动作"的。

如今,这位前任的CTO,一名老上司,也不得不求助小崔这个后起之秀了。郭达海在形势面前完全屈服了。

只听崔志翔又说:"老郭呀,我那支队伍呢,你什么时候要,我随时都可以给的,我可不打诳语哟!"

"哎呀,我的崔老弟,我现在就要呀,你明天能不能就把他们拨过来?"郭达海急切地问。

"没问题,没问题。我明天就叫他们去你那儿报到,人事关系嘛,两天之内就可以全部转过去。"

俩人相互看着对方，乐呵呵起来。崔志翔又让郭达海欠了他一回。郭达海是个明白人，他带着感激、迫切的心情，主动而恳切地请求，说："小崔呀，你有什么用得着我的，就尽管开口吧！"

这回崔志翔没有含糊，说："我就是不知道网泰那边做 MG 项目方面，做得怎么样了？"

郭达海一笑，意味深长。他看了看崔志翔，轻轻点着头。原来这小子是在为华厦共友要选择战略合作伙伴而伤脑筋呢。MG 项目正是战略合作伙伴入选的一个重点考核内容。

"这件事我看我能帮得上忙。"郭达海此言一出，崔志翔的内心立马儿欢腾起来。崔志翔暗自感叹，郭达海之所以两次欠我崔志翔，一次是因为他犯了错误，我饶恕了他，一次是因为他 XZ 产品开发的痛苦，我帮助了他。了解一个人特别的喜好，知道他此刻的痛苦，以及他所犯过的错误，比什么都重要啊！喜好、痛苦和错误构成了人性弱点的三驾马车，了解人性的弱点做什么？当然是为了控制他，控制他做什么？当然是为我所用呀，哈哈！崔志翔甚至想，在这个世界上根本就没有控制不了的人，除非他没有喜好、没有痛苦、不犯错误，那他还是人吗？

7

网泰并不像外界看到的那么好，它的内部已经矛盾重重了。就在华厦共友要选择战略合作伙伴的节骨眼上，网泰的 MG 项目经理，却要被换掉了。

"临阵换将"可谓大忌，但是由于这位项目经理一直受到网泰好几个股东的不满和质疑，这位经理迫于众多压力，如今正在选择退路，准备撤出。他手下有两名技术核心成员，对这个项目的情况了如指掌。因为他们的顶头上司都在考虑离开网泰，这两名技术骨干的心里自然也不踏实。

郭达海跟崔志翔说："我与那位项目经理关系不错，从网泰把他手下那两名技术骨干挖过来，应该不会有问题。"

尽管崔志翔早就打定主意，要从网泰挖技术人才过来，却不想由郭达海出面。崔志翔只想通过郭达海了解更多网泰内部的人事情况。崔志翔要挖人，也得由他亲自去挖。

郭达海将那两名技术骨干的情况详细做了介绍。郭达海认为，这两名技术员生性胆小，行事谨慎。他们很可能不愿意来竞争对手公司工作，即使有更好的待遇等着他们，他们也不想将来惹上麻烦，甚至惹上官司。

崔志翔只是听着，没说话，心里却打起了如意算盘。人心他比任何人都懂，人为财死可是颠扑不破的真理。

几天之后，一个深夜，崔总秘书打电话给柳芸，叫他速到崔总办公室来一趟。

让柳芸再次担当重任——负责 MG 项目，是崔志翔经过多方考虑的结果。柳芸得知自己又被推到风口浪尖上，真不知是该喜还是该惊，还是该悲，总之他又被重用，崔总给他将功补过的大好机会，他应该全力以赴。

柳芸披星戴月地赶回公司，依然是得到了崔总那独特的欢迎仪式。一见面，崔总就问："怎么啦？"

柳芸自然是很明白崔总这一套的，于是，他摆出事实，说："我与网泰那两名技术骨干进行了交涉，他们都有些顾虑，没有明确答应过来。"

"你说怎么办？"崔志翔语调提高了许多，语气也更强硬，这表明他要进一步试探柳芸的态度。

柳芸早有准备，说："我跟他们谈得都很坦诚，一一说中了他们的担忧，也一一化解了他们的后顾之忧。他们来我们龙祥，至少在两年内，不会为他们印制任何龙祥的名片，也不做劳动合同、工资条。他们也不用公司的内部网络账号，在上、下班时，更不用打卡。这样，因为不留下任何证据，就算网泰知道他们来了龙祥也没办法。另外，工资待遇将比他们在网泰的多一倍，还给他们配备所需的人员……"

"就这样吧！"——柳芸听到了崔志翔的结束语，还有些懵。崔志翔定神看着柳芸，说，"你要好好干！"

柳芸似乎受到了鼓励，这才把心落实了。崔总的话"含金量"很高，属下所有人的那点蝇头小利，都在这位首席技术官的手里攥着呢。柳芸可不敢怠慢，他要马上行动，把那两名网泰的技术员请过来，就算是连哄带骗，不择手段，柳芸也豁出去了。

8

在一轮凄凉的明月下，吕红霞已经站在这扇紧闭的大门前好半天了。这扇门已没有锁眼,换成了最新式的电子密码锁。吕红霞把手中的钥匙用力砸在草地上,身子一蹲,就想大哭一场。

紧闭的大门,除了意味着把她阻隔在这栋大洋房之外,还堵截了她的一个未来——成为这栋房子的女主人。

吕红霞不停地给崔志翔打电话,她快要疯了,而他却像冰山一样冷酷地沉默着。崔志翔最终关机了。

正当吕红霞无比懊恼和绝望的时候,崔志翔的私人助理打来电话。他说:"红霞呀,你别太冲动,这对你一点好处都没有呀!你看,上次崔总找你,你们不是都谈清楚了吗?"

"什么谈清楚了,他凭什么把锁换了?别墅里还有我的东西,你叫他接电话,他以为不接我的电话就行啦?我可以去……"吕红霞怒气冲天地吼着,却被助理打断了。

为了压制吕红霞的气势,助理同样提高了嗓门,说:"崔总不在我这里……唉,你们的私事按理说,外人是不好插嘴的。可是,你看呀,你跟郭总那样,崔总能不生气嘛!这事,最好还是大事化小,小事化了!你这么闹,对谁都没好处。最后要是造成了不良影响,你想想看,最终会对谁不利呀?"

"你,崔志翔他太卑鄙……"吕红霞说。

助理又叹了口气,冷冷地说:"唉,我知道你现在正在气头上,你怎么说都可以,可你得为自己在公司的名声考虑。还有,郭总那边你怎么交代?"

"我跟郭总没什么的,不过是挽了一下胳膊而已嘛,那能说明什么?"吕红霞软下来,带着哭腔解释。

"红霞呀,你要这么说可就没意思了。谁会信呀,你说给谁听谁都不信的!你们可不只一次了,在宾馆一待就是一整晚呢!你说,你就是有一百张嘴,也说不清了!"

"你、你们想怎么样?"吕红霞感觉到危险了,问。

"哎呀,哪是我们想怎么样就能怎么样的,我是为你考虑呀!你怎么还没想明白呢?郭总可是最洁身自好的君子了呀,如果这事被他老婆知道了,你说,你给领导添多大的麻烦呀!郭总要是难受了,你这里还能好受得了?你现在在公司的处境,你不清楚吗?自从你去大马士革出了趟差,就已经上了咱董事长的黑名单了,要不是郭总一直保你,你现在还能待在龙祥?你的聘用合同快到期了吧,公司还会续聘你吗?你得好好想想自己的退路了,别在离开的时候,还落个凄惨的下场,对你以后找工作肯定也要受影响不是?你呀,好自为之吧!崔总算是对你仁至义尽啦,没把你的事抖落出去。我劝你,别再生事儿啦!毕竟是你先负了人家崔总!崔总把你们每次消费的账目都拿给我做了记录,没办法,你清楚崔总的做事风格。他是个讲求事实的人。从这些消费小票上看,你们都互不相欠。崔总还有工作要忙,你就别再打扰他了。把崔总惹急了,他冲动起来,可就难以控制局面啦!一日夫妻百日恩嘛!你就……"

"百日恩?哼,替我谢谢你们崔总给我的恩情。"吕红霞全明白过来,她还有什么可说的,一瞬间,她的心直打寒战。

吕红霞感到自己像个可怜的弃妇,而且,现在看来,老崔从一开始就提防她,一开始就不看好他们之间的感情……吕红霞再也不能想下去了,否则真要崩溃了。她年轻、漂亮,有学历有见识,找个什么人不好，偏走眼看上这种男人。崔志翔一无相貌，二无才学。表面上是个光鲜的CTO，国内名牌大学博士，可他除了会控制人，把他上上下下的人物牵制得像狗一样服服帖帖之外，他还有什么本事？噢，对了，还有整治我吕红霞的本事。他这次不是充分展示了高妙的手段了嘛！——等等，崔志翔跟郭达海是不是建立了某种同盟关系？他们再怎么不对付，也难保私底下有什么猫腻呀！吕红霞忽又惊恐万分，似骤风袭来。如果真是这样，自己可真是倒霉到家了。想靠郭达海给自己伸张正义，看来是件不大靠谱的事儿。以前自己是怎么浑浑噩噩过日子的呀，竟沦落到这般田地。

吕红霞再也不想看见这道门了，而崔志翔其实就在这道门内。

崔志翔除了这栋房子，在城内还有五六套公寓。因为都贷款了，每月这些房子的月供就是一笔不小的花销。崔志翔没有时间去打理这些房子，大都闲置。

这栋别墅本来是准备结婚用的。自然，这栋房子与崔志翔的其他房子一样，都是在他个人的名下，并由他一人支付了首付款。吕红霞曾自作多情地要凑上一笔钱去，崔志翔断然拒绝了。买这套房子还不到两年时间，就增值了五倍多。

在房子的装修上，崔志翔与吕红霞没少干架。因为俩人都忙于工作，房子装修又总是敲敲停停。花费了大半年的时间，装修工程总算快要熬到头了。不曾想，暖气水管爆裂。当时屋里没人，地板和一些墙面被水泡了好几天，全泡坏了。装修又得返工，还要跟物业打官司，搞得这两个准新人头都大了。

小两口的感情走向破裂，装修房子就变得毫无意义。崔志翔干脆把一楼草草收拾了,就跟装修队结清了最后一笔款子。崔志翔只是偶尔来这里小住,一股阴森森、空荡寂寥的气息,总搅得他心里发毛。

当崔志翔决定换别墅大门时,也在别墅的一层到二层的楼梯口安上了一道大铁门。楼上完全空置了。他一个人住一层,都是够奢侈的啦!崔志翔主要是为了防贼,为了保险起见,多安几道门还是有必要的。

崔志翔睡在朝南的一间小卧室里,可还是觉得凉飕飕的。他和衣睡下,却翻来覆去的睡不着。他坐起来,把被子往上拉了拉,在床边一张当床头柜的木椅子上摸到一盒烟和一支打火机。

"啪",小火苗应声从打火机的小口里窜出来。崔志翔的心,仿佛浸染在这清冷的夜色里,只靠着这点微光取暖,也慢慢照亮了他的思路。他的思绪慢慢爬行着。

门外的吕红霞突然站起来,一股子劲儿立马充溢全身,让她抖擞。她想到了就要去做,事不宜迟,开车回公司。

现在已经很晚了,龙祥大厦只有大堂还亮着微光。一个保安守着前台,边拿着一本书看,边打着嗑睡。吕红霞走到前台,用手敲了敲桌面儿。保安睁着惺忪的眼,迷茫地看着吕红霞,然后像是叹出一口气似的说:"加班呀!"吕红霞笑了笑,说:"我过来取份文件,麻烦您把崔总办公室的钥匙给我。"

保安也知道,吕红霞是崔总的未婚妻。他没多想,也不多问,就去找钥匙,把钥匙给了吕红霞。

吕红霞打开了崔志翔办公室的门,走了进去。她翻看着在各角落叠放的文件。吕红霞转悠了两三个小时。每次抽出来的文件，吕红霞都会按原来的方式放回去。

吕红霞在一个不起眼的角落，翻到一份被夹在很多杂志中的简历。有两个字吸引了吕红霞的注意——"网泰"。这份简历上有崔志翔的签名，清楚地表明了从网泰挖了两名核心技术员。吕红霞心想，这一定是不能省略的入职程序，是财务部建立员工工资账户的必要证明。

吕红霞感到了某种快意，她在这个令人刺激的行动中很有收获。她终于明白，去查别人的秘密，原来是那么好玩的一件事。吕红霞为自己迅速振作而感到自豪，崔志翔大概打死也想不到，素有查别人底细和秘密为爱好的他，现在也正在被别人查，而且还是刚刚被他伤害的吕红霞。他可能还以为，吕红霞要痛哭一夜呢。

9

崔志翔现在完全能够气定神闲了，甚至还有些得意。他没想到会这么容易就把网泰的那两名技术骨干成功挖过来。崔志翔感受到网泰，实际上已经是外强中干了。

这天下午，柳芸又被崔志翔传唤。他刚一进屋，崔志翔就向他劈头盖脸地问道："怎么啦？"

柳芸说："嗯，网泰的那两名技术员在今天上午已经过来报到了。这会儿刚把他们送到华厦共友，跟客户做交流了。一切都还顺利，只是，我看他们还有些心理障碍，好像不太情愿这么快就做客户交流。"

"时间就是金钱！我请他们又不是来当摆设的，他们该知道自己的价值是什么。"

"谁说不是呢，可这两个人是搞技术的，一根筋呢。"

"怎么啦？"崔志翔再次问。

"我们在华厦共友那边给他们配备了一间很隐蔽的办公间，还有两名助理，另外还答应随后会再派五名技术员帮助他们。可是，他们一是不愿去华厦共友，怕见到网泰的人；二是嫌配给他们的人员太少；再就是给他们的时间也太短，不……"

"他们到底想干什么？"崔志翔愤怒地问。

"我看，他们是想重新开发。他们根本不愿拿出在网泰已经研发出来的成果。"

崔志翔生咽了一口硬气，心想，那些人是榆木脑袋吗？眼看着战略合作伙伴的入选会议就要召开了，他们还在做春秋大梦呢。钱都不能摆平这事？

柳芸码着胆子又说："他们说，他们不能保证工作进度……"

"你说怎么办？"崔总问柳芸。

柳芸事先虽有准备，但他还是在心里掂量了一阵。他要随机应变，尽可能摸清崔总的情绪变化和思想倾向。柳芸最终回答："让他们其中一位升任产品线总经理吧，至少能安抚一下。"

崔志翔嘴角一歪，气咻咻地说："这主意没法儿再馊了，他们也配？"

柳芸愣住了，他十分清楚地记得，这件事崔总曾经许诺过，现在怎么又变卦了呢?

崔志翔心想,到底是下属呀,这个柳芸一点长进都没有。怎么能跟我提这样的要求呢?给他们一个产品经理就够意思了,因为产品经理在公司有一大堆,任由我崔志翔摆布。产品线总经理可就不一样了,这样的人最终需要总裁签字。有上头的人从中插一脚,我崔志翔就是感到不舒服。我的地盘我做主,既然是要总裁过目的人,那人也应该是我熟悉的,好用的。我还不嫌累是怎么着,把一个生人提到这等重要的位置上,要控制好他,那得花费我多少精力呀。

崔志翔愤愤地瞅着柳芸,柳芸明白自己肯定是错了。对柳芸来说,势态严峻,一旦再令崔总失望,他就别想在这里混了。

柳芸不得不急中生智,又出一招。他清清喉咙,说:"交流工作一完结,就只剩下开发的事情了。到哪儿开发不行呢,让他们去我们的封闭开发区吧,让他们踏踏实实地在那里做研发,我们就能更好地控制他们的进度了。"

"就这样吧!"崔总不耐烦地说。

"那,到底也就只能这样了。"

但是没过多少日子,柳芸又慌慌张张跑到崔志翔跟前,说:"网泰那边有动作了,给那两个技术骨干下了律师函。"

"(信)在哪儿?"崔志翔问。

柳芸把一封已经拆开的信递到崔志翔手中。崔志翔只看了看信封,就把信撕了。

崔志翔说:"不用去理它,不过是吓唬人的,网泰没有证据,奈何不了咱们。"

崔志翔又补充说:"你要盯紧这两个人,不要叫他们胡思乱想。他们应该知道自己该干什么吧!他们手头上的技术只有我们需要,他们要去别家打工,一点优势都没有,只能从头干起,哪有现在这么好的日子过?他们得想明白啰,赶紧给我做事,别磨磨叽叽的。"

"可是……"柳芸刚说话,崔志翔就冲他瞪眼,把他的话逼回去了。

崔志翔缓了缓情绪,才问:"可是什么?"

柳芸胆怯地说:"网泰那边好像真的拿到了一些证据,是很确凿的……"

"怎么可能?怎么可能?"崔志翔腾地站起身来,吼道。

"有件事跟这事儿吧,可能有某种逻辑关联呢。"柳芸倍加小心地说。

"你在说什么,没头没脑的?"崔志翔盯着柳芸问。

"吕红霞辞职去了网泰。"柳芸说。

崔志翔一惊,这个消息他还真不知道。他怎么这么疏忽大意呢?吕红霞辞职的事他倒是知道的,可是他并不清楚吕红霞的去处。她竟然去了网泰。

"她在网泰做什么?"崔志翔问柳芸。

柳芸说:"是市场总监助理。另外,她获得了十万期权股,折合现在的股价,她净赚百万。"

"就这样吧!"崔志翔匆忙打发了柳芸。

崔志翔一个人呆在办公室,感到危机四伏。他紧攥着手机,在手机的联系人中滑动着。他看见了吕红霞的名字,真想给她打个电话，非要当面质问才行。可是，崔志翔也怕自取其辱。他太轻看吕红霞了，他忘记了自己的另一个处事心得：小人，不能得罪小人，得罪了就要严加防范。在崔志翔看来，小人也包括小人物和弱者，他把吕红霞看成了弱者，一个职场白痴。可是就是这个白痴，利用了自己，害了自己，而她却以此而获利百万。

崔志翔看到手机里吕红霞的名字就来气，完全打消了给她打电话的念头。不能遂她心愿，她以为这么小小的一个动作，就能叫他大乱？

崔志翔冷静下来，打手机联系郭达海。无论郭总现在有多忙，他都要面见郭达海，立刻、马上。

10

崔志翔一见郭达海，就说："吕红霞是网泰的间谍，你知不知道？她可是你的直接下属，你的机密到底有多少在她手里？她把我们都出卖了，你说，你打算怎么办？"

郭达海被这突如其来的质问吓懵了。这是个什么情况？出什么问题了？真的很严重吗？对我有多不利？

但是，郭达海马上镇定下来，冷冷地说："我没有什么大不了的机密握在她手里，我给她的工作不是最重要和最核心的。目前，我没有看到网泰针对我的行动。倒是，我听说有针对你的……"

"不就是从网泰挖人的事嘛，与此相关的证据，她到底是从我这里弄到的，还是从你这里弄到的？"

郭达海又是瞠目结舌，是呀，这事他似乎也难脱干系呀！真是麻烦，怎么出了吕红霞这冒失鬼。郭达海有些软了，看着崔志翔的眼神也变得温和多了，甚至有些可怜的模样，说："这到底怎么好呢？难道要告吕红霞泄露公司机密？"

"这可是你说的啊！"崔志翔撂下这话就走了。郭达海看着崔志翔的背影最终消失，才缓过神来。告？你做的事又何等光彩呀？搞不成技术，就去偷别人的，要不就是挖别人的墙脚。这跟上次偷别人的技术，不是换汤不换药嘛！要告吕红霞，你去告吧，我可丢不起这人。反正，这事要扛也是我们俩扛，你还得扛重头的。

崔志翔可不能坐以待毙，他首先是要威吓郭达海，至少要让老郭明白，他们是拴在一根绳上的蚂蚱，郭达海这会儿休想落井下石，更别想煽风点火。稳住郭达海，别再节外生枝。这是崔志翔对郭达海的基本制约。紧接着，他直奔总裁刘威明的办公室而去。

崔志翔对刘威明说："吕红霞竟把我们挖人的证据交给了网泰，吕红霞是郭达海的人，那两名从网泰挖过来的技术员是郭达海推荐的。我不知道怎么说，也不知该怎么办，您看呢？"

刘威明一愣，敢情把球踢到他跟前了。刘威明笑了笑，颇显大将风范，说："我还没忘记，吕红霞也是你的未婚妻呢。"

"您还不知道我？我一向公私分明，何况，我跟吕红霞早就分手了，我的私人助理可以为我做证。就是郭达海，也是知道此事的。"

"好了，咱们先别急着追究责任，你还是赶紧好好应付这次战略合作伙伴的入选大会吧！这事要是办砸了，我可真是……"

"您觉得我们还有胜算的可能吗？这一切都怪我？"崔志翔毫不

示弱，反问刘威明。刘威明只看着他，不言语。崔志翔感到了一种莫名的压力，压得他很难受。

崔志翔不能寄希望于刘威明了。他此次会见刘威明的目的，是要探明刘威明对他的态度，尤其是在战略合作伙伴入选失败后，刘威明可能会对他的态度。自然，总裁的态度令他失望。既然这样，崔志翔只能是一不做，二不休，别怪他要做小人了，他可是为了自保。

有两个计划崔志翔需要赶紧实施。这个时候，最让崔志翔放心不下的还有董事长呢。

崔志翔必须要在这个时候将内部战争从稳定局面走向全面胜利；而外部战争，眼看着又要失败了，他不能再等外边的局势尘埃落定，他再行动。他现在要先发制人，取得绝对的主动权。

崔志翔彻夜待在公司。他上了顶层，顶层是董事长的办公区，这个时候，连一个小秘书都不在。崔志翔在顶层的走廊上转悠了好多回，希望董事长能像往常那样，在深夜里回到他的办公室。可是今晚，大楼里有种深不见底的感觉，静极了。

凌晨时分，崔志翔终于见到董事长从电梯里出来，他的身后只跟着一名私人助理。崔志翔顾不上腿脚已站得酸麻，忙笑脸相迎，连连叫着董事长。

董事长回头站定，神情淡漠地看着他。

崔志翔把蓄积全身的力量都调动起来，在这一刻，爆发出极富感染力的激情。他欢声笑语地说："董事长啊，前天好险呢，客户差点就不肯付款了。"崔志翔一上来就在董事长面前亮出了杀手锏——

"工程回款"。

果然,这句话"钩"住了董事长。董事长问:"怎么回事?"

"咱们没有达到客户的要求,客户意见很大。客户呀脾气可暴啦,说,要是不解决这个问题,就别想让他付款了。我知道这件事后,马上乘飞机赶到现场,熬了一个通宵,总算把问题解决了。客户没想到我们会这么神速呀,他们也就爽快了。昨天上午,客户当着我的面就把款打到公司账上了,可不少呢,有八百多万!"

董事长听得这席话,就像在他的内心拨响了最动听的音符,叫他着迷,令他沉醉。董事长拍了拍崔志翔的肩,连说话的声音都像被糖水浸泡过似的,格外的甜。董事长夸赞崔志翔做得不错,又想起了什么,说:"哟,现在都几点了,你怎么还在公司呢?看你两眼红得跟兔子眼似的,怎么还不回家休息?"

崔志翔说:"没事,熬夜成习惯了,不熬还不舒服呢。何况,我们做领导的就得以身作责嘛!我们可不能下班比员工还早呀!"

这句话让董事长触动很深,又似喃喃自语地说:"不知道这几天你们总裁在忙些什么,我也不在公司,有时打电话还联系不上他……"

崔志翔笑笑,说:"估计那会儿,刘总正在高尔夫球场上展现英姿呢!"

在董事长眼里,这是刘威明的毛病,崔志翔赶紧在这上头轻轻点拨一下。果然,这让董事长气不打一处来,哼了一声,说:"这小子,我都忙得没那份闲工夫呢,他还有什么资格打高尔夫!"

崔志翔又说:"我还有些事情想向您汇报,如果您有时间的话。"

董事长点点头，说："你到我办公室来吧，我也正想好好跟你聊聊。"

时候实在是不早了，董事长已有了困意，崔志翔必须抓紧时间，拣最重要、最核心、最能在董事长心上打下烙印的大事来说。

崔志翔一口气说道："我们真正的研发队伍才一千多人，而现有的工程项目有两千多个，工作量是惊人的多呀，每个人分摊的担子太重啦！我觉得，研发的问题确实是个问题；但看似是研发的问题吧，实际上是公司级的问题……"

董事长心头一震，这话似曾听过，在哪个管理课程上听过，很能产生共鸣。

董事长继而寻思着，从问题的根本上看，龙祥高管层确实有问题，是执行力的问题。都来怪崔志翔吧，那崔志翔岂不就成了以总裁刘威明为代表的高管层的替罪羊了！

崔志翔真的是情有可原吗？董事长还拿不准。不过，他对刘威明已经忍耐到极限了。相比之下，崔志翔至少是忠诚的，勤奋、苦干、尽心尽力的，一切言行举止都还是契合他心意的。

崔志翔一方面让董事长重新对他建立了信任感，另一方面通过董事长制约了总裁。这一箭双雕的计划，做得十分成功。

崔志翔接下来要进行的第二个计划，也必须要加快脚步筹备了。

这天一大早，崔志翔打开他的电子邮箱，他便一下子从椅子上跳了起来。从网泰挖过来的那两名技术员同时向这位首席技术官递交了辞职信。

崔志翔赶忙把柳芸叫来。柳芸说："我也收到他们的辞职信了，联系他们，他们的手机都关机。而且，而且他们很可能已经把手机号换掉了。"

崔志翔急令柳芸带些人分头去找那两个人的家。他们的家终于找到了，人却依然没影儿。

一周后就是华厦共友的战略合作伙伴入选大会，龙祥的 MG 项目却不得不终止。

这是一次意料之中的失败，大家连责骂崔志翔的心思都没有了。龙祥将面临裁员。

11

崔志翔觉得，他实施第二个计划的时机到了。

到现在为止，华厦共友还不打算放过龙祥。华厦共友一步步将龙祥的地盘翻掉，捧给了网泰；龙祥十多年的苦心经营，最终也顶多是沦落到给网泰打下手的地位。网泰连战告捷，好不威武雄壮呀！面对这样的大反差，龙祥人可真是气愤不已。这种愤懑的情绪最终是要宣泄出来的，肯定要有个众矢之的。而那个倒霉蛋儿会是谁呢？崔志翔不由得紧张起来。他很有先见之明，又颇为敏锐。他需将这种潜在的可怕危机稳妥地转嫁到别处。

崔志翔找来几名技术员谈话。这批技术员都是从兼职做起，正式入职还不久。这回，崔总很愿意跟他们多说点儿，跟他们交交心。

崔总感叹道："最近，总裁给我施加了很大的压力，他要求我尽快把技术人员梳理清楚，什么需求人员、设计人员、测试人员，还有其他人员都要分门别类。你们知道这意味着什么吗？咱总裁急切希望，我们这支庞大的队伍应该尽快缩减缩减了……我们准备把大量的工作分包出去，找兼职人员来做，对正在入职流程中的人员更要重新筛选，将有大部分人要淘汰……我也很为难呀！作为研发的一名老员工，我真的不想舍弃一兵一卒。可是，总裁天天在催促我，他可不会饶过我呀！"

这几名技术员深知作为兼职人员的可悲和艰辛。在软件行业，一些公司把最低端的技术活儿分包出去，让一些兼职人员做。兼职人员在那些大公司里，工作是最累的，地位是最低的，收入是最微薄的，更无法享受到正式员工的任何福利待遇。这些人都是过来人，他们成为公司的正式员工真是相当的不容易。现在正处在金融危机的时刻，大公司都在纷纷裁员。当他们听说龙祥也即将裁员，便立马儿紧张起来，像是眼看着自己的好日子要玩完了。

其实，裁员并不是龙祥马上要做的事。毕竟还有往年签下的很多项目要做，只有等这些项目陆续完结之后，才会分批将员工辞退。刘威明只是想把这种裁员风险降到最低，做到最安全、最平稳的过渡，才叫崔志翔做好人员的梳理工作。可是，崔志翔将这件事说得变了味儿，让大部分员工感觉似乎就要被迅速解聘了，并将裁员的矛头导向了刘威明，就好像裁员这个残酷的指令是从总裁大人刘威明的头脑里生发出来的。

崔志翔瞟了这些技术员一眼。技术员都很内敛，没什么表情，也不言语。沉默不代表没有反应。崔志翔知道这些人，他们就是一个个炸点，冷不丁儿的就能把龙祥这片天震得山摇地动！

没过多久，正如崔志翔所料，龙祥炸窝了。

在龙祥的内部电子邮箱里，每名员工都收到了一封要求现任总裁下台的匿名信。匿名信是自称为"一名热爱龙祥的普通研发人员"写的。信中抱怨员工每日起早贪黑，辛苦劳作。而咱们的总裁大人成天的迟到早退，只为高尔夫，心旷神怡；坐着他的宝马七系，心安理得……

恰逢董事长不在公司，龙祥高管层在刘威明的指示下进行了冷处理。大家也都清楚，要查出写匿名信的人是十分困难的。有人告诫刘威明，总裁爱好打高尔夫之事，绝非一般员工能知道的，这事儿很有可能是崔志翔一手策划的。

刘威明又经再三考虑，毕竟信中所写内容属实，又不是什么光彩的事，还是不追查的好，任其不了了之。经过此"邮件门"，总裁刘威明在公司上下的威信顷刻间垮塌下来，他的自信心也被攻破。刘威明一时萎靡不振，哪还有心力去组织一场反击战，"杀"向崔志翔？崔志翔针对总裁的第二个计划达到了圆满的效果。

在这样的非常时期，崔志翔手下的研发人员仍一如继往地工作，加班加点完成工程项目。收回每一笔项目款之后的奖金，崔志翔总是第一个冲上前去，从未失手地拿取其中最大头，并很快在他的团队里消化干净。

崔总不是一无是处的人，大家很明白，他是个不讲情感却很有信用的人。只要大家完成了崔总下达的指标，他就会以金钱兑现。崔志翔就是靠这个，牢牢钳制住了团队人员，使龙祥依然如故地正常运转着。

半年之后，崔志翔终于得到了裁员的命令。在大家即将挥泪告别的当口，他还要让员工们站好最后一班岗。他对这些人说："不管怎样，你们吃的苦，加的班，都会得到应有的酬劳，你们在龙祥毕竟也得到了锻炼。以后，你们要走了，如果我还有能力，也会帮你们，尽量送上你们一程。"

他的话多感人呀，以至于大家差点忘了，每一笔奖金，他"老人家"毫不客气地拿走了整个团队奖金的百分之三十，相当于五六百名员工奖金的总和，他永远是利己主义的头号分子。

崔志翔也该想想自己的后路了。这下，他反倒轻松起来，重担终于就要卸下了。

崔志翔估计，如果要做历史项目的扫尾工作，还有两年的时间可以打发。两年后……

12

夜深了，崔志翔破例关掉手机，想清静几个小时，开着车在四环上转悠。他不想回家。回哪个寓所呢？哪儿都是空荡荡的。回公司吗？他感到累极了，身上的每根骨头都在哈欠连天。但他并不想躺下。躺在一张舒适的床上吗？那样的一张床，他并没有。现在，路上几乎没什么车了，他打算绕个大圈儿，撒开了跑。就在他踩下油门的同时，也习惯性地把收音机打开了，正是他常听的经济频道。

一则午夜新闻，播音员在说："网泰公司投资海通证券方州某营业部208996账户内的募集资金三亿四千七百九十八万元人民币丢失，被中国证监会立案调查。网泰公司的法人治理结构严重混乱，竟有两套董、监事会及两套经营班子并存，演义着股东'双龙会'的闹剧。"

崔志翔急忙调大了收音机的音量，继续专注地听播音员说："网泰在全国成立了诸多子公司，并分派各大经理前去掌控，却没有有效的统一管理，以致各据一方，自行其事。网泰正处在迅猛发展阶段，公司总部也是千头万绪，自顾不暇；而各高管人员又都曾是患难兄弟，不忍痛下决心整治，最终听之任之。募集的资金被各高管大量挪用，导致公司无法正常经营。该公司可谓在兴起中一路狂奔，却最终导致崩溃，这不得不令人深思……"

啊，网泰出事了？崔志翔内心一阵狂喜，心想，怎么会这样的？怎么到现在我才知道呢？崔志翔迅速回想了一下自己今天所做的事。噢，今天他是忙坏了。公司即将缩减人员，他必须跟每位员工谈话。他要一个个面谈，一个个甄别，一个个筛选。当然这些事情是马虎不得的。可是，想不到这家步步把龙祥逼入死胡同的网泰，它自己竟然先完蛋了。

崔志翔赶紧把车停到紧急停车带，打开手机。在他脑海里，第一个蹦出来的名字竟是吕红霞。崔志翔这会儿真想知道吕红霞这个刚到网泰还来不及得势的蠢女人现在怎么样了？她现在会伤心吗？会哭吗？她需要帮助吗？崔志翔油然生起怜香惜玉之情，这种美好与甜蜜的感觉真让他久违了。不过，这种情感似烟花，美丽灿烂却短暂。崔志翔最终还是拨通了郭达海的电话。

郭达海在电话里也迫不及待地向崔志翔倾诉："网泰的内部从来

都是一盘散沙，没有人能控制得了局面。网泰大大小小的股东全把自己当老板，股东之间经常有摩擦，他们连股权结构都没弄明白。网泰的几名副总裁，各有各的猫腻儿。首席运营官在外头私自接合同，借用网泰的名义，却将大量高回报的软件开发合同转签给了并不受网泰控制的其他公司；首席技术官肖文强手下的几名干将都圈了一帮技术骨干，为自己干私活儿；主管销售的副总裁在很多地方开了皮包公司，利用网泰这个平台，实际销售国际跨国公司的产品，赚取提成，中饱私囊……"

网泰全面崩溃的导火线是发生在两个月前的一天，网泰的人力资源总监突然收到 WF 产品线全体员工的离职信，这立即引起了网泰内部的一片骚乱。

原来，有一名副总裁带领着这些人自立门户去了。这么大的举动，是没法隐瞒的。华厦共友很快就得知了此事，并当即做出反应。网泰在华厦共友的一些工程已经完工，华厦共友却以售后服务没有保障为由拒付工程结算款。见华厦共友是这样的反应，网泰的其他客户也纷纷效仿，不再付款。这一下子网泰的资金链就断了，员工的工资都发不出来了。

网泰所有员工都慌了，有能力在外边捞点外快、捞点实惠、捞点回扣什么的，都八仙过海，各显神通去了。网泰的品牌在短时间内，垮得一塌糊涂。

郭达海在电话里跟崔志翔说完这番话，还不能尽兴。于是，他们相约在一家咖啡馆，畅谈了一夜。

接下来，崔志翔的工作更加繁忙了。崔志翔在他的独立办公室里，不停地重复着他那著名的"崔氏三部曲"："怎么啦"，"你说怎么办"，"就这样吧"。龙祥不仅躲过了裁员危机，反而要开始大规模地扩张。网泰当初在华厦共友揽下的那些业务，全部回到了龙祥手中。

崔志翔的办公大班台上，每天都堆放着一大摞求职信、人员招聘表。普通技术员、总工程师、项目经理、产品经理、产品线总经理，网泰的各级人才向龙祥的大门涌来。他们鱼贯而入龙祥首席技术官的办公室，每个人都要面对崔总严格而缜密的考核。

崔志翔好不容易闲下来，便坐在他的大班台前，一边琢磨着什么，一边用手指头翻检脸上的死皮，掐挤小油脂粒。

首席技术官独立办公室外边的研发人员，他们面对着电脑，心思却都在崔总身上。他们要把崔总的"特殊语言"进行艰难的翻译，然后还要组合成一句契合崔总内心的话。是哪句话，说出来就如同"芝麻开门"，是可以打开宝库的咒语？

员工们都以为自己苦，小媳妇命。哪知道，堂堂首席技术官也跟他们一样，正冥思苦想着，组成什么语句，才会叫董事长心花怒放，又能让总裁平静无事，还与同级相安……

一名招聘负责人把简历递给崔总，说："这位是网泰的技术核心人员，曾负责前沿产品开发。这种人才咱们要是吸引过来，对我们真的很有利。"

"让他过来。"崔志翔说。

"可是，我们还没跟他谈……"

"先让他过来。"崔志翔的语气强硬，不容质疑。

"没有谈清楚,人家可能就不会过来吧!"

"不来拉倒。"崔志翔掷地有声地说。

虽然崔志翔相信人人都是经济动物,可是,他不喜欢别人跟他谈条件。钱他会给,他更要了解对方是什么人。做人远比做事更重要,他要看到的,是对方在他面前如何做人。网泰不正是因为没有控制好人而垮掉的吗?崔志翔强有力地控制了内部的局面,主观上是为了他崔志翔自己,客观上也有利于龙祥。因为公司的核心是研发,研发队伍在什么时候都铁板一块,整个公司就不会乱,不会垮。

这天,崔总少有的按时下了班。而且,他竟还少有的打扮了一下自己。崔志翔是真想放松一下了,他有个约会。约会的对象不是别人,正是自己的前未婚妻吕红霞。

13

"好久不见。"

在一家高档川菜馆,崔志翔看到了许久未见的吕红霞。吕红霞的气色不错,似乎比在龙祥上班的时候还要漂亮了。她的着装也更加洋气,举手投足也成熟稳健不少。她冲着崔志翔甜甜一笑,款款落坐。

崔志翔不免有了些警惕。本以为吕红霞刚离开那家倒了大霉的网泰,应该是失魂落魄,萎靡不振才对,她怎么还是如此娇媚,甚至显得还那么春风得意呢?

"祝贺你的胜利呀!"吕红霞的口吻中忍不住吐出了酸溜溜的味

道。崔志翔并没有在意。他看着桌上的红酒，看到对面如此美不胜收的女人，心想，不错，美女和美酒一样，都是在胜利时才能享用的。崔志翔不觉美滋滋的了。于是，他关切地问吕红霞："你过得怎么样？"

吕红霞深吸了口气，没有马上回答崔志翔的话。其实，目前而言，吕红霞还过得去。只是因网泰的变故，她应该得到的上百万的资金都成了泡沫，她还有一个月的薪水没有领到。在网泰算是白忙活了一场，真像过山车，又似南柯一梦。吕红霞面对崔志翔，又生出更多感慨。她觉得崔志翔所给予她的，也同样是泡影。为什么有这么多浮光掠影，只是将精彩的画面展现在她面前，却不让她伸手抓住？

吕红霞淡淡地回了崔志翔一句："我一向都过得好呀！"

不一会儿，吕红霞将一张精美的邀请函递到崔志翔面前。吕红霞显得不以为然，说："我在这家公司工作，明天有个商务晚宴，请您光临。"

崔志翔连看都没看那封邀请函，就说："明晚我可能没空。"

"那就太可惜了，我们这次晚宴答谢的嘉宾是华厦共友的老总。国内业界的同人可都削尖了脑袋要出席的，为我们捧场呢。"

崔志翔一惊，这才仔细看了邀请函上的公司名称。原来是一家世界五百强美国跨国公司。这家公司刚开始进入中国市场，他们做的产品与龙祥的很多业务是一样的。崔志翔没想到吕红霞这么快就找到下家了，还是如此强势的外企。不是冤家不聚头呀！崔志翔默不作声，美滋滋的感觉荡然无存，并彻底明白了吕红霞为什么不会惨兮兮、悲戚戚的了。

他将邀请函收好，心里却在想，网泰刚刚分崩离析，如今洋鬼子又"进村"了。这次的势态似乎更加严峻，因为对手太强大。龙祥遇到那家老美企业，就好比鸡蛋碰上了花岗岩，蚂蚁遭遇了大象。

尾　声

五百强就是五百强，干什么都是大手笔。跨国公司进入中国市场，第一家客户就是华厦共友集团。公司邀请华厦共友高管们在大会堂吃国宴。就算是崔志翔这个多少也见过世面的人，见到这样的场面也是目瞪口呆。

国宴原来是这样的，以西餐的形式装点中餐的内容。分餐制，每道菜都在规定时间内进行撤换。其美味更是绝佳，在民间很难达到。吕红霞不时起身跟着她的上司——亚太区的销售总监，端着大大的酒杯，操着一口流利的英语，在各桌前转悠，尽显风流万种。

崔志翔感到很失落。他失意地起身，转向洗手间去了。

洗手间的功能区很多，有专门的吸烟室。崔志翔并不知道这里还有吸烟的地方，他只是来上厕所的。可是，他隐隐听到吸烟室里有人在聊天。崔志翔仔细听起来，竟听出了兴味儿。

是两个男人在交谈，都是华厦共友的中层领导。

"感觉怎么样？"

"就那么回事，虚架子。"

"你怎么这样？对谁都不满意？看咱老板，今天多开心，把业务交给这家老美公司，总算可以舒口气了，让龙祥去死吧！我被龙祥那帮蠢货憋屈坏了。"

"别高兴太早。"

"怎么啦？"

"我想呀，老美在我们这里待不长，刚把一个业务交给他们，他们一点折扣也不打，花费是龙祥的好多倍呢。当然，人家的产品性能稳定，不用那么修修补补的。可是，价格还是太昂贵了。我已经先看了老美的产品，其他感觉的确不错，可有一条，就是那个界面。别说我对那个界面感觉别扭啦，就是咱老板，我很清楚咱老板的习惯，他肯定接受不了那个界面的，他一定会叫老美把这界面按他的意思改了。可这样，就麻烦了。"

"有什么麻烦的？叫老美改不就成了？界面这种简单的活儿，老美只当穿针线一样容易呀！"

"那是你还不了解老美的作风。我已经事先跟那个姓吕的小姐打了招呼啦。可是，哎呀，不行，真不行。"

"怎么不行啦？"

"吕小姐说，他们可以改界面，可是，因为是为咱这一家公司做的，是个性服务，一来要等他们向总部申报，这申报大概需要些时日的。申报批准了，才能按我们的要求研发，但要另外收取费用，这个费用不少，三千万左右。"

"我的个亲娘呀，抢钱呢，一个界面？那需要多大工夫？要给龙祥做，他们什么条件都不会有，一个上午就搞定了。"

"哼，谁说不是呢。"

"还没完呢。我们买老美的产品是不可能一次性买断的,只要使用他们的产品,就需要按他们的标准每年交费。而且不排除随市而动,提价的可能。"

"天哪,咱老板要是知道这个,不会气得吐血吧!"

"唉,谁说不是呢……"

这两人大概抽完烟了,要往外走。崔志翔这才觉得自己更尿急,赶忙钻进小便区,把隔间小门轻轻搭上。他听着那两个人的脚步声渐渐远去。

崔志翔解决完事儿,走到洗手池前,看着大镜子里的自己。他摸了摸自己额头上的头发,心情悠悠地飘了起来。"解放区的天是明朗的天!"哈哈,原来任何真实的消息,都不是在阳光明媚的场面上所能得到的,而只能是在这样的地方。

崔志翔想,我不用做任何事,只需等待。等待华厦共友老总的回心转意,等待老美失意地离开这片他们根本就水土不服的天地。

崔志翔在镜子里看到自己得意的笑脸,不觉又闪现出吕红霞的身影……

谋事女人

序

十五年前,姚佳欣在滨海辞去银行小职员的工作,加入到一家民间宗教团体。这是她人生中最重大的转折。

姚佳欣最终跟随的大师叫王彬,法号玄知。这位玄知大师十几岁便入佛门了,二十几岁自创门派。姚佳欣认识王彬时,他已经三十多岁,拥有众多信徒,在宗教界和大师圈子里很有名望。

玄知大师将他的宗教团体从滨海转到方州,姚佳欣也跟过去,俩人共同度过了一段短暂而甜蜜的时光。不过,王彬早有家室,像他这样的大师是不能像普通人那样可以随便婚变的。所以,姚佳欣从一开始就明白,她只能将这份爱隐藏幕后。

玄知大师过四十岁生日那天,他的信徒为他捐赠善款达几个亿之巨,资金刚汇入香港账户,就东窗事发,法院后来判为非法集资,玄知大师王彬获刑十八年。王彬自称他完全可以逃往国外,可是他愿意服刑,坐牢是他人生必修的功课。

在服刑期间的某个深夜,姚佳欣意外地收到大师发来的短信。

整整一夜，他们来来回回发了上百条短信。然而，第二天早晨，姚佳欣就再也联系不上王彬了。姚佳欣受到此事牵连，被判了短期监禁。

那时，姚佳欣刚从龙祥研究院调到公司人力资源部，屁股还没坐热，就被警察带走了。姚佳欣表现得出奇的冷静、沉稳，给在场的同事们留下了极深刻的印象。

走进看守所，姚佳欣的心境与常人完全不同。她就像一名虔诚的信徒，正走在朝圣的路上。姚佳欣走进看守所，就像是走进了向往以久的婚房，在她心间涌动着一股股暖流，把她的双眼都打湿了。

她完全不害怕，完全不在乎那些诸多不适的环境。多年前，她做过一个梦，梦里与现在的情境是一模一样的。

从王彬入狱到姚佳欣进看守所，俩人已经整整三年没见过面了。他的声音，他的呼吸，都听不到。无穷无尽的回忆无法填补思念的饥渴，那种折磨，就像喝了老白干儿，后劲足足的。

一个多月的监禁，让姚佳欣完成了一个夙愿——走在玄知大师王彬曾经走过的路上，步他的后尘，体味一丝师傅的造化。她有充足的时间去想念他，在设身处地中感悟他的心境。

姚佳欣重新回到龙祥，又一如继往地工作、生活了。同事们对她的监禁生活很好奇，她却缄口不谈。从此，姚佳欣在同事们眼里显得更加神秘，更加不寻常了。

1

平日里就忙于各类应酬的姚大小姐，周末的邀请更如雪片般纷至沓来。而这个周末，已经到深夜了，她却还在办公室里，一个人静静地待着。

龙祥董事长应酬完最后一席酒宴回到龙祥大厦。他走出一辆黑色加长红旗，秘书赶紧为他撑开一把伞。董事长在飘洒的雨帘中，看到面前这栋二十六层的办公大楼早已融入在漆黑的夜里，只有一片小窗还亮着一盏孤灯，显得格外耀眼。

董事长问他的秘书，谁还在办公室？

秘书回答，应该是人力资源部的副主任姚佳欣，刚才我碰到过她。

董事长没再说话。

谁都知道，这段日子姚佳欣一直在为公司的薪酬优化改革劳神费力。

姚佳欣在办公室里先给郭达海打电话，那边好像很吵。大概是吃过饭，又去 KTV 了。

郭达海是公司的二号人物，主管市场的副总裁，地位仅次于公司总裁刘威明。

郭达海是老板（董事长）亲自挖过来的高级人才，最初负责公司研究院的工作。恰好那时，姚佳欣刚招进龙祥，就是在研究院做部门秘书。姚佳欣在郭达海手下做了好几年，也只做到了行政助理、院长助理。姚佳欣想方设法调到了人力资源部，虽然是从最底层的专员做起，但她此时已不同往日了。

现在，郭达海和姚佳欣以老上级、老部下相称，格外亲昵。姚佳欣一说到自己的资历，免不了得意地说，郭总是我的伯乐，我是由郭总招进龙祥的。郭达海乐得点头承认，旁边一堆听众，都目光骤亮，聚光在她身上。姚佳欣简直比海外镀金回来还要厉害呀！郭总相中的人，能是一般人吗？

姚佳欣在电话里的声音，犹如甜甜的泉水，一汩汩畅然涌出："哎呀，郭总，我在加班呢，还有一大堆事情要做，走不开呀！下周例会我就要把薪酬优化改革方案拿出来啦！你不记得了？"

郭达海在电话里满不在乎地说，"多大点儿事儿呀，老板不就是要降工资嘛，叫每个部门把降工资的人员名单报上来不就行啦？两个小时就能搞定的事，你非得跟自己过不去，急得上蹿下跳的。你还有脸跟我说你头发都急白了，瞧你这点出息……"

前些日子，在龙祥软件股份有限公司的全体员工大会上，董事长向大家极诚恳又极无奈地宣布："我们大规模地涨工资是在公司上市之后，那时正处在IT业的泡沫时期。现在泡沫破灭了，我们的工资和我们的盈利能力已不相匹配。公司的利润被巨大的工资成本消耗掉了，非常不利于我们长久持续性的发展。我们必须进行薪酬优化改革，这是关系到公司生存和发展的重大问题。我还要强调一点，本次薪酬优化改革，绝不是一味地降工资。能力强而工资相对低的同志，工资不仅不能降，还要涨。"

老板最后一句缓冲性的话，没能稳住人心。大家心里估摸着，老板是嫌给咱们每月的"米米"多啦！

涨工资当然是大家每时每刻都翘首期盼的，尤其是现在。物价上涨如暗流涌动，来自各方面的生活开销，都在不停地摇撼人们的钱袋子。然而，降、降、降，老板急切地要降低人力成本。在他眼里，所有的员工都在消极怠工，拿着高薪对不起他。他可不能眼巴巴看着自己受蒙蔽，让这些吃嘛嘛香，干嘛嘛不成的员工随心所欲了。

老板是灵光一闪，龙祥上下几千名员工的心，就犹如一石激起千层浪，顿时纷纷纭纭，动荡起来。

薪酬优化改革，理所当然地成为头号瞩目的工作。这可是要动每个人的"蛋糕"呀！有本事来龙祥工作的人，也有本事去别处谋职。你要降我的工资，我就走人，没什么好说的。还有一些人是凭借各种关系进入公司的，这些关系户可是不好惹的。得罪了他们，连董事长也不会轻饶了姚佳欣。而那些自认倒霉、忍气吞声接受降工资的员工，大都是羽翼未丰，没工作经验，只能先待在龙祥积累工作履历的。他们的薪水本来就不高，降也降不了多少。姚佳欣向他们下手，也显示不出成绩，在董事长那里还是交代不过去。

薪酬优化改革犹如泰山压顶，身为人力资源部副主任的姚佳欣，难逃此责。

本来如此重大的事情，应由人力资源部的一把手负责的，那就是人力资源部主任孙宇。然而最近，孙宇刚刚被董事长从人力资源部的主任职位上掳下来，人力资源部主任的位子空缺。姚佳欣也就成了公司人力资源部实际上的"掌门人"。

也许，考验姚佳欣的时候到了，姚佳欣还处在很兴奋的状态。

然而，郭达海在电话里数落姚佳欣，使姚佳欣深深感触到郭达海不通人情的一面。在他温情随和的外表下，是一颗硬邦邦的心。他完全不能体谅姚佳欣的苦衷，更不认可她现在所面临的挑战。然而郭达海这时在电话里听到的，却是姚佳欣爽朗的笑声，就好像这丫头没心没肺，又甚是可爱。郭达海进一步感慨道："姚佳欣啊姚佳欣，你哪能自己亲自去干事儿呀，你的才干是找别人干嘛，你自己干，不如叫别人干！"

姚佳欣心里憋闷着一口气，哪还听得下去。她赶紧转移话题，欲堵住郭达海这张没遮没拦的嘴。姚佳欣哆哆地说："明天是你跟嫂子结婚十五周年的纪念日呢，打算怎么过呀？"

"还能怎么过，平平常常过呗，老夫老妻了，还折腾什么？"

"那可不行，十五年呢，你对得起嫂子呀！我这里有两张演出票，你带嫂子去看吧！对了，你带嫂子出去吃饭，我带濛濛去金钱豹吃自助，你跟嫂子安安心心地过一天二人世界吧！"

"这得耽误你休息呀！"郭达海不好意思起来，说。

"不耽误，我又没有约会，正好叫濛濛陪我呀！就这样，啊，我明天九点来接濛濛，顺便把票送过去。"

"这个——"郭达海犹豫了一下，觉得已不好再推辞，便说，"你都考虑这么周全了啊，那——不能让你破费，多少钱我来出，你有这份心意，我就很感激了。"

姚佳欣依然甜甜地说："哎呀郭总，你还跟我客气什么呀！"

姚佳欣和郭达海有一句没一句地闲扯了一阵，才挂了电话。姚佳欣终于松了口气。

悠缓的瑜伽音乐响起，姚佳欣盘腿坐在垫子上。她闭上眼睛，均匀、平和地调整呼吸，将整个身子酥软下来。

姚佳欣并非时下流行什么就去跟风的人。她早就是一名拿了证书的居士了，还曾削发剃度，用两年时间云游四海，拜访国内许多高僧。姚佳欣现已三十六岁，看上去却一点也不像这般年纪的人。她气质清纯而高雅，充满了灵性。

音乐刚刚飘飘摇荡而升，几声叩门声就追随而至。姚佳欣在垫子上做完瑜伽的最后一个动作，微睁开眼。只见门外探出一颗脑袋。

"没打搅您吧，姚主任？"来者是董事长身边的一名小秘书。姚佳欣一笑，忙起身，请他进来。

小秘书推门进来，姚佳欣才看到他手上还托着一只大盘子，盘子里有水果拼盘和几碟小点心。

"这是老板特意让我送过来的，看您还在……"小秘书扫视了一下周围，把盘子放在大板桌上。姚佳欣拾起垫子，请他坐。

"劳逸结合吗？"小秘书随口一说。他见过姚佳欣的瑜伽表演。那时，总裁刘威明和市场副总裁郭达海带着几个属下去度假村开会。晚宴之后，又唱卡拉OK，大家喝了不少酒，有的同事喝醉了。姚佳欣好像也有醉意。姚佳欣还摔倒了一次，是跟刘总跳舞转圈儿的时候。大家都看到姚佳欣倒地后，刘总忙把她拽上来，她顺势就倒在刘总的怀里了。大家回到别墅住处，准备就寝，看见姚佳欣已穿上了宽松的睡衣睡裤，便闹着要她表演瑜伽。姚佳欣在众人的簇拥下，上了一张大桌子，做出一些很优美又有些难度的动作，引起大家的阵阵掌声。

此时姚佳欣在这位小秘书的眼里，长发盘起，一身白色飘逸的练功服，如亭亭玉立的莲花，动静之间，仿佛飘浮着一股迷人的幽香。

姚佳欣对小秘书说："替我谢谢董事长。其实呢，练瑜伽也是在工作呀。瑜伽是印度佛学的一部分，身体的感觉是能影响精神的，也能影响思维。瑜伽的每一个动作都能触及心灵，对心理能产生多方面的功效呢。说不定，在冥想之中，就能刺激灵感迸发。"

小秘书笑道："现在您获得灵感了吗？"

姚佳欣微笑如蜜，却不觉抹上了一层神秘。

姚佳欣没有直接回答小秘书的话，只说："如果一个人能从烦躁、多虑，还有恐惧、意志涣散这些不好的情绪中抽离出来，重新建立自信、果断、宁静而稳定的情绪，那么，灵感就会自然而然，犹如花蕾迟早会绽开一样，水到渠成。"

"烦躁、多虑，还有恐惧……"这些词汇犹如观音拂洒如意瓶里的水，水滴在小秘书的心弦上，奏响一片感叹之声。姚主任可真不容易呀！顶着这么大的压力，还能四两拨千斤……

小秘书看着姚佳欣，想着应该回老板那儿去了，可他有些难以自拔。

在姚佳欣不俗的气质下，浓浓的神秘气韵，始终化不开。

2

时间不算早,已过夜里九点了。

孙宇照常在家中扒完碗里最后一口饭,就坐到沙发上看电视。这是他一天当中最享受的时刻。茶几上放着一盘切好的西瓜,手里握着电视摇控器,身子歪躺在长沙发上,如一尊侧卧的弥勒佛。

这时,孙宇的手机响了,是总裁秘书小尚打来的。小尚以前在孙宇手下做事,刘威明当副总裁的时候,孙宇就把他推荐了过去。孙、尚二人的关系一直不错。

小尚在电话里问孙宇:"老崔跟田妮最近是不是走得挺近乎?"

孙宇想了想,说:"还真是。"

小尚接着说:"看来,那件事就是个虚幌子啰!"孙宇一愣,没反应过来。

"嗨,就是姚佳欣跟老崔的事呀!"小尚说。

"噢。"孙宇一下子明白过来,哑然一笑。

老崔,崔志翔,主管研发的副总裁。前不久还传闻,他在追求姚佳欣。有件事是姚佳欣亲口告诉孙宇的,不过孙宇很快发现,公司好多人都知道了,是公开的秘密。

那一次,崔志翔显得特别不识趣。

仍是同事聚餐,已经深夜了。崔总主动要求送姚佳欣回家。姚佳欣感到不安,离家还有一站多地,姚佳欣就提前下了车。老崔偏是难缠,他把车停靠在路边,一直步行跟着姚佳欣,非要送她到家门口不可。姚佳欣就说:"我还想在路边坐会儿。"老崔就要陪她坐。姚佳欣只好又说:"我想一个人待会儿。"老崔偏生赖皮,说:"有个人陪着好,再说,安全。"姚佳欣甩都甩不掉他,俩人站在路边,就这么干耗了一个多小时。

孙宇觉得,虽说崔志翔和姚佳欣都属于大龄青年,一个未娶,一个未嫁,"君子好逑"也是常理。可是,这两人要擦出爱情的火花,还真叫人生疑。可是事实已经有了,崔志翔追姚佳欣,而姚佳欣似乎也没有完全拒绝,就这么半吊着他。

小尚又对孙宇说:"最近,姚佳欣不是在公司内部推销什么养生馆的会员卡嘛,老崔可是第一个买金卡的,还帮她吆喝拉会员呢。我在犹豫,到底要不要买个银卡什么的。你买了吗?"

孙宇不屑地说:"我才不买呢。"

小尚在电话里笑起来,孙宇不大明白他为何笑,笑什么。

的确,孙宇总是那么不一般,竟敢不配合姚佳欣,没给姚大小姐一点面子。

养生馆的老板送给姚佳欣一张享受五折优惠的金卡,姚佳欣好说歹说,把孙宇拉拽着去了,说是要请孙宇的客。养生馆位于公司附近的一个居民区内,由一套三室两厅的民居改装的,在一楼。养生馆的主打服务项目是用一种火石进行按摩,据说对身体有很多好处。孙宇嫌档次不够,又有洁癖,不愿把自己脱光了,换上那种连消毒都十分可疑的白色大袍子。他只在那不大的空间里心不在焉地转悠了一圈,像个十足冷漠的参观者,对身边的任何东西都只是扫视一下,而绝不愿去碰。参观完毕,孙宇找个借口赶紧逃了。

姚佳欣为了这家养生馆的业务,没少跟同事们宣传,什么养生之道,什么解乏之效,说得绘声绘色,头头是道,公司里买卡的人是越来越多了。最优惠价是六五折,划得来呀。

其实,大家买姚佳欣的卡,都是冲她背后的面子而来。谁都知道,姚佳欣背靠着总裁刘威明,还有主管市场的副总裁郭达海的实力,现在又冒出个主管研发的副总裁崔志翔帮她吆喝。这"三套马车"够威力,哪个都不能有半点得罪,只能上赶着拍马屁。小尚最有顾虑的,是他的上司刘总。小尚可是亲眼看到那位养生馆的小老板,通过姚佳欣已经跟刘威明在一起吃过好几顿饭了,买单还是刘总掏的腰包,吃饭的规格也不低。

其实引起刘总兴致的,是这位养生馆小老板带来的朋友。据介绍是大师级的人物,有一眼看透人的前世今生的特异本领。刘威明对这种人本来就怀有好奇心,再加上姚佳欣从旁加油添醋,说得神乎其神,就更加让刘威明欲罢不能了。刘威明一见到这位大师,就觉得此人果然是气度不凡。大师在酒席间谈笑风生,对刘威明的过去说得相当精准,叫刘总叹服不已。

大师说:"刘总是独生子,父母都是文人,连娶的老婆都是学文的。然而刘威明是这个家庭的另类,文科类一窍不通,自幼擅长理工科。大学就读于理工大,现在还在母校在职攻读MBA。刘威明在公司的处境,表面风光实际艰难,一直被董事长捉襟见肘,无力施展自己的才能。"

刘威明越听越入神,吃完这顿饭还惦记着下次能有机会再得大师的教诲。刘威明喜欢从别人的嘴里了解自己,而大师的神奇功能,更能传递某些可靠的信息,让刘威明的内心感到莫名的踏实和欣慰。刘威明的未来,总裁的前程,有时能影响公司全体员工们的命运。这种连锁关系,能产生连锁反应。如果有人从中受益,那也会得到连锁的好处。

大师又说:"刘威明很有女人缘,每到最关键的时刻,都会出现一个女人来帮他解决困难。"刘威明仔细回想,还真是那么回事儿。刘总的红运当头,少不了女人气息的依托。那么,谁还敢小视刘总身边的女人呢?

介于此,在买养生卡的问题上,小尚很是犹豫。他看孙宇不打算买,便喃喃地说:"那我也不买了。"

孙宇却另有心思,姚佳欣请出一个什么神秘大师来讨好刘威明,把刘总哄高兴了,不就是想为"薪酬优化改革方案"的出台做好铺垫吗?孙宇跟小尚结束了煲电话粥,孙宇的思绪就像麻绳上的小毛刺儿,扎毛了他的心窝子。近日来,孙宇可是真够烦的,唉!

刘威明上任公司总裁的当天,就把孙宇硬拉上了副总裁的位子,主管公司的内部运营。可是不久,董事长一怒之下,责令刘威明把孙宇所兼任的公司人力资源部主任的职位撤掉。理由是,在当时公司人才严重流失的情况下,孙宇未能力挽狂澜,令董事长失望之极。刘威明只好私下里叫孙宇协助他管人力资源工作,形式上却把他安置在本公司人员队伍最庞大的研发体系,负责那个体系的人力资源工作。

孙宇的职场处境,从此更加叫人匪夷所思了。他直接受刘威明总裁的领导,又要受命于研发副总裁崔志翔。姚佳欣在人力资源始终是挂着副职，她也觊觎人力资源头把交椅已久，如今长时期将主任正职空缺，她内心一定不满。而现在，孙宇既是姚佳欣的上级，又得是姚佳欣的助手。可是，辅佐姚佳欣的职责，让孙宇干得越来越憋屈、难受了。

3

谁都知道，孙宇和刘威明相交多年，刘威明对企业管理的认识，还是孙宇给他启的蒙。孙宇是刘威明的良师益友，并不夸张。在公司，大家都看过他们同出电梯，同入公司餐厅，同上刘总的高级轿车。然而，一般人却想不到，他们一到休息日，几乎不来往；节假日，至多互发一条祝贺短信；下班后在一起吃个便饭，都是屈指可数的。孙宇和刘威明一直奉行着"君子之交淡如水"的原则。按理说，这种关系本应在淡泊中散发悠长的芬芳，将情谊连绵不绝才是。可是，刘威明变了。

刘威明当上总裁之后，对孙宇的话就不那么感觉兴奋了。孙宇也觉得，他已经不能像以前那样，可以随心所欲地向刘总说出自己的真实想法了。在刘总身边，聚集了越来越多的大能人，孙宇不能再这么独享刘总"军师"的地位了。

姚佳欣在刘威明的心目中，正悄然增加着分量。姚佳欣会不会真的已经取代了孙宇呢？孙宇对自己越来越没了信心。姚佳欣实际上是孙宇一手栽培、一手提拔的。可是，姚佳欣在人前只字不提孙宇曾经给过她的诸多好处。连知情的刘威明似乎也全然不记得了。

在刘总裁身边，美女如云就不用说了。本公司的市场体系、营销体系还有各片区，都不乏有才貌出众的厉害角色。一些外企供应商麾下，也多得是品味不错的美女销售。而姚佳欣呢，略施粉黛，全凭一张清秀的脸庞，玲珑的身材，透着一股子灵动聪慧的气质打动人心。她笑起来细眯眼儿弯弯，仿佛能溢出水蜜桃似的甜香。一头乌黑亮发直披于肩。白嫩的肌肤，也容易让人产生洁净的好感。最富魅力的，是她的齿白唇红，两瓣小巧丰润的嘴唇，透出几分江南女子的多情和妩媚。尽管如此，姚佳欣毕竟相貌平平，年纪也不小了。更何况，姚佳欣给刘威明的最初印象不是一般，而是非常差。

刘威明还在事业部当总经理的时候，虽然不在高管之列，老员工都清楚刘威明在公司的势力，对他格外尊敬。大家见到刘威明，都是主动向他打招呼的，只有姚佳欣不吃这套。就是同在一个电梯间，甚至只有他们俩，姚大小姐也可以目不斜视，面无表情。当她看到目的地到了，电梯门一开，便大步流星走人，总让刘威明回味着不是个滋味儿的滋味儿。

其他热心跟刘威明打招呼的员工，刘威明都不怎么记得，倒是把姚佳欣记得死死的。当时刘威明就对孙宇说了："她是谁呀？她可要小心着点儿啦，天天晚上做祷告吧，祈求上帝别栽在我手里。"

刘威明这句话，无意间竟成谶语，结局却截然相反。

孙宇接管公司的人力资源后，还只是人力资源部一名小小专员的姚佳欣，在为人处世方面灵气十足，让孙宇感觉很不错。姚佳欣很快成为孙宇在人力资源部的左右手，孙宇一有机会就在刘威明面前说姚佳欣的好话。姚佳欣也争气，从不放过任何一次在刘总裁面前表现的机会，表现得都很完美。

姚佳欣开始在刘威明身上是下了番"苦功"的。

姚佳欣偏瘦，血压偏低，并不适宜喝茶。可是，刘总爱喝铁观音，姚佳欣就几乎天天下了班直奔茶馆，在茶馆一泡就是好几个钟头。姚佳欣在茶馆里学到的茶道知识，伺机在刘总面前显摆。刘威明终于感受到，姚佳欣身上有股如安溪铁观音般的醇厚甘鲜的滋味儿和高锐浓烈、馥郁持久的香气。

刘威明是销售出身，对仪表十分考究。他认为，穿着能显示个人品味。姚佳欣自然是一身名牌，不过那些名牌还入不了刘总的法眼。不过姚佳欣毕竟收入有限，月薪不过一两万，刘总是能够体谅的。刘总认为，暂时的收入高低不能论英雄成败。他最瞧不起的，是没有品味意识，没有品味意识就意味着没有对品味的追求，没有对品味的追求就等于没有气质，没有气质的人就根本不配与他刘威明为伍。有时候，刘威明也会看到姚佳欣配戴的小饰品中，有他非常钟爱的牌子，那是世界顶级奢侈品牌，在国内都买不到的。于是，刘威明对姚佳欣再次另眼相看。

刘威明与姚佳欣的接触越频繁，就越觉得她有很多地方跟自己有着惊人的相似。这让刘威明仿佛在浩瀚的天宇中，遇到了自己的"双子星"，彻底满足了他的自恋情结。而且这个"双子星"还是个美丽的异性，更贴合他的心意。

姚佳欣还总是用她那看似漫不经心的言行，不断叩响刘威明的心门。姚佳欣是绝对顺从刘总裁的心思说话的，哪怕是再细小不过的事情，哪怕是工作以外的闲扯，她都绝不会对刘总的话提出半点质疑。这个女人真像是刘威明的忠实信徒，铁杆粉丝。刘总出口一句，她就把它当真理看待，还能引申千言。刘威明恰好是个说话简练、不善夸夸其谈的人。姚佳欣就如藤蔓，缠绕着刘总这棵树干。藤为树干做了一番精彩华丽的装饰，怎不令刘总乐到心坎儿里去？

随着刘威明对姚佳欣的满意度越来越高，就再也没有听到过他对姚佳欣有任何微词了。

然而，随着姚佳欣在刘威明面前受宠，孙宇并没有如虎添翼，反而在刘威明面前失去了光辉，在刘总眼里，孙宇好像是越来越不顶用了。刘总开始对孙宇警示般地说："瞧瞧人家姚佳欣，多会办事呀，就是能干！"

孙宇咀嚼着这句评语，姚佳欣到底是怎样的能干呢？

有一次，刘威明随意跟姚佳欣提了句，他有一哥们儿是经销蛋白粉的。姚佳欣二话没说，转身就去找崔志翔推销蛋白粉了。研发体系是公司最大的体系，人员最多，发点营养品也名正言顺。

崔志翔正有意追求姚佳欣，这回"梦中情人"有事相求，他尽管不知道姚佳欣向他推销产品的原由，但单看姚佳欣的面子，他也马上表示自己没有任何意见。不过，要走正规程序还应该得到主管研发人力资源的孙宇的同意。姚佳欣就又去找孙宇。孙宇心细，问的问题比研发副总裁要多。姚佳欣不便瞒他，就直说这批营养品是刘总朋友的。孙宇一听是刘总的事，不敢怠慢，把事情办得妥妥当当的。

当刘总得知蛋白粉经姚佳欣之手销售得不错时，十分开心。他并不知道姚佳欣把那些蛋白粉销往了何处，不免好奇地问："你怎么能销出去那么多？你是怎么办到的？"姚佳欣笑眯眯地回答："这您就别管啦，反正，事情已经办成了。"孙宇正在场，眼巴巴看着姚佳欣冲刘总甜甜地媚笑，心里那股劲儿怎么也拧不过来。

孙宇逐渐看清了姚佳欣的各种让自己感觉不舒服的伎俩，说白了，就是这个女人太会变脸。

私下里，姚佳欣是多么尊敬他孙宇呀，是多么乖巧，多么诚恳，多么谦虚好学的人呀！一旦有刘威明在场，姚佳欣就全变了，变得对孙宇毫不礼让，从孙宇的学生摇身一变，成了孙宇的资深导师。

姚佳欣要比孙宇大几岁，她就可以在小妹妹和大姐姐的身份之间游走自如。刘威明不在场时，姚佳欣是孙宇应该呵护、帮助的小妹妹；刘威明在场时，她就是孙宇的大姐姐，看着"流鼻涕"的小弟弟横挑鼻子竖挑眼。刘威明是领导，没有什么顾忌，又因为跟孙宇关系不错，所以说话很随意，批评孙宇的不是总那么畅快淋漓。可恶的是，姚佳欣这时又成了刘威明的藤蔓，以刘威明的思想为中心尽情发挥起来。刘威明是感觉爽了，挨批评、受挤对的孙宇可就难受死了。

姚佳欣实际上是孙宇一手栽培、一手提拔的，然而如今，姚佳欣在人前只字不提孙宇曾给予她的一切，就连对此知情的刘威明，似乎也全然不记得了。这让孙宇感到无比失落和懊丧。而事态的发展又是那么的得寸进尺，姚佳欣为证明自己比孙宇强，不遗余力，甚至是不择手段的。

孙宇哪里知道，姚佳欣现在正忙于实施一套连环计呢。

姚佳欣自担任公司人力资源部副主任以来，第一次遇到严峻的考验。就在董事长下达薪酬优化改革指示的当天，刘总也找姚佳欣单独谈话了。刘威明没把姚佳欣当外人，话说得更加明确。借这个机会，一方面，可以为公司建立起一套更科学、更完备的薪酬标准，从而规范公司机制，创造更好的工作环境，以达到高效工作的目的；另一方面，我们高管人员在业界的收入是普遍偏低的，这让高管人员怎能拿出十足的干劲来，怎么对公司充满信心？在同行面前、客户面前哪有底气？个别人是可以降工资的，但看看我们高管人员……为了鼓舞士气，高管人员的工资无论如何应该涨上去。

董事长的意图是要降低人力成本，而总裁却还想趁此涨涨工资。姚佳欣正好被摆放在公司董事长和总裁较力的拔河线上。

这次的形势真是错综复杂，每个人都只站在自己的利益当口，不会让步。姚佳欣将高管会议上最有发言权的人仔仔细细地想了好几遍。首先当然是总裁刘威明，其次就是自己的老上司郭达海，再者就是崔志翔了。只要得到这三个人的肯定，姚佳欣才会胜券在握。这三个人赞同了自己的方案，余下的人不是势单力薄，可以完全忽略，就是与这三位是同盟，是这三位大人物的附庸，这三位一点头，他们都不敢说"不"。

姚佳欣通过大师拿定了刘威明，崔志翔正追求着自己，自然也不会为难她，郭达海已经被她的"周全"所感动也没有问题了。只是，董事长虽然不会出席这次高管会议，但他的潜在影响力不能小视。因此，姚佳欣还不敢有丝毫的懈怠。

不能懈怠的唯一办法，就是要拿出一个令人信服的又不会得罪任何一方权重人物利益的方案。而这个方案，姚佳欣首先的反应倒是挺快，以她一贯的思维，自然而然是会想到找孙宇帮忙的。

姚佳欣十分镇定地对刘总裁说："我觉得吧，各体系有各体系的特点，比如说，营销体系是按他们的创利、回款、客户关系来建立薪酬标准的；而研发体系呢，就要看产品质量、产品开发周期、创新能力还有问题解决率来定了；市场体系嘛，就要根据新行业拓展、公司品牌发展和产品的解决方案……我认为呢，还是先让各体系做一套各自的薪酬方案吧！"

刘威明觉得挺有道理，马上叫各体系人力资源的负责人先拿出方案，到姚佳欣那里汇总。

到了各体系交付方案的日子，刘威明问姚佳欣："工作进展得如何？"

姚佳欣沉吟片刻，说："各体系都交上来了，只有孙宇还没有交。我不好说他啦，刘总，你帮我催催吧！"

刘威明当即给孙宇打电话，谈笑间流露出一些埋怨。刘威明对孙宇说："你现在办事怎么越来越磨磨叽叽啦？作为副总裁，办事可不能拖后腿呀，要给下边的人起带头作用嘛。"

孙宇在电话里忙不迭地应承，解释说："哎呀，这个星期我实在是忙得腾不出手来呀。"

刘威明不乐意了，说："什么事情你都分不清一个先后、主次了吗？"

其实在孙宇看来，明明是叫姚佳欣拿出一个提纲挈领原则性的方案，什么各体系有各体系的特点呀？方法论都是一样的。起草薪酬优化改革方案是多棘手的一件事呀，大伙儿都在观望。实际上各体系的人力资源负责人谁都没有交出一套方案。一方面，那些人没那能力做这样的方案；另一方面，那些人认为这是"地雷"，谁敢不顾死活地去踩它呢！姚佳欣的心里如明镜似的，她可不就是要逼出孙宇的方案嘛。

孙宇只能把苦水往肚子里咽。刘总都已经为此专门打来电话，孙宇不得不先好好琢磨一下自己当前的处境了。孙宇刚挂了刘总的电话，抬头便见姚佳欣笑盈盈的已站在了他的面前。

姚佳欣在孙宇的独立办公室待了小一上午，就把薪酬优化改革方案的提纲做完了。姚佳欣感到很满意，对这个起草的方案有了信心，便对孙宇表示了感谢。孙宇叫秘书给姚佳欣沏了壶茶，姚佳欣说："哟，孙总喝的是普洱呀，我一朋友也有很不错的普洱茶，有空你赏光去坐坐吧！"

孙宇不感兴趣，却又不得不装得有兴趣的样子，应付说："好好好。"

姚佳欣又说："瞧你这肚子，是该减减肥了。喝普洱的确有减肥功效，要是再配合SPA会更好的。你这个人呀又不好动，那种蒸呀、按摩呀是最适合你的了……"

孙宇马上意识到，姚佳欣又要向他介绍那开养生馆的朋友了。孙宇心里有些来气，怎么着，你还非叫我给你买卡不成？

姚佳欣这会儿，怕是得意忘形了吧！

然而，孙宇再三告诫自己，我孙宇是个大男人，不能跟一女人斤斤计较，否则，会让大家笑话的。

4

姚佳欣越来越以优秀人才之姿，立于公司管理人员之林。龙祥高层领导起用她担当重任，那是迟早的事。

然而，在这次总裁办公会议上，一个女人不信这个邪，站了出来，先给姚佳欣打了个措手不及。

这个女人就是公司大名鼎鼎的女强人肖娜。肖娜是公司五位总裁助理之一，营销部总经理，她在龙祥的地位是通过外部的客户关系打造出来的。不仅总裁，就连董事长也得敬她三分。自从姚佳欣的地位在龙祥渐渐浮出水面，又跟刘威明走得近，肖娜与姚佳欣便开始了从未停歇的明争暗斗。

肖娜对姚佳欣从不客气，姚佳欣也没把肖娜放在眼里。姚佳欣事先考虑到了这次会议的各方势力，唯独没把肖娜考虑进去。而此时正是从肖娜那涂抹冷艳彩妆的双唇间，喷出了冰锥相击般刺耳的话语，令在座各位倒吸了口凉气，脸上的表情定格在似笑非笑的难堪当中。

刘威明急着要把话题转移，便没好气地打断了肖娜的话，说："好了，这件事还有待核实，我们还有更重要的议题要谈，不要耽误大家的时间……"

肖娜挺起胸膛，像一把弩箭，势必下了战斗到底的决心。她说："刘总，能不能容我把话说完呢？这件事还需要核实吗？众所周知，一年了，人力资源部连一个进州户口都没办成。往年公司都能弄到好几个进州名额。作为人才引进，解决进州户口是国家对我们高新产业的优惠政策，我们应当享受这样的待遇才是！不能解决大家的后顾之忧，还怎么叫人安心工作？"

肖娜到现在也是外地户口，眼看自己的孩子要上幼儿园了，户口问题就提到了日程上。她为龙祥拼死拼活，到头来，自己的孩子没处念书了。人力资源部到底干什么吃的？

肖娜继续爆猛料，说："今年为什么一个进州名额都没有了？为什么准备要办的户口都停下来了？是因为方州市人事局已经把龙祥列入'黑名单'了。人力资源部到底在忙些什么？姚佳欣竟然还幸灾乐祸，挺乐呵儿地跟我说：'这下好了，我们倒可以什么也不用做了，列入黑名单可不是我的错，我也没办法。你们要想转户口，就只能靠你们自己各显神通了！'她这是什么态度？我要提醒各位，自从姚佳欣接管人力资源部以来，她能交代出几项工作业绩？工作能力不行，工作态度也成问题。她搞不清自己的职责吗？依我看，她的心思恐怕都用在了不务正业上！虚头巴脑的事，她倒乐此不疲。"

肖娜说此番话是有深意的，她十分清楚姚佳欣是怎样带团队的，简直是一团糟。然而，这些"小事"，总是不被领导们重视，甚至漠视了。肖娜放出这样一枚"炸弹"，是想试探刘威明的态度，无疑，刘威明是叫她失望的。

刘威明丝毫没有应和肖娜的指责。于是，从表面上看，肖娜在会上可算是痛痛快快出了口恶气，而实际上她却生生咽下了一口怨气。姚佳欣对刘威明在平日里就下足了功夫，现在看来可是卓有成效呀！刘威明在关键时刻袒护了姚佳欣，压住了肖娜的怒火。没容肖娜再多说，刘威明就不耐烦地重申了自己刚才的看法："目前还有更重要的议题要讨论，肖总的事以后再谈。"其他人都看刘总的脸色，没一个敢援助肖娜的，任由着肖娜这颗孤独的火苗自生自灭了。

会议的下一个议题是由总裁亲自铺垫的，该轮到姚佳欣发言了。姚佳欣认为，自己不鸣则已，一鸣定要惊人。她向大家宣布，薪酬优化改革方案已经起草完毕了。

这么庞杂的一项大工程，在如此短的时间内，姚佳欣就能胸有成竹，气定神闲，已经叫人惊讶了。再听她一席发言，大家情不自禁地鼓起掌来。

姚佳欣的开场白，如沙漠里响起叮当清脆的驼铃声。没有铺排，没有渲染，直奔主题。精练的表达，务实的作风，让大家坚信，绝对有着深厚而高瞻的思想做后盾。

在热烈的掌声中，姚佳欣渐渐昂起头，笑容里充满了自信。

姚佳欣说："大家所关心的薪酬优化改革方案，经过我们几十天来的连夜加班，总算辛苦没有白费，提前把草案完成了。我已经跟刘总沟通过，得到了他的支持和肯定。现在呢，我把方案说一下，请大家提出宝贵意见，帮助我们更好地完善这套方案。"

姚佳欣继续说："根据刘总的意思，我们要建立薪酬标准。那么，就要设立薪酬的各级各档制度，各类人员必须严格对号入座。在这个基础上，与现实工资不符的，要坚决予以工资调整。另外，我认为，我们可以把固定工资下降几个百分点，而浮动工资，也就是绩效工资，则需加大在工资总额中的比例，增加几个百分点。这样，可以起到加强绩效激励的作用，更加体现多劳多得的原则。"

大家都知道，一般工资分为三大部分，基础工资和岗位工资属于相对固定的工资，而绩效工资，也就是上级依据员工的绩效而评定的那部分工资，属于浮动工资。姚佳欣这一招真是绝了，加大绩效工资比例而相对缩减固定工资比例，看上去是降低了工资，实际上，整体工资额度并没有改变。这样，董事长没话说了，固定工资确实下降了。浮动工资比例增大，有助于激发员工的工作能动性，这也是老板愿意看到的。

这是两全其美的好方案，董事长没意见了，大家也都吃了定心丸。一般上司也不会为难员工，浮动工资会照发，大家不会受到丝毫的经济损失。甚至在光景好的年头，还可以增加浮动工资，让收入涨上去变得较为便利了。

姚佳欣说得满面春风，崔志翔趁势对她大加赞赏，说："多亏有姚主任呀，让我们渡过了多大的难关啊！"

于是，大家在会场上频频点头，好话从一头传到另一头。众高管的发言就像是在绿茵场上的秀球，头球摆渡、凌空抽射……每个套路都表现得精彩绝伦。虽有秀自个儿的嫌疑，但凿凿切切都是在为姚佳欣"夺冠捧杯"。

大家的掌声，等于给了肖娜一记响亮的耳光。

散会后，很不开心的肖娜走进了孙宇的办公室。她转回身，一对杏眼盯着孙宇。胖嘟嘟的孙宇忙低下头，不敢看肖娜。肖娜点上一支烟，迈步走到落地窗前看着窗外。

肖娜揶揄地对孙宇说："瞧你这幕后英雄当的，这回又帮她了吧！你真够可以的。你这么做，刘威明知道吗？"

肖娜瞟了孙宇一眼，见孙宇摇摇头，便冷冷一笑，不再说什么了。

"你……"肖娜忽然想起什么，又扭过头来定定地看着孙宇。

孙宇这才抬眼瞅着肖娜，孙宇的圆脸庞显出一副可怜相，说："肖总，刘总现在对我大概也不太满意了……"

"你可是他最信任的人呀！难道——姚佳欣还能取代你？"肖娜的问话，让孙宇无言。肖娜感到某种刺激，仿佛在她的心尖儿上吹响了出征的号角，是如此悲壮，又义无反顾。对于"敌方"的日渐强大，只会让肖娜在设法置对方于死地的过程中，感受到更强烈的快感。

肖娜虽然已心中有数，却还要问孙宇："怎么会呢？"

孙宇心里不是滋味儿，却又一时跟肖娜说不清。姚佳欣不是一般人，心机很深，计谋不断。姚佳欣对刘威明是下了功夫的，与郭达海是有密切关系的，崔志翔那是送上门来给她用的。总之，姚佳欣在总裁办公会上不是一个人在作战，而是至少有那三员"大将"助阵，你肖娜如何能敌得过？

孙宇叹了口气，对肖娜说："姚佳欣说话太有技巧了，看过《天龙八部》吗？段誉的北冥神功。别人击他一掌，他能把别人的功力吸入自己的体内，反击对方一掌时，能量比对方还要强大许多。"

肖娜一脸茫然地看着孙宇，孙宇进一步解释说："姚佳欣可是带发修行的人。我最近才知道，在古老的佛学中有一种著名的对禅方式，其辩论技巧源于唐玄奘与印度高僧的一场辩经斗法经验……"

肖娜急了，说："你的毛病就是废话太多。"

孙宇不敢怠慢，调动起所有精气神儿，说："我和姚佳欣在刘总面前，经常就有类似的对话。比如吧，我说，我们先要摸清公司到底有多少岗位，要对岗位进行描述。姚佳欣就说，对，但是，关键是如何进行岗位描述！我又说，要把岗位描述清楚，首先就要对岗位名称进行梳理。姚佳欣说，对，但关键是如何进行梳理。我说，让部门上报每个人的岗位，然后合并同类项。姚佳欣说，对，关键是如何合并同类项。我说，那得先按产出层，按照活动进行分类。姚佳欣说，当然是这样，问题是如何按照活动进行分类？"

肖娜哈哈大笑起来。

孙宇说："你发现问题了吧？"

肖娜连笑带喘地说："正所谓'当局者迷'，对你来说也是当局者呀，怎么就不像刘威明那么犯糊涂呢？"

孙宇苦笑道："我可是被捉弄的对象呀！这种辩论技巧高就高妙在，它永远站在对方的上头，把对方踩在脚下。因为是以对方的矛攻对方的盾，以对方说出来的答案反过来质疑对方，问话的人就永远处于主动地位，永远比回答问题的人反应快。回答问题的人最终会落入自己的圈套再也无言以对，注定是以失败告终。姚佳欣就是用这些问话的技巧，显示出她的思想比我站得高，我能回答出问题来，也好像是她在引导我，完全是她的功劳。孰不知，这是她在套取我的思想。"

肖娜沉默了一阵，又问孙宇："姚佳欣的那份薪酬优化改革方案，就没什么漏洞吗？"

孙宇说："其实我抛出去的只是一块砖，谁知大家都不识货。这是个只能治表不能治本的方案。"

"绣花枕头，中看不中用？"肖娜说。

"是的。"孙宇说着，走到一块立着的白板面前，拿起油笔开始写起来，并对肖娜解释说，"我抛出一个薪酬标准，需要的条件是职位价值评估体系的明确。我抛出职位分类标准，需要的条件是任职资格管理体系的建立。我抛出一个浮动工资的比例标准，需要的条件是绩效管理体系的支持。没有这些条件，这一切就会依旧沦为人制，而非法制。刚才我所说的这三项——职位价值评估体系、任职资格管理体系及绩效管理体系，就是3P模型。要以它们为平台，才能达到刘威明的目标——建立科学的管理机制，建立有法可依的薪酬标准。"

肖娜点点头，问："那么，她的方案能走多远？"

孙宇回答："根本就是寸步难行，只能是'形式主义'。"

肖娜最后叹道："可惜大家都已经认可她的方案了，她倒可以高枕无忧……"

不错，姚佳欣在薪酬优化改革中的成功表现，立即在公司里传开了。虽然大家不会像孙宇那样十分明白其中的道理，但也基本认为，姚佳欣建立的这套薪酬方案只不过是个空对空的假把式。他们认为姚佳欣的成功，是针对董事长的。因为董事长对姚佳欣的方案表示满意，大家也便舒了口气。姚佳欣到底是真成功还是假成功，谁还会去追究呢。

5

近日，人力资源部又走了两名老员工，部门的老员工几乎走光了。面临部门人员青黄不接的现象，姚佳欣懂得先发制人了。

她要把刘威明生疑的苗头掐灭在萌芽期，也要封住孙宇的嘴，不要让他发出哪怕是对她有丝毫抱怨之意的一声叹息。姚佳欣及时而主动地以电子邮件的形式，向刘、孙二位领导作了书面解释。

孙宇收到的邮件其实是姚佳欣发给刘威明的同时抄送。

姚佳欣的文章以茶道入手，自比极品铁观音，要有一定的时间，一定的水温，才能泡出极品的味道。可是，公司没能给予她必要的条件，而要求她达到最好的效果，正所谓"巧媳妇难为无米之炊"！

姚佳欣一开始倒是情真意切地检讨自身，笔锋很快一转："我思来想去，夜不能寐，深入地检讨自己。最终，我觉得我并没有错，而是我们人力资源部在公司的定位上一向就有偏差。各级经理对我们的工作不重视，部门员工不但毫无成就感，还经常受打击……"接下来，她又说，"这一年由于'新鲜血液'的注入，使本部门方兴未艾，已经做出了诸多努力。"孙宇没把信看完，就把它扔进了邮件"回收站"。

在孙宇看来，姚佳欣就是留不住她手下的干将，摆不平人力资源部动荡的局面。她露出马脚，实在遮掩不住了，就来这么一手。

在人力资源部，丁莉的业务水平不错，姚佳欣就处处防着她，把她闲置一旁。因为太受轻视，丁莉忍了大半年才提出辞职。姚佳欣从外部挖来一名所谓的人才，此人刚到任，工资就比部门其他员工高出许多，让老员工无不心寒。而这位用高薪聘来的人才，也不过落个姚副主任的跟班而已。肖玉梅是本部门长得最漂亮的女孩儿，性格又活泼开朗。一次，郭达海向姚佳欣要一个能公关的人去他的市场部，肖玉梅得知这个消息，就很想去。姚佳欣表面上答应她会向郭总推荐，其实，压根儿就没在郭达海面前提起，反倒把长得有点"困难"的黄晓雨推荐过去了。黄晓雨本来是配合管凤仪做薪酬的，姚佳欣对郭总说："黄晓雨挺能喝酒，又会交际，适合做业务。"黄晓雨的确能喝，可是做人太实诚了，姐妹们都为她担心，怕她吃亏……

目前，唯一还留在姚佳欣手下的老员工，只剩下管凤仪了。这还是孙宇拼命挽留的结果。管凤仪是做工资的，这种活儿，一般人做不来，要求办事人员既要懂业务，还要熟悉公司情况。龙祥机构庞大，人事关系复杂，员工薪酬从来都是大事，一刻也不能耽误，更不能出一丁点儿差错。否则，人力资源的头儿就不会有好果子吃。会被其他部门骂得狗血淋头事小，旋乾转坤的灭顶之灾恐怕也难以逃脱。管凤仪掌握着人力资源的核心命脉，又一向受孙宇器重，姚佳欣唯独不敢怠慢管凤仪，处处礼让她，甚至到了纵容的地步。

姚佳欣给管凤仪安排了一名小助手，姚佳欣就没少在公司里宣扬，逢人便说："我这个当主任的都没有助理呢，可是为了管凤仪的工作，我首先就给她配了。她要是没把工作做好呀，我也就没招儿了。"

其实，派给管凤仪的助手只是个实习生。一个大学刚毕业的方州小女孩儿，养尊处优惯了，玩心太重，心又不细，经常上班时间趴在办公桌上呼呼大睡。小助理面对管凤仪的质问，振振有词地回复："晚上应酬熬通宵了，没办法呀。"一小屁孩儿，哪来的那么多应酬呀？小助理每做一件事，管凤仪都得跟在她身后收拾。管凤仪叫苦不迭，真不知道谁是谁的助理了。管凤仪向孙宇诉苦，你帮我求求姚主任吧，别给我派什么助手了，这比我一个人干活还累。

姚佳欣还给刘威明另发了一封邮件，是人力资源的工作计划书，是姚佳欣将功折罪的重要砝码。有了这份文件就可以表明，姚佳欣对人力资源工作是有建设性思考的，是完全有能力坐上人力资源部第一把交椅的。她没有失职，只是时机不对。看了这份人力资源的工作规划报告，刘威明的疑虑立即打消了，如同暖阳下掸掉自己身上的尘土，心情豁亮而轻松了。

为了写这份计划书，姚佳欣没少跟孙宇套近乎。她天天到快下班的时候给孙宇打电话，约好一起回家。孙宇没要公司配车，也没有私家车，是副总裁中唯一的打车族。姚佳欣约孙宇一起走，孙宇自然还是打车。每回孙宇都得绕道把姚佳欣先送到家门口，再叫车调头回自己的家。这样一次、两次的还行，天天如此谁受得了？

方州在民间的别名叫"堵城"。路上，孙宇坐在死活动弹不得的车里就心烦。姚佳欣却很高兴，她有充裕的时间跟孙宇说事儿了。孙宇尽管心里不痛快，也不好在姚佳欣面前表现出来。姚佳欣很敏感，只要看出孙宇有一点点心不在焉，她就能小题大做一番，看上去是对孙宇极关心的样子。姚佳欣要是追问不出孙宇的心思，是绝不轻易罢手的。不仅在车上问，各自回家了，她也不放过，常常在晚上打电话给孙宇。有时，孙宇的老婆正在旁边，听到手机里传出甜甜的女声，立马儿挥起拳头，先打了再问："谁呀？干吗呀？都什么时候了呀，就非得跟你谈呀？"老婆的一阵质问，搞得孙宇狼狈不堪。

姚佳欣特意在休息日请孙宇喝茶，这可是破天荒头一遭。可惜孙宇对茶一点都不感兴趣，但又不好推诿，只好硬着头皮赴约。

孙宇快到茶馆的时候，接到姚佳欣的电话，叫他先到外边转转，等她的信再进茶馆。孙宇猜想，姚佳欣准是在那里还约着人呢，没有散。孙宇转悠了好一阵子，才接到姚佳欣"叫进"的电话。姚佳欣已铺开一桌新的茶具，当时茶馆的老板不在，老板的助理作陪，向他们介绍了一番普洱茶的功效。

对于体胖的孙宇来说，茶可是好东西，可以降脂、降压。通过姚佳欣的推介，又有专家的论证，孙宇只得顺势买一包云南普洱才是。不贵，是店内最优惠价，一般人是没有这么多优惠的。茶是款老茶，别处买不到的，做出口的茶。姚佳欣对孙宇耳语道："你算是赚大发了。"

孙宇微笑点头，心想："让我花钱，还要我感激你。这就叫吃人家的嘴短呀！"

姚佳欣的几个朋友纷纷过来了，其中还有那位养生馆的小老板。孙宇算是见识了姚佳欣的一圈儿朋友。全都是中年男子，做买卖的生意人。都像是儒商，不谈生意经，只谈人生哲学，谈佛论道之类的大学问。轮到孙宇了，你又能说什么呢？姚佳欣将他隆重推出，这可是企业管理的专家，人力资源方面更是在行。

不信吗？让孙总来一段吧！

孙宇就这么被吆喝上了。他像产品一样，被介绍了，就得像茶一样，先让人喝爽了才叫人信服。孙宇不能在众人面前驳了姚佳欣的面子，更不能让姚佳欣失望。只好说说，有关人力资源方面的系统化管理，到底是什么样子的。

姚佳欣的计划书就这么出来了。

6

姚佳欣在薪酬优化改革上的成功表现，仍然在公司里传为佳话。崔志翔忙不迭地召集一帮研发队伍的栋梁们，联系郭达海，要为姚佳欣摆庆功宴。到临了了，主人公却出不了场了。

姚佳欣很抱歉地对崔志翔说："哎呀，真不好意思呀，刘总约我了，我们改日再聚吧！"

刘威明只约了姚佳欣，让姚佳欣稍感意外。刘威明选了一家情调不错的餐厅，开了一瓶九七年的红酒。两人碰杯时，目光如胶似漆地黏在了一起。

姚佳欣抿嘴一笑，千娇百媚。真是酒酽花浓啊！

姚佳欣开口说："刘总，你看我这次的表现怎么样呀？"

姚佳欣把飘在云端有些微醺的刘威明唤了回来。他仍有些恍惚，便说："啊，不错，不错，没想到你的能耐长进不少呀！"

姚佳欣微低着头，侧脸对着刘威明，像幅优雅的肖像画，情味儿十足。姚佳欣说："以前是没给我机会，没有平台让我发挥嘛！"

刘威明听得有些懵懵懂懂，却已经无心细想这个了。

姚佳欣把脸蛋儿凑了过来，丰润的小红唇就在刘威明的眼皮底下诱人难当。亮晶晶的红唇一开一合，雪白的小米粒牙与嫩红的舌尖隐现其间，让刘威明看得入迷。不过，姚佳欣出口的话语，多少还是触动了刘威明的神经。

姚佳欣说："你也看到了，这段时间我表现得不错，也付出了相当多的辛劳，你要怎么奖励我呢？"

刘威明定了定神，出于职业习惯，他的表现足够理智。

姚佳欣把身子往后靠，脸蛋儿离刘威明远了。她的目光依然闪烁，乖巧柔顺地抚摸着刘威明的脸。刘威明不禁深深吸了口气，想追寻什么似的，却又听到姚佳欣进一步说："我也没什么别的想法，只是觉得吧，我当副主任的时间实在是够长的了。总在这个副职上，不大好开展工作呀！名不正，则言不顺！其实现在也就是个名分的问题了。"

刘威明沉默了，垂下眼睑，说："我再考虑考虑吧！"

姚佳欣紧接着说："那你给我加点工资吧，也算是对我的鼓励呀！"

刘威明笑得有些冷了，看着姚佳欣，问："想要多少？"

姚佳欣心想，具体数字是绝对不能说的，说多了，他以为我狮子大开口；说少了，他其实是想多给点，那我就吃亏了。于是，姚佳欣似漫不经心地回答："我又不是个贪心的人，只是嘛，想为自己的辛苦工作讨个说法……你，看着给吧！"姚佳欣一笑。

刘威明听着点点头，无非是再加一级工资而已。

如果是这样的话,姚佳欣实际上就与正主任的待遇没什么区别了。可是尽管如此,刘威明还是感到自己亏欠她了,没落个心安理得。至于为什么在姚佳欣面前忽然失去了底气,刘威明还一时想不出个所以然来。

姚佳欣端起酒杯,把杯中酒全干了。

刘威明和姚佳欣吃完这顿丰盛的晚餐还意犹未尽,便又去了会所式的清酒吧。刘威明本想让姚佳欣坐在自己身边,可是,姚佳欣一屁股坐在他对面,就死活不动窝儿了。

刘威明想了想,说:"听孙宇说,你对那个王彬还真是一往情深的,每个月都寄钱给他老妈作为他一家老小的生活花销。我可是作为朋友才劝你的,为那种人没必要太痴情,别耽误了自己的幸福呀!"

姚佳欣虽然微醉,头脑却很清醒。她想,刘威明这次约我的真正用意到底是什么呢?

姚佳欣不觉一惊,偷眼观察着刘威明,又重新审度着自己的处境,便感觉这家会所的气氛都变得暧昧起来。姚佳欣只会跟刘威明逢场作戏,要动真格的可不行,也不是不行,是不想。

刘威明却有点乱了方寸,感觉自己在这个女人面前动了心。当然啦,刘威明是绝不可能为了姚佳欣而放弃自己的家庭的。成功男人在外边打打"牙祭",就弄得妻离子散,这是不成熟的嫩仔行为,刘威明从来就不是那种人。刘威明交往过很多女人,他无须向她们做出任何说明,大家都明白游戏规则,否则那个女人就是傻子、白痴,那类女人根本也不会入刘威明的法眼。所以呢,刘威明是绝不会浪费时间跟女人"谈心"的。这次却真是难得呀，刘威明竟肯花时间、费心思来琢磨姚佳欣。

如此这般，姚佳欣就该感激刘威明吗？姚佳欣的内心冷冷地哼了一声。姚佳欣很清楚，在职场上如果委身于一位上司，哪怕那个上司是公司的老板，这个女人的职场生涯就算混到头了。她只会受到这一位老总的呵护，却失去了公司所有人的支持。那些人都会对她敬而远之，甚至还会严加防备她，她在公司的处境就会变得孤立，最终连自己的情人老总看着身为下属的情人也别扭。多少女人就是因为被某个老总看上，最后不得不辞职。她们落得最好的下场，也不过是投进老总的怀抱，老老实实当个"金丝雀"而已。姚佳欣的职场优势，不光只有刘威明，她还倚仗着郭达海、崔志翔。她不能把自己吊在总裁这一棵树上，而失去了整片森林。为了自己的职场地位，姚佳欣与公司众老总们之间的关系要远近适度，才能自主调度掌控，权宜制衡。

姚佳欣对这位年轻总裁的风流韵事早有耳闻。刘威明自认为把那些男女之事处理得很有分寸。当他想得到某个女人的时候，他还要判断这个女人是否适合他。男女发生关系，往往好像是男人亏欠了女人的，所以，他希望女人能主动些，把这种"欠账"降到最低限度。刘威明作为一个大男人，他愿意承担在他能力范围之内的责任，也就是满足女人想从他那里得到的利益。就如举重，他顶多用五分之一的力气，轻而易举，也别叫自己太累着。当他感觉好时，你就是他的女人；感觉不对劲了，你就该知趣，立刻在他面前消失。大家都做到了互不相欠，彼此都落个心安理得，便好合好散！这就是一个成功男人的普遍作风。但是，姚佳欣却不是他所要求的那种女人。

已经是凌晨三点了，刘威明喝了不少酒。然而，俩人的话语却变得越来越绕，像打太极，在同一个气场里微妙地僵持着，这让刘威明感到无比的失落。

刘威明已经不能满足跟姚佳欣玩那种少男少女浅尝辄止的游戏了——他们在会所的包间里，拥抱着双双倒在地毯上。刘威明的手很快就摸上了姚佳欣的乳房。姚佳欣没有反抗，如往常一样似乎还有些渴望。刘威明轻轻咬着她那粉红的小乳头，更急切的要进入她的体内。他想触到她血液的涌动，抚摸她肌肤的颤动。他吻着她诱人的嘴，与那湿润柔软的舌头纠缠着，试图吸取她胸肺里温润的气息。他想紧贴着她砰然的心跳，跟她的身体交融在一起。

可是，到了关键时刻，她又像往常一样开始不可思议的阻挡了。刘威明在昏暗的灯光下，看到姚佳欣的神情充满了不情愿，甚至是厌恶的冷。这种冷像冰块一样砸向刘威明，瞬间退却了他的激情。出于他强烈的自尊，他没有硬来。刘威明心想，她那么不情愿，我也不能当流氓。可是，姚佳欣为什么要这样呢？总是坚守着最后一道防线？不，那不是什么狗屁最后一道，那就是我刘威明无法逾越的屏障。刘威明被惹恼了，他真不明白姚佳欣到底出了什么问题。

刘威明打的送姚佳欣回家，一路上俩人无话。车停在姚佳欣的家楼下，刘威明听到了姚佳欣下车关车门的声音。刘威明在这一刻大彻大悟，姚佳欣从来就没有喜欢过自己，是他自作多情了。刘威明暗暗对自己说，该放手了！

姚佳欣从的士里走出来没有回头，径直走向自己的住所。当然啦，她对刘威明根本没有任何留恋。她的心里只有那个在她看来，是世界上独一无二真正顶天立地的男人。姚佳欣只崇拜这个男人，只爱这个男人，只将自己的心捧给这个男人，只愿将自己的一生一世都奉献给这个男人还不够，如果有下辈子，她还会继续为这个男人做出牺牲。其他男人在姚佳欣的眼里全是草芥。然而，她的内心还是失落的，她预感到自己将会为此而付出代价。

其实，姚佳欣是可以抛开肉体不顾一切的。可是，她的灵魂不会撒谎，她的心气儿不能低头。她知道，她没能让刘威明得到满足，甚至让敏感的刘总感受到了她的"无情"。

姚佳欣眼看着自己在职场上打下的一片辉煌景致，依然逃脱不了女人在职场上要遭际的埋伏——权力男人的追逐，事业滑向失败的可能。姚佳欣感到无计可施，因为这完全是在职场的谋略之外。可是作为女人，这又是职场上必过的关卡，谁也逃脱不了。

7

几个星期后的一个下午，孙宇突然接到总裁秘书小尚的电话，叫他赶紧下楼。

刘威明带着孙宇，驱车前往参加公司销售体系的一个小型Party，在此之前，一点预兆都没有。当孙宇的屁股刚沾上车后座，刘威明就对他说："不要跟姚佳欣说。"孙宇有些不解，看刘威明没再说话，他也就不敢问了。

这次派对是为了庆祝龙祥成立十五周年，公司上市十周年。由于公司庞大，不便一起行动，各体系各部门就分别在近期内开展了庆祝活动，举行大大小小的宴会。总裁在这个特殊的日子里，选择与他关系最密切，在公司又地位显赫的几个人小聚。

如果是以前，姚佳欣早就得到刘威明的邀请了。可是现在刘威明开始疏远她，就连平时见上一面都变得有些难了。尽管如此，姚佳欣还是在暗地里详细打探了刘总的行程计划。她把自己部门的活动日程与刘总的活动时间调开，就连公司其他老总的邀请，她也一并推掉，显示出她对刘威明的足够重视。刘威明并不领情，让姚佳欣等来的只是空欢喜一场。姚佳欣必须承受刘威明的这种惩罚，她既然不接受刘威明的感情，刘威明当然要疏远她，好尽快摆脱他对姚佳欣的依恋之情。可是，姚佳欣又感到极不适应了。

刘威明带着孙宇出门没多久，姚佳欣就向孙宇频频发起了短信攻势。姚佳欣不好直接打电话给刘威明，却能直接询问孙宇。

孙宇半天也没回复她，这着实令姚佳欣心烦气躁。姚佳欣顾不上自己以往矜持和清高的形象，继续给孙宇发短信。姚佳欣问孙宇："你们那儿有哪些人呀？"

千呼万唤，孙宇总算回复了一条，说："是整个销售体系开Party，闹哄哄的好多人，大部分人我也不认识。"

有着丰富派对经验的姚佳欣清楚公司的聚会大多如此，即使一个好几百人的聚会，那些头头们肯定会在派对开始不久就猫在某个包间里，一起吃、喝，或"吼嗓子"唱卡拉OK了。

其实，姚佳欣最想知道的是在这种场合，有没有女同事出席和陪同，那些女人又是谁。然而，孙宇跟她玩起了文字游戏，在她面前装傻充愣，什么重要信息也没有透露。

刘威明他们是聚在一家极高雅的会所里。晚宴在水晶灯下绽放花蕾，男人和女人，交织如浪花般的欢声笑语，喷出泉水叮咚般的妙趣横生。在座的美女，都有一张抹了蜜的巧嘴，将男人大刀阔斧的话语，巧妙地加工重组，变得更加圆润美满。女人风格各异，却同样有着妩媚动人的笑声，将氛围营造得赏心悦目。

酒足饭饱之后，男人和女人分别去SPA，然后，女人们换上了梦幻般的晚装，重新焕发了容颜。大家又聚在一起跳舞、唱歌、喝酒。气氛变得越来越和谐，越来越活跃；大家越来越兴奋，越来越放松。刘威明抬起手腕，看了看他的卡地亚钻石手表，时针已指向零点。刘威明站起身来，对各位说："大家都是龙祥的栋梁，我们要团结一致，谁都不许有二心。让我们为了美好的明天，干杯！为了欢庆这一时刻，我们兄弟之间要互相拥抱，而在座各位美女，她们可都是我们的'心肝宝贝儿'！我们要用亲吻的方式，表达我们的心声！这是命令！"

刘威明一声令下，谁敢不从。一位女士向孙宇伸出玉手，孙宇立即明白，端起她的手背，将自己的嘴凑了过去，做了做样子。这些女人们反应还真够快的，不得不令孙宇刮目相看。

这些女人都会见人下菜碟儿，其他男人就没那么好摆平了。男人们喝了酒就可以忘形，有人要亲脸蛋儿，有人要亲小嘴儿。有人不过亲亲而已，有人在亲吻中还要搞其他动作。女人们都能应付，应付得妥妥帖帖的，叫男人没话说，自己也要觉得不吃亏。

在刘威明迷醉的眼睛里，姚佳欣的身影时隐时现。她幽幽的眼神，在黑暗的角落里，如钻石般闪耀。刘威明暗暗叹着气。

8

最近姚佳欣身体不舒服，连着好几天都没睡好觉。凌晨两点，刘威明突然打来电话，口气硬邦邦的。

"怎么回事？有人向我反映，我们当初跟人事外包公司的主任签订合作时，前提条件就是每年可以安排几个进方州户口的。为什么今年反倒一个也没落实？他们外包公司每年要在我们这儿赚好几百万，怎么只拿钱不干事儿呀？我要见见那个主任，你安排一下……"

姚佳欣忍着难受，匆忙解释："刘总，不是这样子的，你误会啦，我不会不上心的！他们是答应给我们进方州户口名额了，不过，要到年底。你别急呀！"

姚佳欣因为身体不舒服，又事发突然，以往甜润的声音黯淡而干涩了。此时正多疑的刘威明以为姚佳欣有了厌倦情绪，这让他更加生气。刘威明有些冲动地说："不是我急，我急什么？是有人实在看不下去了，向我反映情况。你不要叫我难做，叫我没法儿给下边的人一个交代！"

"我知道，知道……那位主任吗？她这几天都在外地开会。她一回来，我就安排你跟她见面。你真的别着急，我会处理好的。"

话已至此，刘威明才算作罢，把电话撂下了。

姚佳欣一夜失眠。当时肖娜在会上曾提出过进方州指标的事，刘威明没放在心上。现在却为此而大发雷霆，到底是什么人能让刘威明有这么大的反应呢？接下来的日日夜夜，让姚佳欣战战兢兢。

姚佳欣终于打探到，这个向刘威明告她状的人远在方州千里之外，是龙祥某片区的财务部主任。而那个女人是刘威明的老同事。姚佳欣不明白，她怎么又得罪那个女人了，或许女人之间本来就是天敌，互相加害对方根本不需要理由。姚佳欣想，我要是"死"了，那一定是"死"在这帮女人手里。

但是没过多久，刘威明就把注意力转移到了另外一件大事上，姚佳欣的工作重心也随之改变了。

为了贯彻刘总的战略转型思想，公司要召开系列会议。刘威明亲自选了公司十几个部门的负责人，分别担任一场会议的主持人，根据每个部门的实际情况和专业发展，召集公司各级领导及骨干员工展开讨论。刘威明对此事相当重视，会议一场不落地准时出席。姚佳欣主持的会议安排在第三天的下午，刘威明对她自然寄予了厚望。

每个主持人都可以找一名副手，协助主持会议。姚佳欣选择了孙宇，刘威明很爽快地答应了，派孙宇协助她。可是会议临近，孙宇一直也没帮姚佳欣出点子。于是，姚佳欣频频打电话给孙宇，说："我们应该准备一下了，一起确定会议讨论的提纲吧。"孙宇却说："不用啦，不就是主持嘛，用不着做准备，关键在于临场发挥，主要是听大家发言。"

姚佳欣的心里并不落底，这天又到快下班时间了，姚佳欣便打电话给孙宇。

姚佳欣问:"下班了没?"

孙宇说:"还没呢,我还有事儿。"

姚佳欣赶忙说:"我已经在大堂了,等你呀!"

孙宇还没来得及再说话,姚佳欣就把电话挂了。孙宇的心,就此刻开始,再难踏实了。

过了一阵子,孙宇干脆把电话打了过去,想让姚佳欣先走得了。可是,他在电话里先是听到姚佳欣打了个喷嚏,然后姚佳欣说:"我在路边呢,老在大堂等你不大好。外边风很大,昨晚我就着凉了。啊嚏,不过,你别急啊,慢慢来,我等你,啊!"姚佳欣说完,又把电话挂了。孙宇彻底没定力了。孙宇自叹道:"又不是我的小情人,这人怎么甩都甩不掉呢?"于是,他慌慌忙忙地收拾了电脑包,斜背在肩上就往外跑。

姚佳欣跟孙宇上了一辆的士,按以往惯例,孙宇得先送姚佳欣回家。趁这段时间,姚佳欣就顺便提起了迫在眉睫的会议。孙宇忙打哈哈,说:"你不用紧张。"

姚佳欣不乐意地撇着嘴,说:"我紧张什么呀,只是跟你商量嘛!"

孙宇又说:"没什么可商量的,不用商量啦,不就是主持一下嘛,主要是听别人怎么说。"

姚佳欣斜睨着孙宇。

刘威明参加的前两次会议效果都不好,气氛过于死板严肃了。生活在"人民群众"中的姚佳欣,一向对民意之辞十分在意。她动了心思,决定要改变这种状况,讨得大家的欢心。

姚佳欣想在外边请一名讲师，在主题讨论之前，先做"破冰"游戏，活跃气氛。

姚佳欣问孙宇："以为如何？"

孙宇使劲点头，赞道："不错不错，好主意，看来你真上心了！"

姚佳欣在一片阳光下仰面微笑。刘威明上心的事，她能不上心吗？

得到孙宇的肯定，姚佳欣就有把握了。

姚佳欣主持的会议现场，气氛果然不错。"破冰"游戏，使五十多人的会场热闹非凡。可是，大家在游戏中已经开心地度过了一个小时，会议三分之一的时间就在游戏中玩完了。而大家还很有兴致，丝毫没有终止游戏的意思。游戏节目是叫大家有话反着说，主持人出的句子一次比一次长，难度加大，游戏的速度也就慢下来。输了的要罚做俯卧撑。如果认输，可以免去受罚。可是，碰上倔强的人死不认输，累计俯卧撑达好几百次之多，一个下午也做不完。就是这种人，还不慌不忙的。

孙宇不免着急了，对姚佳欣说："是不是该终止游戏啦！这样下去，会议什么时候进入正题呀？"姚佳欣瞟了他一眼，从嘴里挤出一句不满的话："作为主持人应该冷静。"

游戏最终必须打断。姚佳欣先叫孙宇说开场白，孙宇就提出，针对公司的战略转型，要考虑公司的人才结构问题。于是，引发了大家的讨论。

大家讨论完这项议题后，会议剩下最后一小时。孙宇觉得，作为会议第一主持人的姚佳欣还没正儿八经地发言呢，便让姚佳欣说话。姚佳欣呢，重复了孙宇刚才那套开场白的意思，然后说："在人才结构问题之外，大家还有什么问题吗？"

大家一愣，但在主持人的目光扫射下，每个人又不得不开口发言。既然没有什么主题，大家就天南地北地扯开了。会议很快就到时间了，草草收场。姚佳欣注意到刘威明的脸色不好看，刘威明只跟孙宇悄悄说了几句话，没等散会，就匆匆离开了会场。

这次，姚佳欣的表现让刘威明大跌眼镜。他回头问孙宇："这到底怎么回事？姚佳欣做薪酬优化改革方案，不是挺好嘛！"孙宇淡淡地回答："上回我帮了她不少，这回我觉得她能应付，就没怎么管。"

姚佳欣不知道刘、孙二人交头接耳嘀咕了什么，但觉得事情不妙。这件事过了没多久，她便找机会向刘总解释，说："那天主持会议吧，我没休息好。都是为薪酬优化改革的事忙坏了，所以思维迟钝，没有发挥好。"

刘威明只是浅浅一笑，看来对她的解释并不感兴趣。

后边几场会议，就好像是故意要跟姚佳欣作对似的，偏偏是越开越好了。尤其是肖娜主持的会议，开得很圆满。刘威明当场就给了肖娜极高的赞誉。姚佳欣觉得，那天大家的目光都怪怪的。他们会怎么想呢？刘威明表扬了肖娜，而对姚佳欣主持的会议一言不发，没做任何表态。

姚佳欣以为，刘威明对自己的"冷处理"只是暂时的。没料到，刘威明没有妥协，反倒沿着这条路线越走越远了。

姚佳欣工作乏了，就去孙宇那儿串门儿。坐在孙宇的办公室里，见四下无人，就把话说开了。姚佳欣显得忧心忡忡的，谈到了自己的苦恼，说："我是不是得了什么毛病？你可是过来人，我呢，唉！三十好几了呀，可对那种事吧，怎么就提不起一点兴趣来呢？"

孙宇瞪大了眼珠子，刚送到嘴边的茶水没敢喝下去。孙宇心想，这么私密的事，她都能对我坦言呀！孙宇立马儿觉得自己肩负重任，不能辜负了人家一片实心诚意。

孙宇认真地点点头，注视着姚佳欣，问："真的？"

"什么真的？"

"你真的不能接受那事儿？你这个年龄应该——"

姚佳欣点点头，做出苦恼的样子。孙宇看着她，不免心生怜悯。

孙宇凑近姚佳欣，悄声说："教你一招，多找些毛片看看，兴（性）趣在于培养。"孙宇转而又像是自言自语地说，"一定是你自我封闭得太久了。"

姚佳欣低下头，像是冥思苦想。孙宇看在眼里，心里却想笑，因为他忽然有所悟，姚佳欣恐怕是想借他孙宇之口告诉刘威明，她不是不想接受刘威明，而是她自己有毛病。她希望能求得刘威明的谅解，甚至是怜悯。这样，刘威明至少能在关键时刻，对她手下留情。

谁能确定，失败过后不再有成功的机会呢？只要能让自己在"下坡路"上走得缓慢一些，成功的脚步也许就会更快地赶上来。

9

姚佳欣迈进董事长办公室，室内的富豪景象，一阵喧闹地扑入眼帘。姚佳欣的每一根神经立刻被拨动起来，犹如一把小提琴激情洋溢地奏响了莫扎特的《D大调嬉游曲》。

董事长和姚佳欣隔着一张小茶几坐下。董事长兴致勃勃地对姚佳欣说:"听说你很懂茶道,我这里有不少茶叶,你挑一种泡来喝喝吧!"

姚佳欣一笑,立起身姿走到展示柜前。果然有不少茶叶,姚佳欣一眼看中了包装精美的极品铁观音。姚佳欣指了指,说:"这个最好。"

董事长面带微笑地点点头,对秘书说:"让姚主任来泡吧,茶具都在这里。"姚佳欣不推辞,说:"喝茶跟泡茶一定要结合起来,喝茶的乐趣,大多来自泡茶的操作过程,我来。"

董事长看着姚佳欣熟稔地摆弄茶具,又随意问道:"你们刘总任职期间,你感觉他怎么样呀?"

姚佳欣抬眼看了看这位年龄与刘威明相仿的董事长,一手端起水壶,又放下了。

全公司都知道,董事长对刘威明不满意,董事长与总裁意见相左,时常发生摩擦和冲突。

姚佳欣慢慢说道:"这几年公司资金紧张,刘总也不容易!刘总呢,主要提出了公司战略转型,要转成什么产品型呀,什么运营型呀,还要搞什么合作。我也觉得他是对的,方向没错。但是,怎么转型?光提出这些口号可不行,关键是要有明确结论性的意见,可以执行的措施和明确的目标。现在看来——我们的战略转型没有实现,现有的业务又受到很大的干扰,现实利益受到了损失。"

董事长看姚佳欣的眼神更加明亮了,姚佳欣的话实在是说到了他的心坎儿上。董事长觉得，这样一个天天跟在刘威明身边的大红人，竟能如此深明大义，站在他的一边，看来，他真没有看错姚佳欣！

董事长把紫砂杯端在嘴边，一股清香扑鼻。茶水由着舌尖在嘴里轮转，其中的滋味别样，令人惬意。董事长将茶咽下，又说："有件事我想让你来做，我相信你会把它做好的，就像你做薪酬优化改革方案一样。"

"是什么呢？"姚佳欣冲董事长歪歪头，微笑着问。

"最近，国内股市都在一路飘红，这种好事嘛，我不能独享。趁这个好势头，我要进一步加强公司的利益纽带，激发大家工作的主观能动性。咱们公司也要搞股票期权，我个人拿出一部分股票分给，不，是卖给公司的中、高层领导干部。只有自己掏了腰包，才会珍惜嘛！"

董事长要姚佳欣起草一份既要令他满意，又能让大家接受的股票期权方案。

姚佳欣半天才回答："我觉得这件事吧，还真是挺难的。不过，我会尽力的，请您放心。"

"我相信你的能力。"董事长起身，与姚佳欣握手。

此情此景让姚佳欣想起去年在公司年度晚宴上，董事长对一名片区女销售经理不无深情地说："你为龙祥付出了那么多心血，让我常常感动不已。今天，我一定要向你表白我的真心，请你接受我挚诚的心意吧！"他边说，边掏出一只精致的首饰盒。在四周一片尖叫声里，女销售经理乐不可支。她得到了一副南非钻石项链，价值不低于百万。而这只是她所得年终奖的一小部分。真不是所有人都能得到的彩头！姚佳欣曾这么冷眼旁观地想。

然而，一走出董事长办公室，姚佳欣就感到心慌不已了。老板又交给她一项让人无法完成的任务！

期权股是公司分配给员工的股票，股票变成现金却是有条件的：公司总体业绩的增长要满足董事会制定的目标，个人的工作业绩要达到董事长的期望目标。这两个条件达到之后，员工手中的股票也只允许部分抛出，共需三年才能抛完。如果中途离职，那么股票就要收回，不能变成现金。站在公司老板立场上，这样的股票期权是留住员工的好办法，同时也让员工有了强烈的主人翁意识。

可是，员工们，尤其是公司的管理人员，是听说过"期权股"的。国内有不少上市公司实行了股票期权，那是作为公司核心人员的一笔丰厚待遇而赠予的。公司一般不会叫员工自己花钱买公司期权股。因为如果是买的话，就跟普通炒股是一样的了，要承担极大的风险。

姚佳欣意识到，这回董事长的想法又站在了员工们的对立面，他们会因为各自的立场而发生尖锐的矛盾。姚佳欣要把不可能办到的事情办到，要让大家都感到匪夷所思的事情做得合情合理，难度可想而知了。

这天夜里，姚佳欣躲在自家的卫生间里抽烟。这烟本来是想送给王彬的，这是他最喜欢抽的牌子。这些年来，每到探视临近的时候，姚佳欣就会做好一切准备，尽管她知道这些准备都是徒劳的，她的探视申请一次都没有得到批准，这次也不例外。

姚佳欣正苦闷着，手机响了，是王彬的母亲打来的长途。老人家刚刚探视过儿子，回到老家就马上给姚佳欣打电话了。老人很清楚姚佳欣的心思，这是一种报答她的方式。

王妈妈在电话里说："王彬叫我给你带个话。他说：'因人谋事，取其德；因事置人，取其能。我想，佳欣作为人力资源总监，是应该知道的。'"

姚佳欣吃惊不小。她从来没有向王彬及王彬的亲人透露过她目前在干什么。王彬怎么会知道她在做人力资源？还是人力资源总监？姚佳欣不断回味着王彬的话，获得了不小的力量。

"因事置人，取其能"，让姚佳欣丢开了面子，又去找孙宇了。

不出姚佳欣所料，孙宇一见到她就抱怨不迭，说他快忙死了。而这话一入姚佳欣的耳朵，就变成了另一句话，我不帮你，看你怎么样。姚佳欣瞧孙宇说快忙死了那股子欢实劲儿，就好像不是别的忙死了，而是做爱忙死了似的，还挺美的。姚佳欣很少主动请客吃饭，这回请他，他也不给面子。哼，他什么时候又给过我面子？姚佳欣恨恨地想。

姚佳欣趁着没人，赶紧凑到孙宇跟前说："你看，我也不会，只有你能帮我啦，这方面你是专家，应该有比较清晰的思路！我一直是你的学生，现在学生遇到困难了，你当老师的总不能见死不救吧？"

孙宇沉吟了一下，仰头靠坐在老板沙发椅上，又长叹了一口气，才说："这个嘛，我觉得董事长的这个想法实在是，实在是难以实现呀！股票期权不是送而是卖，说给谁听，谁都不会接受的！我建议你还是早跟董事长说实话，你就说你做不来。你呀，越早退出越好。这种事，最终是没有一个解决方案的，解决不了的呀！"

孙宇叫姚佳欣退出，叫她在董事长面前表现出无能。那以后，董事长还会再看她一眼吗？孙宇到底安的是什么心呀？姚佳欣猛地清醒，激起了她更强烈的斗志。她已经失去了刘威明的信任，如果再失去董事长的重视，那她在龙祥就没得混了。姚佳欣暗下决心，没有你孙宇，我不相信自己就只剩下死路一条了。

危机也好，利益也罢，总裁占据了员工的最大头。他是什么态度，有什么想法，对于出方案的人来说，自然是最需要了解的。于是，姚佳欣去找刘威明了。

姚佳欣走进总裁办公室，落落大方地坐下，发现领她进来的总裁秘书并未离场。姚佳欣没有立即说话，悄悄收拾起她那低落而零乱的情绪。她看上去还是那么沉静、稳重、冷冷的，却不失温柔似水。

刘威明听完姚佳欣的来意，不以为然地说："我不知道董事长在想什么呀！反正，我觉得你可要小心着点吧！"

姚佳欣再也忍不住了，露出警惕而愤恨的目光。刘威明显然不在乎，平淡地瞅着她。

"我还有一大堆事情要处理，你没别的事，就先去忙吧！"刘威明下了逐客令。

姚佳欣腾地站起身，愤愤地走了。

你刘威明不帮忙也就算了，还拿话来威胁我。叫我小心？我要小心什么？我对谁小心？

姚佳欣正气愤不过，在走廊上碰见了郭达海郭总。

姚佳欣停住脚步，勉强挤出笑脸迎上来。郭达海不敷衍，开口就埋怨说："你现在做大事啦，我那点小事就不用做啦！"

原来前一段时间，主管市场的副总裁郭达海提议组建人力资源外包公司。组建队伍的工作，理所应当是由姚佳欣负责。人力资源外包公司，是集中一批软件开发的低端人员，还可承接其他软件公司的活儿，一方面可以为龙祥节约人力成本，另一方面外包公司还可以自己盈利。郭达海希望龙祥也开展这样的业务，不但可以创收，还可以服务本公司。姚佳欣显然没把这项工作开展起来，事情已经拖了很久。

姚佳欣在郭达海面前不宜表露自己还没消化掉的愤懑之情，只有无奈地感叹道："唉，董事长那件事实在是逼得紧呀，我能力有限，真没办法！你也帮我支支招吧！赶紧让我完成了董事长交给的任务，我也好腾出手来做你的事情呀！关于股票期权，你有什么好建议吗？"

"你现在都做这么大的事啦，我可做不来呀！"郭达海说笑着，姚佳欣突然变了脸，扭头便走，气鼓鼓地进了电梯。

郭达海那种嘲讽人的笑意还浮在脸上，目送着姚佳欣而去。郭达海的心里慢慢品出了滋味儿，不觉摇着头。他想，姚佳欣呀姚佳欣，你真是心比天高……你有什么能耐我还不清楚？要是你还在我手下，就管着几个秘书过日子，也不至于现在这样"水深火热"的呀！瞧你现在折腾的，唉，离"死期"不远啦！

姚佳欣站在电梯里，电梯门开了，崔志翔走了进来。姚佳欣本能地侧过身子，靠守在一边。崔志翔却凑过来，冲她一个甜蜜的表情，说：“今晚我请你吃饭，咱们好好聊聊吧！”

姚佳欣瞟了他一眼，没答话。崔志翔刚从美国出差回来，得知董事长有新举措，正四处打探消息呢。姚佳欣根本不能指望他给自己出主意，所以见他就烦。

今天本姑娘心情不佳，没工夫在你面前装蒜。姚佳欣正这么想着，崔志翔又一次发出邀请。姚佳欣冷冷说道："今天没空，要加班。"

"我可以等你呀！"崔志翔看姚佳欣没把话说死，以为还有希望。姚佳欣却再也说不出话来，见电梯门再次打开便夺门而出。崔志翔还想追出去，姚佳欣却甩出一句："你帮不了我，就别来烦我，离我远点。"

崔志翔瞪着眼珠子，眼看着姚佳欣的背影被电梯门关上。

10

姚佳欣身处困境一个月了，工作毫无进展。

休息日，姚佳欣一个人待在家里，下午就开始感觉不舒服了。姚佳欣发起高烧，又拉肚子，全身每一寸肌肤就像被烧灼了一样疼痛难忍。姚佳欣蜷缩在客厅长沙发里，就像受伤的软体动物。她喘息着，呼吸变得越来越困难，一时压抑已久的痛苦如决堤般热泪奔涌，抽泣竟变成了哭喊，她实在需要大哭一场。

吃过退烧药，姚佳欣感觉好些了。摸摸额头，已不那么烫人，肌肤也不再疼痛。可是，身子下边有了感觉，让她左右为难起来。她感到奇怪，怎么会这样？她内心的痛苦还没有抚平，还想哭，可又想那个。姚佳欣迟疑了一阵，还是把手伸进了宽松的睡裙里。

姚佳欣闭上双眼，躺下去。姚佳欣仿佛看到了一个沉浮不定的身影。

姚佳欣苦苦想着，要是王彬在自己身边，他会怎么做，会怎么做？

回忆是那么遥远，思绪奔赴遥远的过去，也需要理智的"驾驭"。很快，那盆欲火戛然而止。姚佳欣翻过身，胸口淤积的一口闷气哇地冲出来，她又埋着头大哭起来。

茶几上的手机响了，是养生馆老板打来的。姚佳欣获得了一个绝处逢生的惊喜。不过，她没有力气欢呼，只能用浓重的鼻音，蓄集全身的力气，试图调动最甜美的腔调对着手机说："好的，就今晚吧！没问题吧？不会再变吧？几点？为什么要到十点以后才……噢，我知道，他肯见我，已经是我莫大的荣幸了！是吗？没错……真是出乎我的意料！大师是大忙人，如果不是十分重要的事，我也不敢劳烦他呀！谢谢你的引见，就算是师傅交代你要好好照顾我的，我也要感谢你呀！让你多费心了。……不用来接我，我打的很方便的。"

归根结底还是王彬的面子，让姚佳欣获得了一次请高人为她出谋划策的机会。姚佳欣不顾病情才刚刚稳定，忙跑到衣橱前。她用目光搜索着衣柜的每一个角落，足足呆了好几分钟，才动手准备。

这一夜，姚佳欣全身仍是烫烫的，但她脑子里就像植入了一块大容量的芯片。

姚佳欣凌晨才回到家，煮上一壶咖啡，点一支烟，提提神，便马上开始工作。大师的话，还很清晰地印在姚佳欣的脑海里。

大师告诉姚佳欣："为董事长做这套方案，就必须先要清楚董事长的意图。"

首先，是董事长的既得利益：公司的管理人员以个人名义向银行贷款，买下股票期权，董事长拥有的股票，就有一小部分可以变成现金。另外，最关键的作用在于：购买股票的人，有可能要把自己所有的家当都抵押给银行。如果公司垮了，这些人就要自己拿钱还银行贷款，他们的利益会遭受巨大损失，甚至是破产的代价。这些管理人员的切身利益与公司的赢利完全捆绑在一起，董事长就再也不用成天提心吊胆，防着这些人在公司里鼠窃狗偷，玩忽职守了。其次，这么一项策略，犹如一块试金石：属下员工谁赞成，谁反对，便可见人心，试其胆量。现在正好到了总裁任期的最后一年，董事长还能通过股票期权的分配，摸清总裁的底牌，并且在公司的管理层重新洗牌。这就是董事长一石多鸟的如意算盘。

粗略看来，公司的中、高层管理人员的想法是一致的。股票期权就如同绑在自己身上的定时炸弹，太危险了。

主雇双方的心思截然不同，达不成共识，股票期权就无法实现。

然而，股票期权也好比观音菩萨给孙悟空套上的紧箍咒。顽性十足的孙悟空为什么能接受紧箍咒，听从菩萨的安排？为什么还甘愿受一个看似无能的凡人唐玄奘的管束呢？其一，孙悟空觉得西天取经的任务并不难，他可以完成；其二，一路上有观音等各路菩萨、神仙的帮助，他不愁降不了妖魔；其三，这个紧箍咒戴在头上不至于要了命，也不是奇耻大辱，对他来说还是个能尽快皈依佛门修成正果，促成他走向成功的好手段。股票期权制度正如紧箍咒，是给那些接受股票期权的管理人员以压力的。如果这个压力能让大家承受得起，压力就能变为动力，实现大家双赢的目的。所以，紧箍咒的松紧，要把握好。

董事长攥着主动权，紧箍咒的松紧程度可以分门别类，不同的人，套上不同的紧箍咒。

对于老板信任和认可的人，可以将他们的责任目标定得实际一些。对他们而言，这是获得财富的大好机会，具有巨大的激励作用。这批人就是支持股票期权的中坚力量。老板还看不准、拿不定的人，他们的责任目标可以处理得模糊一些，过些时日待眉目看清了，临时处理也好办。因为他们还是有希望的，对于股票期权不可能做出强硬反对的姿态。只有董事长不信任、不认可的人，他们应该是少数，就可以把责任目标定得高一些，严一些，这个紧箍咒叫他们戴上去知道疼，知道难受，起到强行制约的作用。这样一来，股票期权制度就成了大势所趋，少部分人不满也没用了。如果他们要走人，正好达到了董事长重新洗牌的目的。

大师最后向姚佳欣交代了一句："这是你唯一可以做的方案啦！"

姚佳欣相信，这套方案一定会让董事长大悦。姚佳欣连夜赶工起草方案，身体处于极度虚弱中的姚佳欣，精神却极度亢奋。

11

方案打印、装订，摆放在董事长的办公桌上。董事长拿起文件，越看越兴奋，最后拍案叫绝。

董事长立即将方案下发给公司所有管理人员，开始学习这套方案。他在方案下方，写下了董事长批语："姚佳欣用心用脑，系统思考，个人能力强，基本素质高，大家要向姚佳欣学习。"

尽管董事长下发姚佳欣的方案，是叫大伙看后提意见的。可是，一开始就如此表彰姚佳欣，就很明显表露了他的倾向。董事长希望的可不是台下众说纷纭，而是就此一呼百诺，一锤定音呀！

董事长一手操纵，人人都是咸鱼，任由他翻来覆去。董事长的心机，就如同一道令人倒胃口的菜，硬是叫姚佳欣这双巧手包装成了宫廷御用美食。

刘威明恼火地把方案甩得老远，接通内部电话，叫孙宇立刻到他的办公室来。

起初，刘威明没把股票期权当回事。老板在大会上提出这个想法时，刘威明的心里还冷笑，要大家花钱买公司期权股，真亏得他想得出来，这不是天方夜谭嘛。更何况，找来办事儿的人还是姚佳欣。

姚佳欣也够狠的，她不会不明白，这套股票期权方案就是一把锋锐的剑，直捅向他刘威明。难道她忘了，是刘威明提拔了她，使她在龙祥混得如鱼得水？她的一切是谁给的？哼，有困难的时候，就想到叫别人来帮忙，一旦把事情解决了，连声招呼也不打就自个儿干起来。刘威明想到这儿，气愤不过，拼命挠着自己的头。

董事长是干得出来的，他能当上老板，就在于他比任何人都要狠。可不是开玩笑，董事长会给刘威明定下一个什么目标呢？他会叫刘威明死得很难看的。不，他要叫刘威明生不如死。

可是，董事长凭什么？刘威明作为公司总裁，如果只是为公司少赚了一点，就要他付出破产的代价。这分明是不平等条约嘛！

刘威明沉下一口气，咀嚼着冰冷的人性，却不得不重新回到理性中想想对策。还能怎么样？只能看董事长到底会绝情到什么地步了。真要买股票，真到了签字画押的时候，如果条件太苛刻，我刘威明可就不干了。谁爱干谁干去，这个总裁我不当了！

刘威明突然又想到，这不正中董事长下怀了吗？这不等于我刘威明自动宣布下台嘛！

刘威明目光绝望地看着孙宇走进来。

刘威明又想，只能以不变应万变了，赌一把人心所向吧！于是，他向孙宇甩出一句："董事长要毁了我，就等于毁了他自己！"

孙宇看着刘威明默不作声，心里却想，刘总呀，你怎么还没搞清状况呢。

刘威明问孙宇："姚佳欣出的这套方案，你有什么看法？"

孙宇感叹道："绝对是个毒招，真的太狠了。"

刘威明冷笑道："真没想到，这回倒把姚佳欣的能耐真给逼出来了。"

孙宇说："我想，这招儿肯定不是姚佳欣自己想出来的，一定是得到了公司外面某位高人的指点！正因为是公司外面的人，他再高明，毕竟不了解我们业内的情况，所以，这个方案有致命弱点。"

"噢？"刘威明倒没想到。

12

为了制定期权股的个人任务指标，董事长很快就组织高管人员述职了。

第一轮述职人员里头有孙宇，董事长听完孙宇的述职报告，就对他进行了严厉的批评，当场给他降薪处分。会议开始的气氛，叫每个人噤若寒蝉。然而，董事长对后来几位述职人员的态度来了个一百八十度的大转变，对他们的工作都给予了肯定，甚至是赞赏。会议到了最后，叫人恍若有些惬意了。

会后，刘威明埋怨起了孙宇，说："你这种述职，能好得了吗？"

在这轮述职中，四个人有三个素与刘威明关系紧张，孙宇是刘威明唯一的"自家弟兄"。刘威明自然寄希望于孙宇，孙宇却在述职中对刘总的工作思路轻描淡写，这让刘威明不快。

董事长对公司的管理人员进行了全面摸底，事态发展令他欣喜若狂，胜利的势头超出了他的预想。几轮述职下来，许多刘威明身边的人还不如孙宇呢，对刘总的工作只字不提。在刘威明与董事长之间，他们还是很理智地选择了董事长。

风向全变了，变得让刘威明再也没脾气了。

会议结论浮出水面，公司的一切过失、问题都归咎到了刘威明一个人头上。董事长的话语如同弩箭,带着火苗,射向刘威明。刘威明即使有弹奏天籁之音的本事,董事长也充耳不闻了。但刘威明还是争取到了跟董事长私下谈判的机会。

"见鬼了,你要转型。可实际情况是我们的市场丢了,我们的利润没有增长,反而下降了!你转型,可以。那么,转型后我们的业务在哪呢?我们的产品在哪呢?什么时候能做出来?到底能赚多少钱?给我一个期限,给我一个数字,三亿?还是十亿?"董事长像疯子一样逼问刘威明。

现在,姚佳欣的感冒已经好了,却仍有不少人送补品给她。每到周末,都有人邀请她参加形式丰富、特色各异的聚会。姚佳欣的幸福时光,依旧是夜以继日,甚至比以前更上档次。大家巴结她,自然是更加周到了。

这天,姚佳欣感觉不错。看到窗外天色莫测,云翳弥漫,她已无心工作了。她去孙宇的办公室串门儿,很是惬意地坐下来,脸上洋溢着胜利者的微笑。孙宇关切地问:"病好了?"姚佳欣一撇嘴,说:"早好了!我还当你是我最好的朋友呢,生病那会儿,你可是对我不闻不问呀,唉,难道这就是友谊!"

孙宇有些不好意思,亲自给姚佳欣端上一杯茶,说:"我不是叫我的助理送吃的给你了嘛!我实在是忙得脱不开身呀,但我心里可是挺惦记你的。"

姚佳欣却还不依不饶,说:"我是需要吃的吗?我生病的时候一点口味也没有,就算是再营养的东西,我这里也不缺呀。再说啦,这些东西哪是我在乎的?"

孙宇不禁笑了笑，点点头，看着她，颇有心领神会的意思。

姚佳欣似乎不再计较了，反而有兴致地问孙宇："你看，我跟刘威明比，谁的能量更大些？"

孙宇的心咯噔一下，又忙笑笑，说："各有千秋！各有千秋！"

姚佳欣显然对这种回答不满意，扫兴地看了孙宇一眼。

最近连着好几个休息日，公司的所有管理人员都在参加一个培训。晚上有聚餐，刘威明也到场了。姚佳欣特意坐到刘威明这一桌，故意提高嗓门娇嗔地对刘总说："你看人家国外的管理，上级对下级要经常表扬的，一周内不能少于一次。我可不敢奢望刘总对我这样啦，别说七天，就是七个月了，也没得到过刘总的一次表扬呀。"

刘威明无奈地挤出了一丝笑，算作应付。

13

又是一个工作日，临近中午的时候了，天色顿时昏暗，阴云密布，龙祥大厦灯火通明。

肖娜急步走到董事长办公室门前，董事长秘书挡着门，说："肖总，请等一下。"

肖娜冷冷地瞟了他一眼，说："我没那么多时间等。"

肖娜身手敏捷，一闪身就进了董事长的办公套房。肖娜推开最里间的大卧室，董事长和一个女人正慌慌张张地穿衣服。董事长看到肖娜愣了一下，感到很不好意思。他又看到秘书，便冲秘书狠狠地瞪了几眼。

肖娜当作什么也没看见，大大方方地拿起放在茶几上的雪茄，坐在靠椅上。秘书忙凑上前，给肖娜打着火，肖娜冷不丁儿地说："你放着三亿、五亿的钱不去挣，非要为几千万的利润较真儿。"

董事长身边的女人一声不响地离开了，董事长这才在床沿上正襟危坐，用他那布满血丝的双眼瞅着肖娜，听她的下文。秘书把窗帘拉开，一道长长的闪电划破黑幕，雷声滚滚。

肖娜继续说："董事长呀，你现在天天跟官场上的人混，咱们业内的事你还能知道多少？我不否认，跟那些国家干部在一起会获得很多商机。可是，你是做企业的，别忘了咱们的根本呀！那些首长对你感兴趣，不仅仅是因为你有钱吧！国内的暴发户还少啦？国家不就是需要多几个有科技含量的公司嘛。一个国家也好，一个公司也好，开发新产品，推广新业务，改善人类社会生活，才能使我们得到更大的利益！"

肖娜叹了一口气，接着说："你看看你吧，搞什么股票期权，本来是件好事，可现在呢，你是要毁了龙祥呀！给我们定目标，达到你这位大老板的期望值，就为这个，大家都战战兢兢的。本来我可以放手去干，三年内争取挣个三亿、五亿的，可能还会更多。谁说得准呢？一个技术变革，我们的利润增长是不可估量的。一项新业务推广，一旦被社会接受，成本不会增加，而我们的进账能有翻天覆地的变化。可是你呢，要用股票期权这个紧箍咒套住我们每一个人，让我们不敢想，不敢干，不敢创新，不敢冒风险，不敢越雷池一步。我们丢下挣几个亿、几十个亿的机会，只盯着眼前的几千万的利润抱残守缺，只为完成个人任务目标，而放弃了公司的大发展……你若要我签几个亿的任务目标,我是绝对不会签的。这么大的数字,谁背得起?你只能要求我每年几千万、几千万的递增。可是,利润创造哪是数字简单递增的结果?你在商海沉浮了十几年,从一无所有到几十亿上百亿的身价,难道是靠简单的递增出来的吗?"

董事长半天没说话,他还真没想过这些。

按理说,股票期权对肖娜相当有利,肖娜如果不是为公司好,又怎么会在董事长面前费这口舌呢?

肖娜成功地说动了董事长,离开董事长办公室后就直接进了刘威明的总裁办公室。刘威明和孙宇都站起来迎接她,看到她一脸春光,便知道事情成了。三个人兴奋地相互击了一掌。

股票期权的事儿被无声无息地搁置了,姚佳欣感觉很不爽。

平时难得见到董事长,每周的高管例会他也只是偶尔参加。姚佳欣好不容易见到董事长,便壮着胆子凑到董事长跟前,悄声问:"董事长,股票期权的事还需要我做些什么吗?"董事长显然没有以前那么和蔼了,冷冷地说:"暂时不需要做什么了。"

"那么,我接下来要做什么呢?"姚佳欣仍不甘心地问。

"你该干什么干什么去呗,怎么还要问我?"董事长生硬地语气,让姚佳欣感到很难堪。

其实,董事长还窝着一肚子火呢。

肖娜告诉董事长:"刘威明不也是十分信任姚佳欣吗?最后是什么结果?姚佳欣就会顺着领导的意思往上爬,溜须拍马数一流,却是一点实事儿都做不来的。看似大能人一个,实际上,哪件事不得靠别人帮忙呀!她倒是任由着你领导的性子来,你一时爽了,但决策失误了，谁能救得了你？刘威明不就是前车之鉴嘛。就因为姚佳欣让他自我感觉太良好了，才导致他现在积重难返，回头已晚嘛！"

董事长听了肖娜一席话，出了一身冷汗。这个姚佳欣不是一般人呀，是条毒蛇！董事长对肖娜刮目相看，她能在关键时刻提醒自己，让他免于铸成大错。不过，董事长对姚佳欣的厌恶只藏在心里，明面儿上还是一如继往地对她客气。

董事长觉得，如果姚佳欣身后只有一个男人为她撑腰，也好办。可是，莫说是高管层，就是中层，还有技术骨干，姚佳欣与龙祥内部大大小小的人物都有着千丝万缕的联系。董事长还不想为了这么个女人犯了众怒！

……

尾　声

一年很快过去了。

刘威明的总裁任期已到，郭达海被选为新一届的总裁。孙宇又成了新总裁的左右手，肖娜成为龙祥有史以来第一位女副总裁，接替了郭达海市场副总裁的位子。作为郭达海的老部下姚佳欣，却有着太多的失落。

姚佳欣有时忍不住在孙宇面前诉苦，说："我觉得郭总吧，对一些事情总是太欠考虑。"她突然停顿了一下，声音变得更小，语气却变得更硬，说，"不升我也就罢了，反倒降了。"

人力资源部调派了一名新主任，这让姚佳欣伤心不已。更叫姚佳欣伤心的，当初董事长只是向郭达海提了人力资源部主任的一个名儿，让郭总考虑，结果郭总转身就对外宣布了。弄得董事长都埋怨他："还没跟人家谈就让去人力资源部报到，有些草率吧！"

姚佳欣心灰意冷，决定去刚成立的人力资源外包公司。郭总爽快地答应了，并叫她在离开总部之前，协助新主任一段时间。于是，姚佳欣又对孙宇说："我为新主任打好了基础，不就是为他人做嫁衣裳嘛，不正好证明他们换我起用别人是英明之举吗？我就是心地再善良，脾气再好，也咽不下这口气呀。"

孙宇只是默默听着，心里却想，不就是人力资源部主任嘛，一个烫手的山芋，再有本事的人，在这个岗位上都是搅和不清的。人家郭总是保护你，才不让你露头的。你不是也没自信嘛，怕别人成功了反证明你的无能。郭总是你的老上司，他刚上任，最希望的就是一切平安，一切稳当。让你协助人力资源部主任的工作，就是想让这个部门能得到平安过渡。你就当是送给郭总的一份人情好了！你要是绝情离开，郭总会怎么想？你姚佳欣呀，就是蜂窝煤，长了太多的心眼儿。可是这些心眼儿都围着你自己打转转。你是转不出一个新天地来的。如果你让郭总难受了，你还能得到什么便宜？

孙宇心里想的一句也没说出来，只是冲着姚佳欣频频点头，不无诚恳地说："其实我特能理解你。"

姚佳欣回到自己的办公桌前，打开电脑，戴上耳机，听着《般若波罗蜜多心经》，喝着铁观音，闭目养神。

要离开龙祥总部了，在下边的分公司，人少，关系简单，也许，也不错……

"谋事在人,成事在天。"这应该就是姚佳欣作为职场上的谋事女人的心境吧!

羊图腾

序

龙祥软件股份有限公司总裁刘威明，上任已是第三个年头了。他是自公司上市以来，担任总裁职务时间最长的。但是，近日传出消息，刘威明向龙祥董事长递交了辞呈，未经批准而擅自离职，至今不知去向。

据外部人士分析，刘威明上任以来，公司渐显隐患，如今更是危机重重。其中最大的弊病是，由于公司对研发投入不够，在工程实施过程中，客户抱怨不断，从而导致工程续签困难。新技术开发研制，也总是滞后，抢占市场先机的能力越来越弱。老市场岌岌可危，新市场又插不上手，或屡屡失手。公司的内部管理，也像一部大小毛病无数的机器，出其不意的纠纷天天都在发生。管理者们觉得不堪重负，各方面的工作都显得捉襟见肘。员工们则为工资拖欠而恼火，人才大量流失，人心浮动。

据内部某些人的言辞闪烁，高管层中已有不少人对刘威明本人的领导能力有所质疑。刘威明在高管层，正面临着四面楚歌。然而，更为敏感的媒体还嗅到了一丝别样的气息，也许那才是最接近核心的问题，也是更加严重的问题。龙祥软件股份有限公司到目前，每年虽然纯盈利额仍有几千万，公司却明显显现出资金链极度紧张的迹象。这家曾上市融资几个亿的公司，为何在短短几年内，就暴露出资金短缺问题？在遭遇国内大客户对产品质量要求迅速提高和国外同行业强大竞争势力的夹击中，龙祥竟没有随形势而有所长进。他们的后劲到哪里去了？说白了，那些融资的钱都投向了何处？

显然，事件的主要责任人，不是身为CEO的刘威明。龙祥董事长，才是实际上有权力调配资金的人。这家上市公司的老板，媒体着实费了些工夫调查。正当这位龙祥的"太上皇"即将浮出水面时，媒体跟踪却不知为什么戛然而止了。

只要没有捅出天大的篓子，只要还能维系，往往"风吹云动天不动，水打船移岸不移"。龙祥公司掌门人——董事长，还能用他那强大的关系网，钳制住整个局面。

不过，龙祥这家上市公司的CEO刘威明确实不见了，董事长正派人去找。

1

"好小子，跟我玩失踪。他就是跑到了北极圈，三天之内也要把他揪回来。"董事长对手下说。

董事长不能容忍，他还没有批准刘威明的辞呈，刘威明就人去楼空了。董事长双目充满了烈焰般的血丝。不错，他对刘威明从来就没有满意过，可是，他又对谁满意过呢？没有，没有满意的人选，只有不得不用的人选。刘威明就是他不得不用的人，不用他又能用谁？

董事长已经两天没合眼了。他受不了强光再来刺激他已发烫的双眼，所以，办公室里还没有亮起灯。他一个人在幽暗的办公室里徘徊，又凝神望着角落里的一张沙发椅发呆。在暗影里，渐渐显现出刘威明的身姿。那是在几天前，刘威明跷着二郎腿，歪着身子坐在沙发椅上。刘威明梗着脖子，挺起胸膛。这是他们第一次，也是最后一次争吵。

"为什么发不出工资？"董事长质问。

"你在问我吗？"刘威明带着讽刺的口吻回答。

"你是总裁，我不问你问谁？"董事长愤怒地说。

"可你是老板。"刘威明斩钉截铁地说。

"难道是我的问题？为什么国际市场没人去做？"董事长再次质问。

"……"

"我要你找主管海外拓展的人呢？谁最合适去做？"董事长不依不饶地问。

"我，我最合适。"

"那总裁候选人你找到了吗？"

"那是我能定的吗？"

争吵时，刘威明在暗处，斜靠着沙发，抽起烟来。他总能对董事长的问题脱口回答，好像也没费什么力。这让董事长更加恼怒。

"如果你能听我一句，就一句……我是真诚的，不是开玩笑。孙宇最适合当总裁。"刘威明这下倒是十分慎重的样子，说。

"你是在讽刺我，还是在讽刺你自己？你选的接班人竟是咱们高管团队中最差劲的，最弱的。他没有自己的地盘，没有建立过醒目的业绩。用数据说话，他拿不出来；论资排辈，也轮不上他。他能服众吗？你这难道不是在跟我开玩笑吗？"

刘威明淡淡地苦笑了一下，说："你再好好想想吧！董事长，我只能说到这了……我要离开公司，孙宇也必然要走，他不可能再当'五朝元老'了。如果我走，他还留下继续当总裁助理，那才是对我的最大讽刺呢。如果孙宇留下，就一定要当总裁，我做海外拓展。否则，我们大家都会走。你，看着办吧！"

"笑话。"董事长吐出这个词时，他的目光正与刘威明的目光相撞。俩人都很有底气，都没有丝毫的怯懦。董事长那种眼神，分明是在对刘威明说，你在威胁老子！刘威明的眼里则有一种飘忽不定的笑意，分明也在回答董事长，这回我就豁出去了，就是威胁了，怎么着吧？

刘威明在董事长的逼视下，沉默半晌，才说："这十几年所走过的路，对我们，我，还有其他人，都太累，太累……"

"我早说过，你从来都没有全身心地投入到工作中去，你还说累？"

"咱们的谈话到此为止吧！董事长，看来我们现在根本就说不到一起去。"

董事长看着刘威明起身，离去。没有想到，第二天，就联系不上他了。他不在公司，不在家，像雾一样散了，像风一样吹走了。董事长透过窗，看到天边的云海即将冷却太阳，那焦灼而疲惫的身影，董事长却还需硬挺着。刘威明确实有三天没有与董事长联系了，也没有与公司任何人联系。自从董事长与刘威明进行了那次谈话后，董事长就开始心神不宁，恍恍惚惚若有所失。为什么？他自己也弄不明白。他的思绪如同一只失去掌控方向能力的罗盘，空耗着时日，空耗着精力，却找不到一点头绪。他握紧拳头，按压在老板台上。不能再拖延了，他必须决定了。也许他只能这么做，他想，刘威明踢给他的这个球，看来是不得不接了。

2

孙宇站在讲台上。他习惯来回走动。他边讲边走下台，走到听众中，然后，又慢慢折回到讲台。

"当我们觉得万分痛苦的时候，往往认为是别人造成的。殊不知，我们也经常给别人造成痛苦。"

"我们都在互相埋怨和谩骂。客户骂公司，这个公司就知道搞关系，能做出什么好产品来？公司骂客户，就给这么点钱，还想要好产品？做梦吧。市场骂研发，这产品根本就不是市场所需要的，我们让他们研发的产品都好几年了，才出了个DEMO（演示）版。做研发的骂市场，就知道吹，他们以为什么事情只要吹一吹就出来了。销售骂研发，研发的这产品也叫产品，要不是我们跟客户关系处理得好，一套产品都卖不出去。研发骂销售，别人的产品比我们差远了,还卖得那么火,我们的销售一天到晚就知道洗桑拿、洗脚,搞不定客户就洗,洗洗洗洗洗。研发骂测试,他们懂什么?测出来的都是些鸡毛蒜皮的小毛病。测试骂研发,产品文档质量太差了,留给我们测试的时间又太短,这活儿根本没法干啦!员工骂管理层,言而无信,啥也不懂,就知道压榨我们,整个现代版的周扒皮。管理层骂员工,一天到晚拿着高工资在这儿混,工作效率极低,编几行代码还以为有多高深!"

孙宇说顺口溜似的一口气说完,在座的听众都会意地笑了。

"其实,我们每个人都相互掐住了对方的脖子,我们需要做的,只是放下你的这只掐住对方脖子的手……"

孙宇说话带着些南方口音,语调却不失抑扬顿挫,并恰到好处地把握了轻重缓急。他身后的幻灯片一张张切换,言辞或急或慢地跟进。素有公司"第一名嘴"之称的孙宇,此时的内心却并没有他表现出来的那么轻松。

孙宇曾经是前三届总裁的总裁助理,刘威明上台后,提拔孙宇为副总裁。

"孙宇够格当副总裁吗?"

一开始,董事长心里就在犯嘀咕。不久,董事长便忍不住在好些个场合,公开自己对孙宇的不满。在他看来,孙宇的做派太中庸,太像一只小绵羊。高管们开会,他总是很少发言,甚至干脆一言不发。然而,刘威明特别倚重孙宇。总裁最看重的人,董事长却最瞧不上眼,孙宇便一度成为他们对峙的焦点。最终刘威明为保护孙宇,主动提出撤掉孙宇副总裁职务。这样,孙宇又回到了总裁助理的位置，成为龙祥走马灯似的第四任总裁的助理。孙宇以前还兼任过运营管理部总经理的职务，现在已经有人顶了位子，又不便挪移。于是，孙宇目前的处境有些尴尬。孙宇依然受刘威明直接领导，基本上还管着原来那一大摊子事儿，工作量还在不断加大，待遇却随降职而下滑了。

谁都知道孙宇是个少有权势的高管人员，下边的员工也都不怵他，在他面前说话没有顾虑。公司高管层更没把他放在眼里，不会将他锁定为自己的竞争对手。

孙宇每个月都要亲自给新、老员工及主管们上不同的培训课。课程往往安排在休息日或晚上。课堂，是他个人才能发挥得最酣畅淋漓的地方。然而，孙宇的能力却在公司没能完全发挥出来。在很多方面，他都不得不保留太多。孙宇清楚，如果把自己的独到理念合盘托出，他会被高管层的人"乱棍打死"。他的思路是与那些曾经建功立业并且现在仍以短期利益至上为原则的高管们的思路，全然不同甚至是背道而驰的。

孙宇只能根据其他高管们的意见起草纲领，正如，土质不同，即使种子一样，生长出来的果实也截然不同。孙宇偶尔撒下一点点与人相左的观点，也只是在他们原来的思路上，突兀起一小片新奇的风景；在大众菜肴中，点缀一道别样甜点。这样倒是可以相安无事的。

有一天，刘威明突然对孙宇说："你小子应该当总裁，你整天考虑的全是总裁要做的事。"这句话并没把孙宇吓着。要知道，孙宇已经连续侍候了四任 CEO，总裁这个职位的职责及其工作套路，他已经摸透了!

孙宇把课讲完,刚舒了一口气,一个电话又将他的心提拎了上来。

"你在哪儿呀?公司要乱套了,你怎么能说走就走?你叫我怎么办?"

"我就是想让董事长好好想想,不出这招,他就不会想问题。我没事,公司那边也出不了什么大事,你给我顶着。"

"我?"

"自信些,你比我强。"

"可是,老板他……"

"我现在可不是对董事长负责,而是对公司、对我自己十几年经营下来的心血负责,还有对几千名员工负责。说实话,我要是真想走,就不用这招儿了。我他妈离开龙祥,一样活得很好。可人得讲义气……好吧,就算是我不甘心吧!十几年的基业,不能就这么毁了。你是我最后的筹码,你知道该怎么做。"

对方把电话挂了。

孙宇抬起头,肖娜正立在门边,等着他。

肖娜身穿桑蚕丝套裙,裙衫飘逸,如神女踏云。肖娜有一副清秀的面庞,瘦削的身段,却掩藏不住一股男子汉般咄咄逼人的气势。

肖娜仍然管着她的行业拓展部,刘威明走马上任总裁后,她也被提任总裁助理。公司的总裁助理,始自于孙宇。孙宇进入龙祥不久就任总裁助理,是由他的工作性质决定的。因为主管公司运营,他必须与高层管理者直接沟通,而他当时资历尚浅,不便成为副总裁级别的首席运营官。于是，就有了总裁助理这个职位：比副总裁矮半级，比部门总经理高半级。自孙宇后，刘威明等人都曾任过总裁助理，却不过是晋级副总裁的门槛而已。没有人像孙宇这样，他才是名副其实的总裁助理。肖娜也许觉得，她在总裁助理的位置上待的时间够久的了。

刘威明曾经很欣赏肖娜，正是喜欢她叱咤风云的那一点，如今反倒令刘威明有些发怵了。这可能就是悖论吧。孙宇这么想。

肖娜甜润的嗓音，将孙宇从散漫思绪中拉了回来。孙宇转回目光，正好与肖娜妩媚的双眼对视。孙宇低下眉，淡淡一笑。

"我想，他不会告诉其他人的，除了你。他到底在哪儿？到底怎么想的？"

肖娜，一个女人，带着浓浓醋意的女人。孙宇的心思又动起来，肖娜相信，刘威明不会把他的秘密告诉其他女人，除了她；而男人当中，孙宇是最可靠的。肖娜在进入高管层不久，她与刘威明的幸福时光就开始黯淡下来。肖娜一手建立起来的行业拓展部，是她的王国。谁都别想在她的王国里发号施令，即使是刘威明，也不行。她有她的原则，有她的底线，绝不可触犯。感情的甜蜜总是随着时光流逝而变得酸涩，爱之所以美妙，恐怕就在于它游移多变，捉摸不定吧。

刘威明周围早有了新的女人，新的宠爱。这就是肖娜耿耿于怀的地方。孙宇抬起眼再次看她，肖娜是一个定格的美人。三十六岁，气质里透着极强的精明和成熟，又不失热情与浪漫。她从头到脚，打扮入时而高贵，却又不显雕琢。

"就刚才他给我打来电话,可他没有说他在哪儿。他现在愿意一个人待着。"

"可是,他拍屁股走人,这一大摊子由谁来收拾?"

"船到桥头自然直。别担心,天塌不下来。"

"那他要给谁机会?"

"总裁的位子就在火山口上,谁坐在那上头,谁就死定了。"

"那他要把谁推入火炕?"

"你这么想知道?我可不想知道。也许不是你想的那样,刘总只是想散散心……"

"别开玩笑了,谁不知道刘威明这个猴精,他肯定事出有因。要么,他是有交换条件啰,跟董事长……"

孙宇的手机又响了,接到董事长秘书的电话。

"对不起肖总,董事长在找我。"

"他也找你了。你总会跟他说得更多些吧?"

"如果他问你同样的问题,我也只能这么回答。肖总,我对你可没有任何保留呀。"

肖娜一笑。也许,她还期待着孙宇能给她一个令她满意的回答。可是,孙宇觉得,要让肖娜满意,很难。

3

"他会去哪儿呢?事先他就没透露给任何人吗?"

"他的家人也不知道他去哪儿了。他没有动用家中的一部车,公司的车更没有动用。"

"笨蛋，养了你们干什么用的。"

"我们查过他失踪之前几天的通话记录，并锁定了一些人，询问了他们有关情况。可是，他们都说……您知道，有些是公司外部人员，我们也不好大张旗鼓呀！这可是您的指示。另外，今天孙宇接到过一个任我游电话，此电话号码在以前也偶尔出现过，我们没有在意。现在我们马上去查，我推测是刘威明的另一部手机。我早知道他不止一部手机。任我游是无须实名登记的，所以无法确定我的推测。我们请电信部门帮忙，已把这部任我游监控起来了。孙宇一旦再接到这个电话，我们便会查到他们的谈话内容。"

"继续给我查，别跟我废话。我困了，我得去休息了。"

"对不起，董事长秘书办公室有电话接过来。"

"董事长，孙宇到了。"

"噢，那就叫他进来吧。给我一杯咖啡。"

小银勺搅动着一层厚厚的咖啡沫，真正的咖啡藏在了杯子高度的三分之一处。董事长只顾低着头搅动咖啡，没有看孙宇进来。

只听到门响，接着就是静默。

董事长曾对孙宇说过，那是不怎么久远的几年前。

"你的前途不可限量。"

有时，董事长的确感到孙宇是个不错的人才。可是……董事长抬起头，眼前这个男人，三十五岁，还很年青。可是，由于过度肥胖，挺着将军肚，他比实际年龄要显老得多。他脸上的轮廓平缓、柔和，就像个面团儿。目光里没有一丝压迫于人的气势，无法让人提起防备之心。董事长又低下头,继续搅动他的咖啡。孙宇在他看来,既伟岸又渺小,也许根本无法掂量,这才在董事长的心中没有了分量。

十年前,龙祥刚刚完成上市融资,董事长一下子感到自己财大气粗。只要让他眼前一亮的人才,他都会张开双臂热情地迎接他们,揽住他们。他将各色各样的人引入公司后,却如种子抛撒在龙祥这块土壤里,不再去管他了。这些人是否能在龙祥生根发芽,开花结果,就得看他们自己的造化。

孙宇原本是方州一家咨询公司的咨询顾问。龙祥的总部还在江北的时候,孙宇面对十几名来自不同咨询公司的竞争对手,进行试讲。孙宇站在讲台上,讲课不到二十分钟,董事长便当即拍板,就是他了。

孙宇竞标成功,获取在龙祥培训咨询的业务。半个月后,董事长在宴席上拍着他的肩,说:"加入我们团队吧,我们总部就要进方州了,需要你这样的人才呀。"

最初引进孙宇的目的,只是为公司取得各项企业资质,提升公司品牌,在上市的年报上好做文章,在向客户介绍公司时多些花头。孙宇所进入的运营管理部,是公司迅猛发展时期,成立众多全新部门中的一个不起眼的小部门。起初,运营管理部只有两个人,除了原来的一名总经理,就是新上任的副总经理孙宇。不久,总经理被辞,孙宇成了光杆司令。孙宇没有独立办公室,甚至由于别的部门要扩建,他的办公桌都被暂时征用。他同普通员工一样,赶班车按时上下班。那时,谁也不知道他是什么人,谁也不理会他。孙宇好歹也是董事长亲自看中的人,却一直默默无闻,这种情形持续了大半年光景。

章国强给了孙宇第一桶养料,提供了最初的平台,让孙宇首次得以在实践中施展拳脚。章国强是董事长自龙祥上市以来,引进的第一位高管人才。章国强就任研发副总裁,掌管着公司的大半"江山"。实际上,由于当时董事长兼任公司总裁,由他授权章国强,不久章国强就成为实际意义上的 CEO 了。孙宇的部门直属研发体系,开始变得越来越重要。随着章国强权力的扩大,兼任总裁助理的孙宇,实际上也已成为章国强的助手。他们共同筹建了龙祥的五大类产出流程,以研发为核心,链接公司各重要体系。公司新型的研发体系生机勃勃,迅速壮大,很快就与公司以往长年打拼而形成的销售体系形成抗衡。

章国强的领导团队势力,在向公司全方位渗透的同时,孙宇也迅速成熟起来。孙宇有了自己的独立公办室,手下十几名员工。他的部门相对独立却又与各部门有着千丝万缕的联系。孙宇的工作,在公司内部很自然地结成了一张复杂而精密的网。

龙祥已不是一家小公司,在国内 IT 业排行前几位。一人挥手,众人齐上阵,那就会乱套。孙宇的工作就是监控每一个产出部门,并及时进行纵横比较分析,统一调整。而支撑产出层的职能部门,也在孙宇的掌握中。孙宇就像一个大内总管,总裁要调用职能部门的琐碎信息,都要问他。孙宇要为总裁的每一项决策提供依据,也将总裁的每一条方针落实推行下去。更重要的是,他还担当了总裁参谋的角色,为总裁运筹帷幄。不过,孙宇这项最大的能耐恰好与总裁的职能重叠，在所有功绩之下，只能看到总裁的身影了，却看不到孙宇的影子。所以，孙宇的这些"功夫"除了直接领导他的总裁，谁也看不全，甚至看不见。

因而，孙宇没有能耐，就成了董事长吃准的事儿。孙宇到底都干了些什么，也成为董事长最疑惑的事儿。

董事长对孙宇最为不满的，还是在余伟森实行他的"破茧成蝶"计划的过程中。

董事长对余伟森委以重用，直到公司上市。余伟森作为公司的第二号人物，成为主管销售体系的副总裁。被聘为研发副总裁的章国强，一进入龙祥，余伟森就与他不对付。因为，余伟森感到自己被打入冷宫，而章国强一下子就夺取了本应属于他的宝座。

余伟森的实际学历只是中专生，以前不过是某国有大厂的一名普通技术员。董事长觉得余伟森拿不出手，好几次忍不住提出，要送余伟森等几位高管人员去某大学进修。余伟森与带着光环进入龙祥的章国强比，确实相形见绌。章国强是博士后，是国家高科技项目组成员。在章国强背后有董事长的大力支持，旁有刘威明隔岸观火，对余伟森幸灾乐祸。

但是没多久，余伟森就彻底孤立并击垮了章国强。章国强这个"空降兵"，由于他那自命清高的做派，及钻牛角尖的思维模式，令刘威明等第三派的人士都看不惯。章国强很快被龙祥的高管层排挤出局。这样，余伟森最终登上了CEO的位子，在公司权倾一时。董事长却无法释怀。董事长等于当众承认自己引进的高管人才是个好看不中用的废物。他向余伟森等人投降了，虚弱地站在余伟森强大势力的一边，无奈地将矛头也指向了章国强。

在章国强兵败如山倒的情况下，本为章国强得力干将的孙宇，却没有起到多少作用。章国强以前的直接下属，几乎都被公司清除，唯有孙宇如中流砥柱般，沉默，却岿然不动。章国强终于被余伟森扫地出门，而余伟森并没有停止前进的步伐。他感到自己还是一条虫，实施"破茧成蝶"的计划势在必行。

这是公开的秘密，总裁没有真正的实权。余伟森上任总裁后，力图改变现状。实际上，事态也已经逼到了这份儿上，他只是顺应时事确定了自己的奋斗目标而已。

那年的年终奖分配权，第一次落到以余伟森为首的总裁办公会成员手中。余伟森看到自己伸手即将触到公司的财政命脉，看到自己"破茧成蝶"的外部环境已经出现。为了那年的年终奖金分配案，他动用了公司上上下下所有人员，前后筹划了两个多月。这对公司，是一次历史性的转折；对余伟森，也是他职场生涯中的"生死大决战"。

在余伟森上任总裁后，孙宇又越来越得到余伟森的信任。孙宇能存在下去，谁都以为这是奇迹，董事长也同样感到奇怪。孙宇能继续当余伟森的总裁助理，起初是董事长的决定。他认为，孙宇会成为他安插在以余伟森势力一边倒的高管层中的卧底。可是，事实证明，孙宇不懂这套。

牵头具体实施余伟森这项"破茧成蝶"的浩大工程，最后人选锁定了孙宇。因为他懂得公司的流程，又具备一定的财务知识，并能将经营管理与财务有机结合起来。孙宇凭借自己的数学天赋，确定了几套将管理和激励机制相结合的奖金核算公式。这样，孙宇为余伟森将理想转化为现实创造了条件，也为他自己在高管层投下了第一块奠基石。其实，这才是孙宇存在下去的最关键的理由。然而，董事长可看不出孙宇的能耐来。因为那年年终奖方案是否能敲定，成为他和余伟森为首的总裁办公会大多数成员的一场"拉锯战"，孙宇显然没有站在他董事长这边。按董事长的想法，余伟森与孙宇始终应该是对头，虽然力量悬殊，但是孙宇必定会依靠他董事长的，会向他汇报点什么，揭露点什么，批判点什么，这才是人之常情。可是，孙宇什么也没做。

就这么个人，他有能耐生存在钉板滚肉的局面中吗？董事长想。

"你现在还是总裁助理吧？"

"是。"

"总裁不在期间，你得做好日常工作呀。"

"是。"

"我要休息了，两天一夜没合眼……你，待在这儿，等天亮再走。"

"好的。"

"唉——"董事长长叹一口气，伸展懒腰。他把咖啡搁在一边，站起身来，走进卧室。这是一套包括健身、洗浴、就餐、阅览、收藏等功能丰富的豪华办公室，房间很多。董事长走进其中一间，关上房门。

这位身价几十亿却负债几百个亿的身躯也需要躺下了。他，毕竟也是人哪！

过了这晚，在公司高管层，会传播出一则消息，让他们猜想去吧！董事长连夜找孙宇谈话，直到天亮才结束。这是在刘威明失踪不过三天的时间内发生的。董事长从来没有与孙宇，也不曾与公司的其他任何人谈过如此长时间的话。他们有什么可谈的？到底都谈了些什么？

4

孙宇在会客厅里转悠，不知如何打发这漫漫长夜。他拍拍自己的脸颊，思绪有些乱。站在客厅的一角环顾四周，静得连呼吸都能听见。此时没有别人了，事情果真发生了。孙宇真不敢相信，一切来得这么突然，又如此迅猛。刘威明真的走了，董事长真的采纳了刘威明的建议，他孙宇真的就这样被推到浪尖上了？

总裁，上有压力，下有埋伏。风起云涌的局势，防不胜防的战斗。孙宇一闭眼就能看到六年之内，公司四任总裁的更迭，他们命运的沉浮起落。

龙祥上市后，董事长不能再兼任总裁，在他物色下任总裁时，他的天平其实是倾向孙宇的第一任上司章国强的。可惜，章国强书呆子气太重，一味地追求真理而不会变通，也不会处理人际关系。余伟森这是看准了他的弱点，打了他的七寸，只用了两年的时间，就彻底让章国强卷铺盖走人了。余伟森成为当仁不让的下任总裁。余伟森踌躇满志，表面现象似乎都让这个一向谨慎小心的余伟森产生了壮志雄心的念头，俨然将取代董事长在龙祥的地位，成为一号人物。然而,他殚心竭虑的"破茧成蝶"计划,却成为他职场生涯中的"滑铁卢"事件。在那两个多月里,就像可怕的无底洞,贪婪吞噬着余伟森全部的身心,却还是没能将那年的年终奖发下来。自此,余伟森大失民心。余伟森因积劳成疾,又在"破茧成蝶"计划失败后郁郁寡欢,身体健康出现严重问题。余伟森外有董事长相逼,内有身体不能胜任,在内忧外患两面夹击中,他在任总裁仅一年半,就不得不"退居二线"了。

喻博文是余伟森推举上来的常务副总裁,代理余伟森的工作。他在这个职位上待了小一年,眼看着总裁的位子从他自己的手中滑过。

喻博文是董事长从国内一家有名的 IT 民营大企业挖来的人才。喻博文比章国强要稍后进入龙祥,但他比章国强精明得多。当时,他透过章国强繁华的表面,摸清了章、余二人的实力。喻博文便协同余伟森打击章国强,甘当余伟森射向章国强的一支箭。他为此而立下汗马功劳,便奠定了他在龙祥高层的地位。当年,喻博文简直就成为龙祥里"一人之下,万人之上"的人物。喻博文的能力自然要比余伟森强许多,他既可以为余伟森谋划,又可以让余伟森为他服务。他在龙祥所有的根基,就是靠余伟森打下来的。在余伟森的"破茧成蝶"计划中,他起着推波助澜的作用,与余伟森一起几次"逼宫",迫使董事长签字,同意年终奖的分配方案。在最后关头,董事长虽签下"同意",却以工程完结后才能提取奖金为由,使那年的年终奖方案彻底成为一打废纸。因为,一般工程最终完结需要两三年时间,工程大多是分期付款,年终奖却是按工程额来计算的。

董事长虽签了字，却兑不了现。

轮到喻博文上台，他失去了余伟森，就如漂萍没有根基。喻博文在上层的威信远远不如余伟森。而对于余伟森大失民心的局面，喻博文也无力挽回。喻博文好似下嫁的公主，心气还挺高。面对现实，他无法咽下这口气。他不断公开表示对董事长的不满，董事长早就对他忍无可忍了。一个借口，一句话，关于公司国际化问题，俩人在高管层会议上叫起板来。喻博文即刻从总裁的边沿上滑下来，董事长让他离开了龙祥。

接着，刘威明上台，一时如铁板一块，以为可以焊结成一艘航空母舰，从此乘风破浪。

刘威明与余伟森，都属于为龙祥打下江山的人物。他们曾在同样的起跑线上——都在公司国内某片区任销售总经理。刘威明更多的则是充当先锋，为开拓公司的新市场、新业务，凿石开路。刘威明在前探路，余伟森在后张网捕鱼，已成为龙祥成长历程中的定式套路。

然而，在余、刘二人相敬如宾的表面下，大小冲突却也不断。他们怎么也躲不开互相碰撞与摩擦的宿命。余伟森的势力正处在萎靡不振之际，刘威明担任总裁，便在董事长的支持和默许下，将"余党"进一步击溃。刘威明为了让董事长满意，也将某些他并不喜欢而董事长十分欣赏的人吸收进入公司的高管层。看来，刘威明势力强大，董事长的老板派也站在他这一方，他与其他中坚势力也都相处得很好。一切看似相安无事，和平共处，和谐共荣。

可是，一年后，所有的不祥之兆表露端倪；第二年，矛盾更加尖锐；第三年……

每个人的工作状态不一样，也成了问题。董事长实在看不惯刘威明吊儿郎当的公子哥儿模样，一个勤奋的董事长，怎么抬出来个天天想"溜号"，整天沉溺于打高尔夫的总裁？刘威明是销售出身，本来就不习惯坐班，也不喜欢成天开会。他的工作方式与余伟森截然不同。董事长好几次婉言表示，刘威明对工作不够投入，刘威明却并不接受。而另一方面，刘威明最大的优点，善于开拓，也受人质疑。首先发难的，是刘威明亲自提拔的销售副总裁陈强。

销售副总裁陈强要开拓游戏市场，刘威明却迟迟不给他答复。

"现在如果还不签这一单，我们就会失去游戏市场的半壁江山。我们的领导要敢于拍板嘛，敢于承担责任嘛。我们不能成为龙祥的罪人……"

其实，刘威明有自己的考虑，却不知如何说通这个顽固的家伙。现在，龙祥的资金十分紧张，刘威明必须把有限的资金做最有效的安排。利润不大需求又多的工程就不能签了，得匀出钱来做增值业务，与国际大公司合作，还要发员工的工资。钱要花在刀刃上。

开拓需要人才、需要资金，可是刘威明上任以来，遇到了前几任总裁都未遇到的问题——资金极缺。所有对员工的待遇承诺都无法兑现，引起广大员工的不满，在公司OA网上写投诉信，要求总裁下台。其实，刘威明对员工们的承诺，都来自董事长的许诺。董事长对刘威明出尔反尔，刘威明就不得不面对员工们的一次又一次责难。

刘威明的阵营原来也并非铁板一块，当初俯首称臣的人也并非都是同心同德的。见到刘威明处在危难时刻，落井下石的，幸灾乐祸的，大有人在，闲言碎语不绝于耳。刘威明却已经无心跟他们斗下去了。他曾经举起他的高尔夫球杆，指向天空呐喊：

"生命不息，战斗不止！"

如今在他看来，已成为人生中荒谬的一笔。他不想斗下去了，一定是。否则，他不会使用"出走"的招术，叫人小瞧了。

现在只留下孙宇，孙宇该怎么办呢？

"爱咋的咋的。"

孙宇躺在沙发上，头枕着靠垫，伸了伸懒腰。大家都入睡了，该休息的时候就得休息。明天，孙宇还要按时打卡上班呢。

5

他们没有动静。对孙宇，还没见到他们采取任何行动。

很奇怪呀，按说，一只羊被送入狼窝，还不被撕得粉碎？

哈哈。

你笑什么？

我知道，您是太急着想证明刘威明是错的，而您是对的了。

那又怎么样？难道刘威明还能做到一贯正确？也许狼群还没回过神来。一只不动弹的羊，当然引不起狼的兴趣。

董事长一觉醒来，已经半个白天过去了。他还躺在床上，就拿起电话通知高管例会照常进行。

高管例会上，总裁缺席，取而代之的是董事长。他在会上宣布：

"从今日起，总裁的日常工作暂时由总裁助理孙宇代理。大家有没有什么意见？"

高管们鸦雀无声，那就是没意见。奇怪，总会有个别不同的声音吧！大家为什么没有鼓噪？在董事长不想要声音的时候，他们没有声音；在他想要声音的时候，他们还是没有声音。平日里总有几个机灵的，跟他贴心的，怎么这会儿就察觉不出他的心思？这些人都睁着眼睛在睡觉吗？

"那好，大家没意见，啊，是不是没意见？"董事长又顿了顿，说，"如果没意见，那就请大家支持他的工作。"

董事长再次向各位扫了一眼，便有些悻悻地离开了会场。

孙宇继续主持会议。他习惯性地摆弄了一下自己的笔记本电脑，然后就请别人发言，他继续做会议记录。大家愣了。孙宇到底是总裁代理？还是总裁助理？还是做会议纪要的秘书？没错，平时都是他做会议记录。那时他是总裁助理，也说得过去，可是现在该不该改变一下？

"目前不用改。会议纪要一向是由我做的，而且，一时找不到接替这项工作的人。"

"这倒也是。"

这些大爷们可都是干大事的。大会上，大家张着嘴巴说一通就完事了，会后还有自己的一大堆业务要做。会议内容总结，最终还不是要归到总裁助理的工作中去？高管会议，连部门总经理都没有资格参加，更别提为了做会议记录，而特别设一个不相干的人的位子，找个打字员做记录了。孙宇，还是孙宇。这当然是没办法的事啰!

大家一笑了之。孙宇，总裁助理，总裁代理，总裁接班人？四届总裁助理，要熬到总裁了？哈哈，媳妇熬成婆呀！孙宇是个福将，他能在总裁一而再、再而三、三而四地更迭之下，保住自己的职位不变，这真是奇迹。可是，他若自己当上了总裁，奇迹还会发生在他身上吗？

"谁当总裁，谁就会死。"这恐怕已经成了龙祥公司可怕的谶语。孙宇又能撑得了多久呢？大家各自怀揣心事，都讳莫如深。看看吧，以不变应万变，大家都会这个。

不久，孙宇召开了公司全体员工大会。这个一向低调的人，这回的行动，出其不意的果决而张扬。

总部两千多名员工聚集在大会议厅，还有全国各地乃至国外的员工，通过网络电视，同时参加了这次大会。召开这次大会是孙宇向董事长主动提出的。董事长起初只想通过公司内网，向员工发布公示，孙宇暂时主持公司日常工作便罢了。可是，当孙宇提出要弄出这么大的动静时，董事长看了看孙宇，不禁惊讶。这个孙宇到底有什么花花肠子？

"有必要这么兴师动众吗？"

"我认为有必要。董事长，现在整个公司团队的士气低落，我想通过这次大会，给大家鼓鼓劲……"

孙宇仰起有些暗黄而粗糙的圆脸庞，眼镜片后面的双眼布满血丝。才几天，孙宇就憔悴成这样，看来，大家不愿坐 CEO 这把交椅还是有道理的。董事长挥了挥手，打断了孙宇的话，蹦出一个字：

"成！"他想，知道你孙宇口才不错，首先在员工面前表现一下自己，也可以理解。看看你到底是多少斤两的人吧！

第二天下午孙宇准时召开了大会。董事长在台上宣布孙宇新的工作职责，然后请孙宇上台讲话。孙宇走上讲台，低下头，静默了差不多一分钟。看着孙宇站在台上不言语，大家不知道出了什么状况。孙宇抬起头，扫视台下，大家都能清楚地看到孙宇红红的眼睛里闪烁着泪光。他开口说话，语调诚恳又沉痛：

"各位同事，我站在这里实在是很惭愧。公司的境况到了现在这步田地，我们高管人员实在是'罪责'难逃。每到新年开元，我们都要在一起，高喊我们的口号：'艰苦奋斗、团结协作、创新超越、至诚有为！'为此，你们几乎天天工作十个小时以上，一年里总要出差好几个月，或大半年。你们在外地的工作环境和生活条件都十分简陋，却需要更长时间的连续作业。我们曾笑谈，幸亏客户的每个窗户都安有铁丝网，是因为他们太了解，我们的程序员都有被逼跳楼的冲动。我们的员工，连夜奔赴零下二十度的江北，连续一星期都是工作到凌晨才休息，却仍无法避免客户的指责和埋怨。你们把自己的聪明才智，殚精竭虑地奉献给公司，我们高管层却没有做好决策，没能给予你们多少实惠。我们永远不会忘记，前年江北片区的一个总经理，在他来公司总部开年终总结会议时，由于连续开会三天三夜，一头栽倒在地，到现在还是个植物人；我们更不会忘记，研发部门的一名年仅二十六岁的年轻技术员，由于连续作业七十多个小时，猝死在工作间。"

说到这，孙宇泪如泉涌，哽咽不能成声。台下的员工们个个也眼泪哗哗的。孙宇继续说:"现在,我们面临着前所未有的困难,大家有不少抱怨。我们团队中,有许多老员工已经愤然离开了公司。其实,我很能理解他们,这一切都不是你们的错,而是我们的错。在此,我要代表高管层的全体人员向大家致歉。对不起大家!"

孙宇深深向大家鞠躬,台下掌声雷动。接下来,孙宇说出了公司目前最核心的问题,并向员工们承诺,自己在这段时期,能够给大家解决什么问题。董事长在一旁看着孙宇如此情真意切的表白,心中不免有些感动。董事长没有想到,孙宇有如此的勇气,尽把一切罪责、过失全揽了下来。实际上,孙宇主动将自己置身于所有问题的焦点之中,几千双眼睛都把目光汇聚到他一个人身上。这个在公司高层没有任何势力、没有任何强权的人,如何解决这些连续几任总裁积累下来的棘手问题?这个孙宇,不是最大的傻瓜、笨蛋,就真是最有能力的人了。他要么不知自己将是万死一生,要么就是早已胸有成竹面对难关了。

肖娜坐在台下第一排,环视四周,偶尔也与某些人的目光相遇,但立即又都避开了。高管人员们恐怕都在动着心思。肖娜定了定神,目光稳稳地朝前,重新注视着孙宇。看来,孙宇还真有招数。这一招就为聚集人气、收拢人心开了个好头。

所谓"高处不胜寒",处在高位,首先就要奠定好基石。孙宇要走上高位,下边却是波涛汹涌。不首先将这波涛平稳下来,如何能在高处安然度日呢?孙宇前几任总裁,都为这"水可载舟,亦可覆舟"付出了高昂的代价。余伟森正是要得到员工的心,才想牢牢抓住年终奖的发放权。可是,在他一次次急于从董事长手中夺取这个权力时，却遭到了最大的挫败。自从余伟森失败后，龙祥再也没有发过年终奖。刘威明上台一年后，大家翘首期盼，都指望这个众望所归的大能人力挽狂澜，恢复从前的年终奖励制度。刘威明在那年的年终大会上，拍着桌子向大家承诺："如果今年的年终奖还发不下来，我这个总裁就不当了。"刘威明两天两夜不能合眼，趁着董事长出国之际，伙同财务总监一起，连夜调动了一笔资金，当即将部分年终奖发到了员工们的手中。虽然后来董事长没有说什么，可心里肯定不受用。

余伟森和刘威明为取得民心，都得罪了董事长，所以要付出代价。而孙宇算是怎么回事呢？他首先当着董事长的面把所有的责任都承担下来，大有将心比心，诚恳而讨好他的意思。可是，向员工道歉只能暂时稳住人心，下一步还是要解决实际问题的。孙宇要解决实际问题，能否绕开董事长？如果绕不开他，就可能重蹈余、刘二人的覆辙。倘若此，以孙宇的实力，下场肯定还不及余、刘二人呢。

肖娜心思动了动，心想，孙宇是个聪明人，一向胆小、谨慎的，如今能做出这么大的动静来，还真得刮目相看呢。也许，孙宇真有大能量，现在已经显出端倪了。自己本与刘威明、孙宇就是一条"战线"的，刘威明不会看错人，而自己也跟孙宇打过不少交道了，清楚孙宇的为人。那么，是我肖娜该主动出击的时候了，主动去帮助孙宇铺路搭桥。孙宇要是真能成事，自己岂不成了"第一功臣"？肖娜不觉地嘴角向上翘了翘。

6

正是堵车的时候，肖娜开着她的宝马车左冲右突，正跟着眼前的"车粥"较劲。孙宇坐在副驾驶座上，没吭声，也没表情，目光幽幽地望着挡风玻璃外。这让肖娜心气儿有些不顺。肖娜本来心情舒畅得足以让自己飞起来，仿佛阳光落在她身上，她就变成了花仙子。可这会儿，她的心像被隆冬冰块冻住了，发出脆裂的声响，怎么都叫人难受。这种感情冲动来得有些莫名，她也就只能对着自己的车撒气了，拿孙宇一点办法也没有。肖娜想快点到达目的地，这样，大家坐下来，就好正儿八经地谈事儿了。

她再次瞥了孙宇一眼。真不知道他是不是在装傻。肖娜心想。

其实，孙宇是很清楚的。正因为太明白，内心才沉重，正因为沉重，他才什么也表现不出来，包括对肖娜的感激。正好是在赶路，有这么个空档，他便想静静地思考一下。也许，并不需要思考这么长时间。事情就发生在这天的上午，却好像已经是很久的事了。

孙宇正出洗手间回自己的办公室，看见老韩气冲冲地从邱副总裁的办公室出来，直接走到电梯口，按了上行键，而老韩的办公室是在楼下。孙宇忙走上前叫住老韩，问怎么回事。老韩叹了口气，脸孔扭曲得像个苦瓜。

"你说，这个小邱有没有道理，他分明就是给人穿小鞋，在借机报复。小孙，你别管这事儿，谁是谁非，我非得找董事长评理不可。欺人太甚，他以为他是谁，他以为我就不敢找董事长了？笑话，我非找董事长不可了。"

"有什么大不了的事嘛，非闹到这地步，来，到我办公室坐坐，我这有好茶。"

"不去，我咽不下这口气，他小邱太猖狂了。你别拦我，我今天就跟他叫板叫到底了。"

"别这样嘛，我们商量商量。把事情闹僵了，对谁都不好。去董事长那儿，也未见得能把事及时处理了，董事长也很忙呀！"

老韩被孙宇那句"去董事长那儿，也未见得能把事及时处理了"给说动了，这样，孙宇将他一搂，一用力，老韩也就顺势跟孙宇走了。

老韩坐在长沙发上，孙宇没去坐他的大皮靠椅，而是坐在老韩身边。老韩两手交叉抱拳放在自己的双腿上，孙宇一句话不说，只将一只手放在老韩的手上，以示安慰。老韩低着头，心气儿开始慢慢平复。孙宇的秘书将一套茶具端过来，泡上茶水后离开。老韩这才抬起头，孙宇把手抽开，看着他，准备听他说话。

老韩是余伟森的老部下，在余伟森和喻博文担任总裁时，老韩是主管商务副总裁。刘威明上台后，头一件事就是把老韩等人处理掉。老韩被调离公司的商务体系，而安排在一个全新的独立部门做总经理。他还能留在总部，还能干点看来还比较实在的工作，算是在余伟森的部下中最幸运的人了。可是，虎落平川，老韩还是处处被人欺。

"邱孜萍真是小人得志。"

老韩吐出他的不平之气后，咽了一口茶。邱孜萍是老板派，一直受董事长器重。他还在片区做销售总经理时，就跟余伟森等人过不去。在余伟森担任总裁期间，董事长有意要提邱孜萍为副总裁，余伟森当场没有表态，只说要开总裁办公会，大家讨论通过才能算。结果，邱孜萍被总裁办公会以绝对多数票否决。刘威明上任总裁的基础，是要与董事长结为秦晋之好，于是，邱孜萍趁势踩到老韩的头上，坐稳了主管商务副总裁的位子。老韩做副总裁的能力可能差了些，不过，做一个部门总经理还是够格的。他也是片区销售总经理出身，是个签单高手，素有"拼命三郎"之称，为签一个单子，是可以玩命的。

在前几年，老韩是董事长眼里的福将，是他的宠信。可是现在，董事长已经不在乎工程签单这种费力却又无法满足他胃口的经营模式了。一个软件工程的单子能给他带来多少利润？一个亿？还是两个亿？董事长现在可是负债上百个亿，一个单子的纯利润最多不过上千万，杯水车薪。董事长要的是短期投资，高额回报。签个单算什么？当然，单也还是要签，但那不过是"家常菜"，让董事长提不起兴趣。想想，老韩为自己签单的事去找董事长，会得到什么结果？一个是自己对手的老部下，一个是自己的新宠，他会站在谁一边？一个是夕阳西下，一个是如日中天，他会听谁的话？要说，龙祥最靠不住的人，就是他董事长了。

老韩看了看孙宇，仍表露出苦涩。他好苦好苦，却只能把自己浸泡在苦水里，而无出头之日。他又叹了口气，将事情的原委和盘托出。

"我就需要一万块钱，一万元的首付，我们就可以签下一笔三千万的单子。一万块钱的资金呀，他邱孜萍竟还能以公司目前资金紧张为由不给。公司再缺钱，也不至于缺这么点吧！好吧，我说，这一万块钱我自己先垫付了，我交给他的那份项目申报表请他还给我。可他没好气地跟我说，他找不到了，说这得按程序办事。到底谁没按程序办事呀，我要回我的项目申报表，他老人家就是找不着了，还理直气壮？这种人，这种人能把你气死。我跟他说了半天，他就是不听。我说，他要是还这样的话，我只好把这事直接向董事长汇报了。他就顶着我，他以为我没胆子跟老板说呢。我在龙祥大显身手，跟老板在一起吃吃喝喝的时候，他邱孜萍还不知道在哪觅食呢。"

孙宇知道，今非昔比，老韩也不过是虚张声势，说起这么些话，并没有底气。孙宇不觉有些心酸。事情紧迫，孙宇不想因为他们的不合而丢掉一笔单子。毕竟公司现在比任何时候都需要钱。

孙宇拿起电话，迟疑了一下，又把电话放下了。孙宇亲自跑到邱孜萍的办公室去了。

"哟，孙总呀，怎么有空到我这儿来？可是稀客呀！"

邱孜萍酸溜溜地说出这句，言外之意很明显。所谓话不投机半句多，不是同道中人，自然少接触。然而，孙宇尽管感到尴尬，却还是硬着头皮，笑了笑，没等对方请，就一屁股坐到邱孜萍对面了。

"我是为老韩的事来的。"

"早知道你无事不登三宝殿。怎么，老韩没向董事长报告，先跟您汇报了？这是原则问题，谁来都是一样的，我是按公司程序办事。他有什么可牛的，签个几千万的单就了不起了？好像谁没见过单子似的。"

"不过是一万块钱的首付,公司不少这点吧?"

"我给他开了绿灯,今儿他要一万,明儿你要一万,公司多少部门,多少人在签单,都向我要一万,我怎么受得了?"

"他都愿意自己掏这钱了,你就把那张项目申报表给他嘛!"

"申报表还在我的助手那儿,而且,我们要统一安排。公司的申报表还没汇总完,我怎么给他?他想要什么我就得给他什么,难道我是给他打工的?对不起,我这里还有事要忙,如果你不忙,也请你不要耽误我做事,好吗?"

孙宇碰了一鼻子灰,也只得做出受了伤还乐不可支的样子,笑呵呵地说:"啊,不好意思,打扰了。"

孙宇蔫头耷脑地回到自己的办公室,推门一看,肖娜正和老韩有说有笑。孙宇走进来,肖娜冲他微笑,仍跷着二郎腿靠坐在沙发上,没有动。

"老韩都跟我说了,这事好办,我跟邱总说说。"

肖娜淡淡一说,却显得非常自信。孙宇什么话还没说,肖娜就肯定孙宇是无功而返。肖娜站起身,拿出手机走到离沙发较远的一角,同时也远离了孙宇和老韩。但实际上,他们都能清晰听到肖娜的谈话内容。

"邱总呀,我有件事想求您办呀。哈哈,没有啦,我是觉得您精明过人,做事总是比别人想得更周到细致,当然就得拜托你啦。嗨,那事儿您可别老挂在嘴上呀,怪叫人不好意思的。我这么做,也是认为只有依靠您这位大能人,才能做成那事儿嘛!好啦,我现在长话短说吧，真有事要请您帮忙哟！您也别那么客气，我是受孙总所托。他刚去找过您？我知道，我现在就在他办公室。您知道啦？哈哈，我就知道您聪明。对，就是这事，这么小的事还要劳您费神，真不好意思呀。好的，什么时候？就下午吧，快到中午了，吃过中饭，两点左右。那就让老韩去小周的办公室拿申报表？好的，就这么定了，啊！"

肖娜挂了电话，回眸看着孙宇和老韩。孙宇看到肖娜婀娜的身姿，站在阳光下形成阴阳两面，阳光照耀的一边叫人炫目，避开阳光的一边也叫人晕糊。肖娜摇来晃去，阴阳界线也在晃动，让孙宇觉得有些诡谲。

肖娜虽然自刘威明上任总裁后，与刘威明之间的感情渐渐变了颜色，但她在龙祥却活得越来越自如。自龙祥上市后，肖娜就任行业拓展部的部门经理，与大客户的总部打交道。在几年的苦心经营下，肖娜的关系网已经做得非常好了。董事长自然是与大客户和供应商的最高层打交道，但什么项目都需要由下向上申报，才能做成项目。与客户的最高层以下的管理人员及总工们的关系，都是由肖娜一手打点。肖娜自然成为龙祥的一个重要筹码，或者说是一个很大的金字招牌。就是这个招牌，刘威明都惹不起。

可是，还是有人看不顺眼的，那就是余伟森。余伟森任总裁期间，是肖娜最灰暗的时期。那时，她的顶头上司是喻博文。喻博文抓住肖娜不懂业务的把柄，用所谓专业化的论调，在大会小会上，各种场合下，质疑肖娜的工作能力。

"现如今都在走知识营销的发展道路，而不是关系营销，不是单凭陪客户吃喝玩乐就能把一切事情搞定的。公司要树立专家形象，而非'小姐'形象。整天把自己打扮得花枝招展，做个花瓶给人家看，即使签下了单子，也是以毁公司的品牌作为代价的。所带的队伍，也是人员素质差，除了洗桑拿之外，没有一点创意。"

"看来，肖娜已经成为阻碍龙祥发展的瓶颈之一了。"这是喻博文与董事长密谈时下的结论。

对肖娜全面否定，无疑给她以毁灭性的重创，但她熬过来了。实际上，她一直都得到了董事长的支持，同时还有刘威明的帮助。所以，除了受气之外，倒也没有什么损失。

此时，肖娜和孙宇还在马路上。肖娜正在聚精会神地开车，仿佛听到了什么，可她却正按响喇叭。此起彼伏的车鸣够叫人心烦，但每个人都不甘示弱，仿佛按一下喇叭，才能证明自己还活着。肖娜疑惑地瞟了一眼反光镜，镜里映现出孙宇的脸。孙宇又将话重复了一遍。

"还有时间，正好路过你家，把你女儿接来一起吃顿晚饭吧！又会有好几天不能着家了，洋洋一定会伤心的。"

"都习惯了。她虽然才五岁，心却野得很。每天都有保姆伺候，她快乐着呢。"

"这次真的谢谢你。"

肖娜又瞟了孙宇一眼，笑了笑。

"是老韩的事？没什么。你知道，我对老韩一直没什么好印象。他得势那会儿，待我可真是不薄呀。"

孙宇听出这是句反话。

"我知道，你大人有大量，不计较这些。"

"错，我没那么大的量，以前的事不可能忘的。这次我完全是在帮你，你得树立威信。你帮过我不少忙，我们一直是统一战线的，对不对？哈哈。"

肖娜又欢快起来，看到前方有个空档可以插进去，忙急打方向盘。孙宇听到此番话，果然在他意料之中。孙宇还能说什么呢？他不希望自己卷入到这种错综复杂的内部矛盾中，而事情往往不以人的意志为转移，往往会使人一次次陷入被动的沼泽地里。

如果孙宇还只是个总裁助理，他可以置身事外，可以协助任何一个人，却不会被对手所敌视。因为，那时的孙宇没有权力，没有力量。可是现在不同了，孙宇的手中已经握住了一把双刃剑，他帮谁，就可能伤及另外的人。他不想伤害任何人，可是，人人都会盯上他手中的锋刃。人情世故，权威利害，都将如锁链般套住他的手及他手中的武器。这样，他不想干，也可能不由自主地干；他没有干，实际上却可能已经干了；他实际上没干，别人也会以为他干了。

肖娜是第一个，以后会有其他人前赴后继。肖娜的意图表露得够明确了，我帮助你，待你江山坐稳，别忘了我的功劳就是了。自然，肖娜作为"功臣"，她的利益不用说，首先就要眷顾她。她的利益受到了保护，地位也自然相应得到提高。而你又如何对待她的对手呢？如何把握她所提出的要求呢？比如，她看不惯的人，她要报复的人，一些她所谓的"同盟军"的共同敌人，孙宇又将如何采取措施呢？孙宇不希望有这样的事情发生。可他也明白，不发生这样的事，就等于一天里没有白昼一样，那是不可能的。

这回，孙宇要自编、自导、自演集于一身；更重要的是，他第一次被众人的目光锁定，没有多少自由空间可以让他游刃，趋吉避凶。

董事长平时是在下午四五点到公司，待几个小时，然后出去应酬，直到第二天清晨结束工作。而这天，销售副总裁陈强找到董事长时，已是深夜。董事长在他的顶层办公套房的餐厅里，已经用过了晚餐。陈强则一心要等到董事长，还没有吃一点东西。董事长就说："陈总，我叫秘书给你拿点点心，垫巴垫巴。"陈强刚说不饿，肚子就叫起来。董事长笑了，说，"肚子还是不如嘴硬呀！"

"我这是给气的。"

陈强身子一挺，语气更强硬了。

"原来肚子里的咕咕叫，是气闹的。谁有这么大能耐，能把咱们陈总气成这样？"

陈强年过五十，与余伟森一直不合，所以进入高管层较晚。他是公司重量级的人物之一，当初，刘威明和董事长都很认同他。可是近年来，刘威明遇到了一些困难，陈强却不能理解。他希望公司马上拿下游戏项目，得不到刘威明的支持，便让他心急火燎的。他不顾刘威明目前的境况，向刘威明投下了"不信任案"，并在刘威明背后说了不少抱怨话。

陈强将手中一杯矿泉水一干而尽，似乎想灌个水饱。然后，他气鼓鼓地说："我今天一天都在找孙宇，却连他的影子也没见着。我给他打电话，嗨，他竟跟我打起官腔。你说，他，他这样，跟刘威明有什么两样？游戏，是个多大的市场呀，我们就不去做了？要是丢掉这个项目，那以后就没有市场机会了，一步走错，全盘皆输呀！"

"孙宇到底怎么跟你说的？"

"他说，只要在财务资金和相关资源允许的情况下，你可以做你任何想做的事，我可以给你写个授权书。董事长，您说财务要是有钱，这前期的一切投入不就早上马了嘛……啊，他是做什么的呀，大事情总得需要他来定嘛！啊，他不签字表态，财务怎么会给我投钱？"

"财务现在有钱吗？没钱的话，孙宇能生出钱来？"

陈强哑口无言。董事长瞟了陈强一眼，叹了口气，心想，老陈呀，你以为我就看好孙宇了？你向我告这么一状，我也不能刚把孙宇扶上马，又将他立即撤职查办呀！唉，真是的，你这么闹腾，只能让我心里添堵呀！

"陈总呀，你也别抱怨啦，路遥知马力，日久见人心，孙宇他这才刚刚开始呢。"

"可是，游戏项目的开发可不等人呀！"

这回，轮到董事长沉默了。他董事长能怎么样？孙宇已经给他打过电话，要董事长给他一个月的时间。董事长想到，在全体员工大会上，孙宇向几千名员工承诺的，也是一个月后看效果。会出什么效果？一个月，对董事长来说太长了，对陈强恐怕也是如此。可是，不能再提出更苛刻的要求了。公司目前积重难返，大家有目共睹，怎么还能给孙宇加码呢？孙宇又不是刘威明，他太弱了。即使是刘威明，他现在不也是三十六计，走为上吗？这个龟孙子，想起他就有气。董事长挪了挪身子。

"刘威明给我打来电话,他终于有消息了。"

董事长说这句话,显得很突兀,让陈强一时茫然。董事长不想继续陈强那令他头疼的话题了。

"刘威明这小子真是个没心没肺的家伙,自己逃之夭夭,反而向我兴师问罪。他说,他要出现的时候自然会出现,他还说,现在不是挺好的嘛。他在我面前耀武扬威的,什么玩意儿!"

"刘总到底想干什么?"

"把自己的位子丢给别人去坐,自己'安享晚年'。"

陈强又是一阵茫然,疑惑地看着董事长。董事长慢慢咽下一口茶,却不再说话了。

7

夜色已浓,孙宇和肖娜吃过晚饭,就换乘公司一辆奔驰,由公司的专职司机开车,这时方州的马路已过了高峰期,车子开得很快。他们俩坐在后排座里,孙宇在翻看一摞资料,肖娜时不时地向孙宇进行解释说明,有时还用她的纤长手指指着资料上的某处,让孙宇注意。

他们要连夜赶路,去往离方州不算远的一家海边度假村。在那里,他们已经安排与美休顿公司谈合作事宜。此项合作对龙祥来说,具有起死回生的决定性意义。

孙宇的这次谈判,对公司内部完全保密,尤其对董事长。因此,孙宇没有向任何人透露自己的此次行动，只叫肖娜跟随。谈判的工作量不少，孙宇却只有肖娜这一个助手。他们得争分夺秒，没有休息的时间。

其实，孙宇在董事长办公室里留宿的那一晚就想过了：刘威明所面临的一切困难，所有矛盾的焦点，其核心就是资金问题。没有钱，就引进不了好的人才，原有的人力资源也大量流失；没有钱，工程实施成本的投入越来越拮据，在工程实施过程中出现的问题也就层出不穷，又都叫人束手无策。进而，原本长年积累下来的结成一堆麻绳似的中、高管人员之间的冲突，也就激化到"沸点"的程度。

同样是资金问题，董事长一直把它牢牢操控在自己手中。他从龙祥抽走大量资金，投入到他所看好的能源、贸易等其他行业，不断地成立新公司。这些行业看似远比龙祥所做的实业来钱快，但实际投入的资金量过大，资金被套的风险也就大。这些已经不幸成为事实，龙祥已经陷入到了陷阱中。可当初的这些决策，高管层是通过了的，周昌至今也没有回头是岸的迹象。余伟森也好，刘威明也好，在资金问题上都处于被动地位，只得将绝大多数资金来源寄托于董事长的给予。孙宇甚至意识到，董事长就是以资金为筹码钳制总裁，那龙祥的发展还好得了吗？

孙宇要自己去弄一大笔钱，并且不能让董事长插手，否则，董事长一定不放过对这笔钱的支配权。孙宇要到生米快做成熟饭的时候，再让董事长知道，叫他无计可施，无话可说。如果孙宇手中有一笔可以让自己支配的资金，公司上下所有矛盾，虽然不可能一时间全部化解、根除，但至少可以得到缓解。

第二天上午，孙宇和肖娜从度假村的一栋别墅里走出来，穿过一片树林，站在度假村的大门口。眼前是一片广袤的田野，一派农庄的恬静和悠闲。孙宇深吸了一口气，空气清凉而潮润，真令人惬意。孙宇全身得到了放松，跟肖娜闲聊起来。不久，他们看到一辆黑色小轿车驶来，孙宇在飕飕的凉意中打了个激灵。孙宇自嘲地笑了笑，肖娜瞥见了，没吱声儿。

果然，美休顿公司前来谈判的人到了。这部林肯轿车比国内普通车型要大几号，从车里走出来的是两个中国人。孙宇从来没有跟美休顿的人打过交道，就在昨晚，肖娜已经向孙宇详细介绍了即将面对的这两位谈判对手。

其中一个长得特别白净，对男人来说，皮肤显得有些过分的好。他个头不高，看上去却精明干练，举手投足间平添了许多老成和世故。孙宇想，这位一定是美休顿大中华区总裁汪皓。孙宇与他握手时，不禁怯怯地抖了一下。幸好，汪皓有一双与身材比例不相称的大手，温暖而有力地握住了孙宇的手，让孙宇发抖的手恢复了正常。这一切也只有孙宇自己知道。另一位是中等身材，黝黑的肤色，孙宇忙上前打招呼，这位就是美休顿亚太区副总裁吴敏光。他是台湾人，说话慢条斯理，好像舌头硬了，打不了弯儿，让人感觉怪怪的。

美休顿的这两位同时也在打量孙宇，他们表面上平静自然，心里却在加紧活动着。他们与肖娜都很熟了，与刘威明也很熟悉，尤其是汪皓。他与刘威明经常在一起打高尔夫，很喜欢刘威明的风度和做派，跟刘威明早就是私交很深的朋友了。可是眼前这个孙宇，汪皓一看到他，心里直想乐，这个人长得怎么这么憨憨傻傻的？这就是刘威明力推的人选？这就是刘威明中意并欣赏的人物？孙宇与刘威明，无论从相貌到气质，从谈吐到举止，实在有着天壤之别。这样两个截然不同的人，怎么会惺惺惜惺惺的？

在来谈判之前，肖娜与汪皓通过几次电话。她表示龙祥有意与美休顿结成战略同盟关系，并希望在近日内，能够商谈两家公司战略合作的有关事宜，尽快达成共识，签订协议。

"怎么，你们刘总哪根神经突然打通了，脑袋瓜子开窍了，要与我们合作？"

"这次不是刘总，而是我们公司新上任的孙副总与你谈。"

"噢？刘总为什么不来？你们的人事有变动？"

"没有，只是孙总在暂时主持工作。"

"他能做主吗？"

"汪总，我敢跟你开这种玩笑吗？你什么时候能把时间定下来，请给我答复。"

肖娜没有更多的解释，语气有些强硬，这倒更勾起了汪皓的兴趣。汪皓其实明白，肖娜这样做不过是欲擒故纵，但是不是还另有玄机呢，这很难讲。为什么要在此时急着谈合作的事？为什么刘威明不出面？肖娜为什么不给他一个明确而充分的解释？汪皓看到了盛筵美味的诱饵，他真想扑过去狠狠咬住。可是，他也不是白痴，肖娜叫他上钩，他就上钩吗？

国内的政府垄断行业都存在着一种所谓的民族气节，无论怎样，凡工程项目都会将中标机会给予国内大公司。但令人悲哀的是，实际上，国内没有一家公司能真正有能耐挑起大梁。众所周知，在IT界，美国公司把持着行业标准、核心技术、系统平台这些价值链上游的位置，而像龙祥这样的中国公司只会做上层应用。说白了，别人做标准，做方案，做设计，他们只是一支施工队。国内大客户也是了解这一点的，但为了扶持国内企业，他们还是把项目首先交给了国内企业。这样，国内企业避免不了要与美国某一家公司合作。大头仍被美国公司赚取，国内企业也算是从中分得一杯羹。

美休顿是美国一家软件开发公司，与美国HT、ACN等著名大公司形成直接竞争。在中国大陆的通信行业，美休顿已经对MS系统工程项目跟踪了两年多，可是在竞标时，却被龙祥公司一举拿下，这家美国巨头只能站在一边干瞪眼。他们不得不寻求与龙祥合作的可能，但龙祥却有多种选择。HT、ACN都在不停地向龙祥"抛媚眼"，竭力争取与龙祥合作。

本来，龙祥占有优势，可以游走在几家美国大公司之间杀价，由此获得最大效益。中国公司与美国公司合作，最大利益分成是五五分成，而一般是四六到二八分成不等。这次的MS系统工程项目，以龙祥现在的条件，完全可以谈到五五分成。可是，龙祥主动跟美休顿谈合作，情况就两样了。首先在利益分配上，龙祥顶多只能提出四六分成，龙祥为四，美休顿为六。另外，这次合作谈判分两个层次：第一层次是战略层面的，为无限期，表明从此往后，龙祥与美休顿在相互发展的领域方面互相合作；第二层次是项目层面的，合作期限为五年。也就是说，在这五年内，龙祥签下的所有项目都只能与美休顿合作。

汪皓早就对龙祥这家国内大公司垂涎三尺了。龙祥现在是国内行业中的巨头之一，拿的都是国内客户中的大单。在没有与龙祥确定战略合作关系之前，龙祥至少有一半的签单是不会与美休顿合作的，而是找别家公司合作。如果有了战略合作关系，龙祥就相当于美休顿在中国大陆最棒的销售部，汪皓在中国大陆可就高枕无忧了。

天上真会掉馅饼？这样的合作只会对美休顿有利，而对龙祥似乎没有什么大好处，相反，龙祥会处处受到美休顿的制约。这样的合作，是美休顿的大中华区总裁汪皓梦寐以求的，而对于龙祥的高层决策者们，除非是脑子进水了。可是，他们还真是脑子进水了，汪皓都不敢奢望的事情，却被龙祥主动提到了桌面上。

刘威明不出面，汪皓只当刘威明要面子，这种"不平等条约"以刘威明的个性，是决不肯签的！那么，龙祥一定是出了什么问题，才会主动跟美休顿谈合作。汪皓也怕这是个美丽的陷阱。他的担心，还来自从新加坡连夜赶过来的亚太区副总裁吴敏光。汪皓此时的心情很矛盾。一方面，他真希望这次的合作能谈成，这样，五年内他都不愁签单的事情了；另一方面，这毕竟是冒险。当然，什么事都有冒险的成分，在商海多年，汪皓早就明白这点。只是，这个风险到底有多大？有没有触到自己的底线？

这时，四个人已走进一间小会议室，室内充满了亚热带风情，温馨而别致。只是在会议室中央，设有一张紫檀木的小长方桌，四把配套的高直背靠椅，才显出了一种庄重感。这是肖娜精心挑选的会议室，主要是想讨好那位亚太区副总裁吴敏光。

吴敏光表面上说话柔声细语，但喜欢"君子之交淡如水"，表现为"若即若离"。所以,他的温文尔雅,就与别人产生了一种距离感。昨晚,肖娜叮嘱孙宇,与吴敏光不要太过于热情,正常的握手,请他坐下就行。台湾人很讲礼节,一定要多说些客套话,比如,请坐,请喝咖啡,这是苏门达那咖啡,不知还合不合你的口味。这些话不能少……孙宇没有做过销售,也从来没有谈判经验,只能全凭着昨晚肖娜的填鸭式强化培训和自己的悟性来行事了。

他们都将身子坐得直直的,打开黑皮面的笔记本,两只手肘压在台子上。

"我还是不明白,贵公司为什么要与我们谈战略合作,为什么甘愿做出牺牲?"

吴敏光毫不含糊,单刀直入。他目光犀利地直视孙宇,似乎在说,你可别耍花招,说些虚头巴脑的,我可就要怀疑你的诚意啰。

"我觉得,谈合作都是互利的,怎么能说我们做出了牺牲?在产业链上建立稳定的合作伙伴关系,龙祥的平台就不必要同时满足各个厂家的接口标准,从而有利于龙祥提高产品开发的质量,降低开发成本。另外……"

孙宇适当地停顿,是想用更诚肯的语气说话,所以酝酿了一下。

"龙祥以前有不少骨干员工都流失到了你们公司,以及 IM、HT、ACN 等公司。如果我们能合作,我想贵公司就不会再挖我们的墙角了!而由于我们公司不再开发与 IM、HT、ACN 等公司的相关业务产品,我们的员工对他们的产品不了解,他们对我们的员工也就不会有兴趣了。"

孙宇说完,看对面吴敏光的反应,吴敏光冲他狐疑地一笑,摇摇头。

"这不是真正的原因，孙总，你对我还有很多保留呀！我虽然一直在新加坡，可我在中国是有不少朋友的，我对贵公司目前的情况是有所耳闻的。刘总为什么这次没有出面？那些传闻看来是真的哟！我们一直是跟他谈合作的，你们到底出了什么事情？我希望你能更加有诚意些。"

孙宇想，如果换作刘威明，恐怕就要拍案而起了。这个吴总本来舌头就硬，再一字一顿地把这些话抛出来，砸到人心上好一个不舒服。本来，签这样的协议，是他们求之不得的，现在倒好像是我们求着他们了。爷爷与孙子的地位就这么被颠倒得毫不含糊。孙宇尽量平缓自己的情绪，以柔和的目光回应吴敏光一副不可一世的架子。

"我刚才说的都是真正的理由，我也是很有诚意的……"

"请不要说这些，进入正题好吗？"

"我不知道你需要什么样的回答，可我只有这些回答。我们公司没有出任何问题。我们的高层是稳定的，只是在工作上有一些调整，这是公司的正常运作。网上那些信息，都是对我们公司心怀叵测的人捏造出来的。"

吴敏光耷下眼皮，只看着自己打开的空白笔记本，沉默不语。

"我们是不是先谈谈协议内容？"肖娜凑上前说。

吴敏光摆了一下手，手势果断有力。

"我看不必了，你们没有谈判诚意，下边的 detail（详情）就没有必要谈了。"

"很抱歉，我说的都是事实，事实既然不能令你满意，那就算了。"

孙宇抛出这句话时，感觉自己仿佛在开一辆刹车失灵的车，将自己和车驶向了一个不能预见的地方。可是，为了公司及自己的尊严，他又必须变得强硬起来。

"啊，孙总，我们吴总不是这个意思，我们并不是有意为难你。说实在的，这次合作对我们来说，是一个很好的机会，我们总部对此事是相当重视的。我们一直与贵公司合作得很好，如果这次合作能够成功，对我们的共同发展都是一次飞跃呀！可是，也请你站在我们的角度考虑一下，贵公司要我们一下子投入六个亿的合作资金，我们也需要谨慎呀不是？"

汪皓开始打圆场，希望能打破僵局。他可不想让吴敏光三言两语就把这次合作给搅黄了。吴敏光大可无所顾忌地说他想说的，摆出他一副精明的样子。事情办不成，他大可拍屁股走人。可是，汪皓还得留在中国，还得跟龙祥的人继续打交道，还得寻求合作伙伴，寻找合作的机会。真的闹僵了，对汪皓以后的工作肯定不利。他此刻对吴敏光恨得牙痒痒的，可是又没办法。确实，龙祥的底牌，他也没有摸清楚。可是这么逼问下去，又会有什么好结果？只会把事情闹僵，对双方都不利。

"这个我们也是理解的，可是，我想你们的担心是多余的，我们并没有什么陷阱。我们孙总说的都是事实。我们的股票虽然随大市也在走低，但还是相对稳定的。我们目前市场上面临的可都是些大项目，净利润也上亿了。我们公司正面临一些方向性的调整，所以会有一些非常举动，这也是很正常的嘛！"

肖娜在一旁回应，可是，她的话说完，仍是一阵沉寂。这沉寂恰如寒气紧逼，叫人不禁心头一凉。肖娜知道这样下去不是个好兆头，于是，她将身子往后一靠，做出轻松状，说："吴总，你坐夜航，又马不停蹄地赶到这里，一定很累了，不如休息一下吧。下午，或者晚上再谈？"

"啊，是呀，吴总，我看我们还是先去休息一下，吃过晚饭再谈。"汪皓做了很好的接应。

吴敏光这回没有硬来，点点头，起身了。

8

吴敏光和汪皓住在另一栋两层楼的别墅里。吴敏光在顶层花园阳台里坐着，望着远处色彩斑斓的田园景致。汪皓拎着一篮度假村赠送的亚热带水果上了楼，坐在吴敏光对面。

"龙祥的底细你还没摸清，怎么能答应跟他们谈判？别忘了，两年前你是有过一次教训的。犯错不要紧，最不可原谅的是在同样的事情上犯同样的错。"

汪皓强压着火气。他觉得，吴敏光根本没有权利这样说话，凭什么在他的地盘对他指手画脚。本来谈这次合作，汪皓是直接向亚太区总裁报告的，偏偏总裁这两天抽不出空，才派这个家伙来。这次的合作，毕竟是对自己这方有利，机不可失，时不再来。如果不好好把握，会叫自己后悔一辈子。别的公司都像饿狼一般，盯着龙祥这块大肥肉。结果这块大肥肉都端到了自家门前,你却怕这怕那,不去理会,到时候被别人叼走了,那不叫人笑死?边跟他们谈边摸底不就行了?干吗一开始就给人脸色看,摆出大爷派头,好像非叫人招认不可。把他们惹恼了,你这位大爷倒是可以把责任推得干干净净,留下我汪皓来收拾残局,那不叫我成了典型的孙子了?

"我知道吃一堑长一智。上次是我犯了错,可这次不会了。我想,龙祥不至于这样。"

"我还记得呢,你上次向总部汇报时,也是这么说的。你太自信了。不要忘了,那年你与那家公司签订合作协议不到三个月,那家公司就宣布破产了。我们白白投入了一个亿,虽然是人民币,一亿元人民币对我们公司算不了什么,后来你又追回了几千万,所以公司也就没再追究。可是,不会每次都这么幸运的。"

吴敏光把伸向远方的目光收回来,放到汪皓身上。汪皓此时真是极端厌恶这张黑脸,也厌恶这张脸上神气活现的样儿。

"龙祥急着谈合作,一开口就要六个亿。六个亿能填补他们的窟窿吗?他们的危机能得到挽救吗?要保证我们的资金不能打水漂,你是知道的吧!"

汪皓感到吴敏光在给他施加压力。区区六亿人民币,对美休顿来说不足挂齿。可是,吴敏光故意要把它放大。早就知道吴敏光不是个善茬儿,却也没想到他这么咄咄逼人。

"吴总,这可是个好机会……"

"好机会不假。可是换个角度看,也有可能是个好大的陷阱!我们不能这么冒险。"

汪皓立即警觉起来，难道吴敏光已经无心再进行谈判了？如果得不到他的支持，总部那边还会让自己继续吗？眼看着这件好事就要被吴敏光轻易弄砸，汪皓的喉结动了动。

"事情还没有弄清楚之前，我看，咱们谁也别先下结论吧！我会把事情查个水落石出的，不会让公司受损失。"

"你拿什么来担保？"

"我在这个职位上，自然用我这个职位来担保啊！"

"哦？你的职位？请你更明白一点地告诉我，好吗？"

汪皓有一种被人涮了的感觉，这是要叫他签下军令状吗？俩人坐在如此充满芬芳而绚烂的花园阳台上，看似闲坐，他们的坐姿却僵硬了。

正是太阳暖暖地斜照大地，将片片金色的光鳞赐予大海的好时候。肖娜坐在沙滩椅上，眯着眼眺望大海。正当她想换个姿势的时候，汪皓来了。肖娜冲他笑笑，汪皓坐下来，感到海风拂面。

"可惜天凉了，不能下海游一游。"汪皓说。

"也不是完全不可以，这种太阳是可以把海水晒暖的。这个季节就是这样，是给那些会把握机会的人准备的。"

汪皓听到肖娜这一语双关的话，会意一笑。他期待着肖娜单独约他谈，果然，肖娜就打来了电话。他知道，必须在晚上七点以前，从肖娜这里了解到他想要了解的情况，而肖娜也一定怀有同样目的。她知道汪皓的忧虑，她要让汪皓放心，成败在此一举。

"肖娜，给我们双方的时间都不多了，就如这阳光一样，稍纵即逝。我们总部给我施压了，我能不能扛得住，就得看你们了。如果你对我还隐瞒什么的话，我是没法扛住我头顶上的压力的。"

"我们缺钱。"肖娜说。汪皓定定地看着她，心想，这可是真话！当然他不满足这种简单的回答，他还在等着肖娜继续说下去。

"是呀，我们现在需要一大笔钱。你也知道的，现在国家经济又进入了宏观调控期，国内银行对民营企业的贷款已经严加控制了。不仅不能申请新的贷款，我们已经按期还回去的贷款，想续贷也没有希望了。没有贷款，哪家公司的流动资金会充足呢？"

汪皓一直盯着肖娜，看着她说话。他想在她的表情里得到更多的信息。可是，他没有看出肖娜有什么不对头的，哪怕是在她眼里，闪烁出一丝一毫的飘忽不定，透出半点心虚。如果真如肖娜所说，汪皓心中的这块石头就可以落下了。但，汪皓还是不能完全释然。肖娜也看出了汪皓的心思。

"汪总，我们打交道也不是一天两天了，你跟我们刘总的私交又很深。如果我们硬是到了不能收拾的地步，真就想拿到一笔钱便宣布破产，把你给卖了，我们的良心也过意不去呀！你说，以刘总的为人，他会对朋友这样吗？"

汪皓又看了肖娜一眼，递给她的眼神似乎在说，刘威明没有出现呀，到现在，他可什么也没对我说呀，你们派了个孙宇过来，这个人我们可一点也不了解呀！

就在两人相视无语时，肖娜的手机响了。肖娜看到手机显示，便一愣。她接听手机时，主动说了句："刘总，你好。"肖娜没多久，就把手机递给了汪皓，汪皓对着手机与刘威明有说有笑起来。

"你小子跑哪去了？什么，法国？法国小姐怎么样？噢，你怎不用当地的电话打给我，这多费钱？噢，你这人就是习惯太多，臭毛病一大堆。是呀，今天就已经开始谈判了，你呀，你不来就麻烦呀！噢，我知道，那个孙总倒是不错，只是，我们不熟嘛！哈哈，是，我知道，不该这么不专业，还认生怎么行。好啦，有你担保，我就放心了。肖娜已经跟我说了原因，这个钱数……到底多大窟窿？能填满吗？哈，你还想要更多？什么？十个亿？你狮子大开口吧！好，祝你在法国找到你的梦中情人！You are a lucky dog!（你是一个幸运儿！）"

汪皓挂了电话，露出灿然一笑。这下，他的心总算踏实了些。

肖娜看着汪皓的侧面，却想着刘威明，不觉一股酸劲涌上心头。好些天都没他的消息，终于给她打电话了，却只为了跟汪皓说话，在汪皓面前做"表演"。肖娜为了在汪皓面前掩饰自己心中的不快，忙给汪皓倒了一杯葡萄酒。俩人碰杯，预祝下一轮谈判能顺利进行。

孙宇和肖娜提前进入会议室，等着汪皓和吴敏光。到七点半，还不见他们的身影。肖娜对孙宇说："要不要给他们打个电话，催一下？"孙宇摇摇头，继续坐着不动。这次如果与美休顿合作成功，龙祥的命运就全然改变了。以前，无论是余伟森，还是刘威明，都不希望在自己手中签订这样的合约。按刘威明当初的话说，这是"丧权辱国"的行为。作为一家民族企业，一旦傍上美国跨国公司的大腿，就不可能再有机会创建自己的品牌，不可能在各工程项目中对供应商有自己的自主权。而美休顿在产业链的上游，占据了绝对优势，它是没有任何束缚的。它依然还可以选择与其他民族企业合作，获得更多的订单，捞取更大的利益。这对龙祥当然是不平等的，却又是无可奈何的。孙宇一旦签下这份合约，会不会使公司高管层一片哗然？董事长会不会大为光火？如果不这样，还有别的路子可走吗？如果不是资金紧张到没法喘息的地步，他孙宇能走这一步吗？

如今背水一战，孙宇与肖娜商量过，在他的脑子里也反复计算过，不得少于四亿人民币。至少需要四个亿才能缓解目前的紧张局面，现在，他还没有把握对方会给他出一个什么数。"我是出卖公司的人吗？"他的心里总是不时地响起这句话，凝滞了自己的思路。是呀，并不是龙祥这一家民营企业走到了这一步，实际上，国内有不少这样的公司都情愿或不情愿地走上了这条路，他孙宇不过是顺应潮流、顺应形势罢了。可是，孙宇的心里还是感到酸楚，没滋没味的。他的手变得很软，很轻，如果要在那份合约上签字，他的手是否连一支笔的重量都捏不起来？他感觉自己变得很小，很无力，很无奈。他清楚，自己不可能强硬起来。但他现在直挺挺地坐着，面无表情。今天，他必须和肖娜唱一出双簧。一定不能少于四个亿的底线，否则，合约是不能签的。

直到八点半，汪皓才急匆匆出现在他们面前，而与他同来的人却不是吴敏光。跟在江皓身后的，是一个高个儿年轻人。孙宇从那个年轻人的气质中判定，一定也是大中华区的。果然，汪皓进行了解释。

"我们吴总被总部紧急召回，接下来的谈判由我和我们大中华区副总裁李自刚负责。"

四个人坐下来，新一轮谈判开始。

"分三期向龙祥投入六个亿。"

"这不合适吧！我们总部不可能答应付出这么多，如果是两亿，我们能接受。"

"你在说笑话吧，这不可能。"

"可是六亿的数目实在太大，我做不了主。"

"你做不了主，就不要再谈了。"

汪皓与孙宇相视，孙宇态度如此强硬，让汪皓生生咽了口气。

"你得容我再考虑，我要向总部汇报。不过，我希望你也能有所通融。"

孙宇冷冷一笑，不置可否。眼看僵局又开始了，肖娜便说："这个我们也可以考虑，不过，两亿实在太少，这是我们绝对不能接受的……"

"那么，关于项目利润分配比例，四六分成也太高了吧，我希望是二八分成。"汪皓转了话题。

"什么？我们公司在历史上还从来没有过这么低的分成。"

双方开始了艰难的讨价还价的谈判，直至深夜也没能定下来。谈判不得不暂时终止，然后又经过四五天的轮番交涉，才基本谈定。

一个星期后，双方的律师出面参与其中，制定合约。虽然在项目利润分配上，最后以三七分成达成协议，可是，在注入合作资金方面，孙宇再也不让步了。就这样，又僵持了差不多一个星期。汪皓斟酌再三后，提出可以给四个亿，这让孙宇心动了一下。可是，孙宇没有立即答应。

孙宇咬咬牙，说："我再退让一步吧，五亿。"

汪皓做出很为难的样子，孙宇便离开了会场，让汪皓脸上所有的零部件全都拧到了一起。

时间不多了，孙宇向公司上下所承诺的期限日日逼近。孙宇只能再次让肖娜与汪皓单独接触，将最后的赌注下在肖娜此次的游说当中。

肖娜不辱使命，终于说动了汪皓。汪皓直接给亚太区总裁通话，说服了总部。最后，以四亿八千万成交。

孙宇对汪皓说："我们做了最大的让步了，我还有最后两个条件，希望你能答应，否则，我们以前的努力，我不能保证会有好的结果。首先，四亿八千万的资金要一步到位；第二嘛，我希望你们总部能做出一个主动的姿态，在我们举行签字仪式之前，先让媒体进行大力宣传……"

9

董事长正在他的大衣橱前选领带，面对百多条领带，他一条条抽出来，又把抽出来的领带扔到床上。私人秘书给他拿来一套西装，并帮他挑衬衣。

"颜色不行，太花了，太艳了，式样太老气了，太土了……"

董事长对秘书拿来的衬衣都不满意，越发生气，便把秘书推到一边，把衬衣全甩到地上。董事长一脸的恼怒，而这没来由的火气，连董事长自己都感到吃惊，有些不可思议。

"还有多少时间？"董事长问。

秘书知道，董事长是在问美休顿的全球总裁到龙祥还有多少时间。

"还有两个半小时。"

董事长不再作声,也不去管那些散落的衣服和领带,两三步走到休闲沙发前坐下,点上一支烟。

"董事长,我去沏杯咖啡来?"

董事长不语,他已经陷入沉思中。秘书见状,只好自行其便了。

孙宇与刘威明到底有什么不同呢?董事长想,我的公司与美休顿合作,我这个董事长还是通过媒体知道的。美休顿主动向龙祥抛下红绣球,并且还那么兴师动众,让全国人民都知道了,龙祥现如今能不接这球吗?如果龙祥在这个时候改变主意,不与美休顿合作,得罪这家大供应商,龙祥的损失会有多大?我为什么不愿接受这个事实呢?是因为孙宇没有及时向我汇报?是因为孙宇先斩后奏?是因为孙宇分明就是要绕开我,从而获得合作资金的完全支配权?董事长心里堵得慌,可是,他现在连责问孙宇的时间都没有了。当董事长知道这一切即将成为定局的时候,他打电话给孙宇,叫他立即回公司。但孙宇迟迟不出现,一拖再拖。直到今天,美休顿的全球总裁即将到达龙祥,孙宇才回到公司。可是这会儿,董事长得忙着应付那位国际大公司的重要首脑,他已无暇顾及孙宇了。

董事长尽管心中不快,孙宇毕竟解决了公司的燃眉之急。孙宇是为公司好,这一点不容置疑,那他董事长有什么不乐意的呢?他不是一直认为孙宇是个做事不得力、为人又肉得很的人吗?如今看来,他不是挺有主见,办事也挺有城府的嘛!如果是在伤及自己的感情与给公司带来转机,这两者相权衡的话,孰重孰轻?他董事长不是不明白呀!

当年龙祥融资上市成功,董事长是何其潇洒。他一下子尝到了"一夜暴富"的甜头,便再也瞧不上自己这份白手起家的支柱产业,而将大量精力和财力投入到看似"短、平、快"的投机项目中。为此,他的心气儿高了,眼光远了,心更大了,什么不同意见也都听不进去了。当他终于感觉自身的实力被耗损得太厉害,再也无法支撑他的雄心壮志时,他意识到必须要恢复元气了。但他又意外地发现,自己早就陷入到了可怕的投资沼泽地里,甚至连自救的能力都没有了。他也曾想过与美国大公司合作,但始终下不了决心。

我究竟应该怎么评价孙宇呢?应该对孙宇有一个什么样的基本态度呢?董事长想到这儿,重新走到一堆衣服面前,又挑选起来。他站在镜子前,心想,我要以最饱满的精神、最帅的姿态去迎接美休顿的全球总裁,同时也要面对所有媒体。

龙祥软件股份有限公司常务副总裁孙宇与美休顿大中华区总裁汪皓,在记者们的镁光灯下签字、握手、合影,龙祥董事长和美休顿全球总裁列席。从此,龙祥的命运与美休顿紧紧联系在一起。合作签字即日生效,美休顿几日后便向龙祥注入了资金四亿八千万,这笔资金有一部分很快就分发到了龙祥的员工手中。

这天,肖娜走进孙宇的办公室。一落座,肖娜便板着脸对孙宇说:"你就没什么可以跟我说的?"孙宇看了看肖娜,往前欠了欠身子。

"是关于高管层的奖金分配吗?"

"你知不知道为这事，大家都很有意见？"

孙宇让秘书给肖娜泡茶，自己亲自为她点上一支烟。

"我知道，可是，没有办法。"

"你就真的没有什么要对我说的了？"

"没有办法呀，按级别平均分配奖金确实有弊端，但，我想目前只能这样了。自从余伟森任总裁那一届，我们有好几年没有发过年终奖了，你认为我们还有必要再花大量时间和精力去核算每个人的贡献高低，来决定大家获得奖金的多少吗？就这样吧，既简单，又干脆。"

"可是，这会让不少人寒心的，会让人不服气的。我们这里可不是吃大锅饭的地方，一向不都是能者多酬嘛。不用我再说这方面的重要性了吧。"

孙宇很清楚，这几天，肖娜对他没有一个好脸色，已在他意料之中。是的，与美休顿能谈成合作，肖娜立了大功。孙宇把这笔合作资金提取一部分分发给高管人员，却是一碗水端平的。这怎么能让肖娜服气呢？孙宇也不想得罪她，可又一时无法安慰她。他想得到她的理解，可是，他又怎么说呢？她怎么会理解呢？孙宇又怎能指望肖娜站在他的角度去想这个问题呢？正是因为肖娜所说的能者应多酬，公司内部派系庞杂，各派之间为争权夺利，不惜给对方设圈套，使绊子。高管层的斗争尤为激烈，每个人都在争取自己小集团的权益最大化，并且视为天经地义。难道刚获得的这笔合作资金，又将引发新一轮的内部纷争吗？孙宇清楚，公司再也经不起这么折腾了。

可是，对于肖娜来说，她的理由很简单。如果你爱我，你就要有所表示；如果你恨我，你也掩藏不住。肖娜就是这么认为的，一切都可以用金钱来衡量。如要上大学，就看成绩单，片面是片面了些，却最能说明问题，也似乎是时下唯一可行的标准。不是你孙宇没有这个能力，就在你职权范围之内，你竟没有给我最大利益。这就说明，你心里没我，我们不是朋友。以前，余伟森不就是在这方面处处卡我吗？现在，我对你孙宇不薄吧，你回报我的是什么呢？其他都是虚的，只有在钱数上是最实在的，从这里可以看透人心。

孙宇淡淡一笑，看来，所有矛头又要指向他了。肖娜站起身，狠狠吐出一句："我真没想到，你是这样的人。"

肖娜甩手冲出孙宇的办公室。孙宇靠坐在沙发上。是啊，过河拆桥可不是人干的。

10

不久，又要召开高管会议了，孙宇还能得到几个人的支持？他还能继续干下去吗？

销售副总裁陈强在这天下午再一次找到董事长。

"董事长，您知道吗？孙宇对这次奖金的分配太不公平了，他怎么能这么平均分配呢？这是我们从来没有过的呀！这太欠考虑了。董事长，这怎么能服人呀。还有，算来算去，还有相当一部分资金的保留，对了，还有几千万，这几千万孙宇打算做什么？他还有什么小算盘？"

董事长摇摇头。他能说什么？要他去责问孙宇吗？对于这笔资金，董事长不便插手。

"他又没有独吞这几千万，这笔资金他是有权支配的。你应该好好配合他的工作，别老是发牢骚。看看人家，多干点正事。"

陈强一愣，他没想到，董事长已经开始站在孙宇这边了。也许公司开始有了转机，有了生机，让董事长感到孙宇还是有用的。陈强看到董事长转了舵，他也不得不睁大眼睛，先看看形势变化再说。

高管例会是在周五的下午两点举行。中午，孙宇请肖娜在公司附近的西餐厅吃饭。肖娜一边切着牛排，一边说："你可别以为一顿饭就能打发我。"

孙宇将一张信用卡放在桌上，移到肖娜面前。肖娜疑惑地看着他。

"这里面有五十万，是美休顿的酬金。"

"怎么会轮到我？"

"美休顿起初是要给我的，我觉得应该给刘威明。刘威明却说，这笔钱给你最合适。"

"是吗？可他到现在也没给我来一个电话，这个没良心的。"

孙宇一笑，凑到肖娜近前，说："刘威明是很坏，可是，你也对他'贼心不死'呀！"

"孙宇，你真会开玩笑，何以见得呀？"

"你们俩的事，按道理我是不便说的。不过，旁观者清。你们俩呀，总有戏，虽然有高潮，也有低谷，不过，戏总是会继续的。"

"你怎么预见的？"

"直觉。"

俩人相视而笑。肖娜美美地嚼着食物，抿了一口加冰可乐。

11

高管例会在经过几个星期的非常时期休会后，终于恢复召开了。孙宇第一次坐在主席位子上，虽然有些不习惯，但他明白，这是必要的。

两边列坐的副总裁和总裁助理们，各怀着心事，将目光聚焦在孙宇身上。在高管会议上，孙宇从未像今天这么令人瞩目。而他，似乎没什么变化。一脸敦厚，眼里还是没有慑人的力度。而他两旁的十几位副总裁和总裁助理却都比他要精神，眼里总在不经意间就闪烁出狼眼一般锐利的光芒。

会议开头的第一句话，就如同一颗首发的信号弹，接下来的"赛程"总是令人惊心动魄，不断在翻搅着人心。孙宇没有急于宣布会议议题，也没有扫视在座各位。他似乎是在大家的逼视下，垂下眼帘，在他憨憨的表面却又看不出到底隐藏着怎样的心情。他到底有多大的底气，有什么样的精明？孙宇抬起眼，话语似乎是不经意地说出口："请大家就这一段时间的工作，做一个小结。"大家疑惑，以为自己一时耳鸣。因为，孙宇不像一个会议主持人，没有发出叫人集中精神的一声号令。一时间，那些抖擞精神跃跃欲试的人也都愣了。

陈强清了清嗓子，首先发难。

"关于奖金分配问题，不知道孙总是怎么考虑的。自我们公司成立以来，如此分配奖金，真是前所未有的。我们公司的文化，就是竞争的文化，适者生存，不适者就必须淘汰。末位淘汰制从以前一年一次，到现在一个季度一次，我们的竞争意识和竞争强度都在不断加强。正是因为有这种机制，我们才能获得今天的成就。孙总到底要把龙祥引向何处？我认为，同情和包容能力差的人，是在伤害能力强的人。公司里要是充斥着无能之辈，这样的公司不垮掉才怪呢。还有，我想请孙总能够准确而详细地告诉我们，你还保留了多少资金，我希望账目公开化。请你告诉我们，对于余下的资金，你有什么打算。"

肖娜瞟了陈强一眼，觉得陈强杀气腾腾，出语刺耳难听。于是，她开始发言。

"陈总，你有必要用这样质问的口气对孙总说话吗？不管怎样，我们与美休顿谈合作可是相当不容易的。孙总能拿回这么一大笔资金，解决了燃眉之急，稳定了人心，还使龙祥的股票上升了不少。你怎么不看看孙总所做的成绩呢？至于在我们高管人员中，按级别平均分配，我都没有意见，想不到陈总还对此耿耿于怀。这笔资金是我和孙总经过半个月的苦战苦熬才得来的，而我现在所得的奖金，是高管人员中级别最低的。但我能理解，孙总也是按照他以前的总裁助理级别，给自己定的奖金呢。我们要是还在奖金问题上纠纷不断，争执不休，我们还有多少精力去干正事？各位，我们现在的状况不同于几年前，我们还正处在危险期。请大家不要以为美休顿给我们注入的这笔资金，就是长生不死的仙丹。这笔资金用来给四千多名员工发工资和奖金，就差不多了。而公司以后的运作呢？后面的事情我们就不管了？我希望，某些人发言的时候，先摸摸自己的良心……"

孙宇等大家发言，大家却都沉默了。陈强和肖娜似乎已经说到了持有不同意见者两方的心坎上，大家都看着孙宇，看他怎么说。

"关于这次年终奖金，我宣布，这几年来所欠大家的，这次都全部结清了。"

一语即出，所有会议成员一片哗然。

"就这么点？就结清了？四五年的奖金呢。""奖金不同于工资，不仅没个定数，而且也不是非发不可的呀！公司要是不发一分钱年终奖，你又奈何？以前给我们画饼，画得那么大，现在呢……""龙祥真是一年不如一年呀。""可是，前几任总裁在位时，不是一分钱奖金也没发过嘛！有本事你就走人。有本事你就跟董事长说去……"

"各位，各位……"

孙宇提高嗓门，大家才安静下来。大家心里还堵着，对孙宇突然拿起高腔，又有些惊讶。

"各位，我想，在我宣布下一项议题之前，先谈谈我的一些感受。"

"水至清则无鱼，我们的任何政策都不是绝对的制胜法宝。只是在当下，此情此境中，我们选择一个合适的、风险系数相对较小的策略，如此而已。大家有自己的权益要维护，我能理解，可是，有时在大局面前，我们需要退让一步。"

"每年评定奖金分配，确实对我们有着切身的利益关系。但更重要的意义，我想大家都很明白，那就是通过奖励的多寡，对他在公司的地位及实力进行重新洗牌、排名。意味着，他是否是公司值得信任的人，信任的程度又是多少。而我想，如果由于存在个别不值得信任的人，我们就不去信任所有人了，这是弊大于利；如果我们信任所有的人，包括那些个别不值得信任的人，这是利大于弊。所以，通过这次年终奖的平均分配，我要表明我对大家的信任程度都是一样的。请不要再对此事争执不休了。"

"这次我们与美休顿进行战略合作，其实是大家最不愿看到的。我，也是不愿签订这'卖国条约'的。从此以后，龙祥注定了给美休顿打工的地位，成为美休顿一支廉价的施工队。大家都避讳说这件事，可是，大家的心里都很难受，我也是，我更是。因为是我亲手签下的合约。我不甘心，各位，大家的心境跟我也是一样的吧！所以，我保留了八千万资金，不多，也是从牙缝里挤出来的，它将作为我们开发一个全新项目的启动资金。此项目与美休顿的业务完全不一样，它将成为我们龙祥翻身的希望。"

"我们要开发语音搜索系统，就像思格、阑珊一样。只是，我们是用语音而非文字来进行信息搜索。市场预计，这个项目如果研发成功，我们不用走出国门也能拿下国际市场，并极有可能把龙祥锻造成为一个财富帝国，我们任重而道远。"

孙宇这番话，使多数会议成员心头一振，高管人员看孙宇的眼神都起了变化。孙宇顿了顿，继续说："我在全体员工大会上向大家承诺过，现在已经有一个月了。那么，我向大家宣布下一个议题：请大家无记名投票，选择——选择一，你们考虑自己是否将继续留在公司。在座各位都是与龙祥有着深厚感情的人，不过，天下没有不散的宴席。在现在这种状况下，我不能保证，大家在龙祥能获得什么，我只能希望大家做出奉献。当然，我不能强求大家，每个人都有自己的原则，都无可厚非，大家去留自便，不必有什么负担。选择二，是我孙宇的去留问题，是否愿意服从我的领导，请大家表决。表决结果将向董事会公布。最后，我要谢谢大家。不管你们投票结果如何，我都乐意接受。因为，我相信这是对我工作能力的一次客观评估。"

"此外，我还想说几句题外话。余伟森余总，在他任总裁期间，曾送给我一只小小的瓷质山羊。我非常喜欢羊，喜欢羊咩咩的叫声，透着性情的温驯、善良、友爱。我们知道，羊没有狼的利爪，却是攀爬峭壁危崖的高手，它能吃到哪怕是长在险峰绝壁上的一棵青草。自本人在龙祥工作以来，我看到太多优秀的人才被相互撕咬的狼所伤害。只要是我当总裁，我绝不做狼！"

孙宇说完，退出了会场。投票结果直接送到董事长手中。

12

孙宇通过董事长的秘书得知了投票结果，大多数高管人员对孙宇表示了认可。大家都认为，下任总裁可以"新鲜出炉"了。龙祥的新任总裁不会是别人，一定是孙宇。董事长却将此事搁置一旁。日长事多，其他枝蔓又生发出来。

人事上的悄然变动，是不会丝毫减少龙祥管理层的议论的。龙祥的一位片区总经理进入总部，上任副总裁，其势非常像当时的刘威明。于是，有一种声音传出来，并愈加坚定而声势高涨。这位平步青云的新副总裁，才是真正的总裁候选人。孙宇这时已不得不主动要求见董事长了。

董事长问："你想跟我说什么？"

"我本来是无话可说的，可是，我知道你想让我离开，你要我怎么离开？"

"也许你已经完成了你的使命，我，"董事长拍了拍孙宇的肩膀，温和地说，"我也许对不住你，但你始终是无法控制全局的，你不够强硬。或许，从某种意义上说，我是为你好。"

"谢谢你，董事长。我明白。"

第二天，孙宇提出辞呈，董事长照样搁置。这让所有人都不明白了，不明白以后的管理层到底会是怎样的，又到底由谁来领头儿。

孙宇还得继续在龙祥工作，他便开始大胆用自己的想法与方式，部署龙祥最核心与高层的事务。他也时不时会顾及到董事长，去董事长那儿汇报工作。董事长也还偶尔参加高管例会，说几句话。

直到刘威明回来，董事长宣布，刘威明仍担任总裁，孙宇回到总裁助理的位子上。

龙祥高管中有很多人看到董事长对孙宇的处置,其实是很寒心的。孙宇为公司立下了汗马功劳,却什么也没得到。只是因为孙宇在公司的势力太弱,他不是狼,又不会猎食,所以他终究是不能委以重任的。人们不会为孙宇鸣不平,而在沉默中琢磨出了个道理:现在这样的环境下,作为企业领头人的候选,董事长只会挑一头狼。

尾　声

这天,孙宇跟刘威明聊完工作就按时下班了。

他走出龙祥大厦,下台阶,是一片开阔的广场。他突然在广场中停下脚步,回头看这栋高耸的大厦。忽然一股热浪冲上心头,孙宇垂下眼睑,强将泪水逼了回去。他本应轻松的,却怎么也感觉不到轻松。

在龙祥十年,从一个愣头青成就了现在的孙宇。孙宇知道,他始终都是一只羊。他在狼性文化的公司里周旋了这么长时间,最后还达到了他职业生涯的顶点,是人事所谋?还是时世弄人?他最终并没有以他所喜欢的、所本性的姿态——羊性,来完全地为人处世。在非常时期,他还是用了非常手段。他不喜欢自己的这种作为,也始终不能适应龙祥的环境。

孙宇明白,董事长始终是不会原谅他擅自作主与美休顿合作的行为。而当下的龙祥,对狼的崇拜,总是多于对羊的崇拜,狼文化总是战胜羊文化,羊图腾在当下的整个中国似乎都只能置身于一个不起眼的角落。羊总是会被狼吃掉的。孙宇最担心的是,他给继任者留下的那点资金,是否能得到很好的利用,是否真的能实现孙宇的理想,让龙祥反败为胜,成就一个财富帝国?孙宇对此再也无能为力,只有合掌向天,为龙祥祈祷吧!